Von Kerri Sharp und Adam L.G. Nevill (Hg.) sind bei Bastei Lübbe Taschenbücher lieferbar:

15 727 Verbotene Köstlichkeiten

Adam L. G. Nevill

LIEBESREISEN

Erotische Geschichten

Aus dem Englischen von
Sandra Green

BASTEI
LÜBBE

BASTEI LÜBBE TASCHENBUCH
Band 15 792

1. Auflage: Dezember 2007

Vollständige Taschenbuchausgabe

Bastei Lübbe Taschenbücher in der Verlagsgruppe Lübbe

Deutsche Erstausgabe

First published in 2006 by Black Lace
Thames Wharf Studios, Rainville Road, London W6 9HA

Titel der Originalausgabe: »Sex on the Move«
Published by Arrangement with VIRIGIN BOOKS LTD.,
London, England

Dieses Werk wurde vermittelt durch die
Literarische Agentur Thomas Schlück GmbH, 30827 Garbsen
Titelillustration: mauritius images/Photo nonstop
Umschlaggestaltung: Bianca Sebastian
Satz: Urban SatzKonzept, Düsseldorf
Druck und Verarbeitung: Nørhaven Paperback
Printed in Denmark
ISBN 978-3-404-15792-1

Inhalt

Vorwort

Damen und Herren, hier spricht der Herausgeber. Schnallen Sie sich an. Es gibt keine Notausgänge.

Das Vorbeirauschen eines Zuges in der Nacht, der Anblick eines Flugzeugs am Himmel oder auch nur eine flüchtige Meeresbrise können unsere Phantasien auslösen und entflammen. Und wer hat noch nie vom Fahrgast auf dem Platz gegenüber geträumt oder vom Gesicht in der Menge, das wir plötzlich für ein paar Sekunden sehen, oder von den wunderschönen Augen, die wir hinter einer Windschutzscheibe sehen?

Alles, was mit Verkehr zusammenhängt (wohlgemerkt, mit dem Transportwesen), hat etwas Erregendes. Vielleicht, weil wir Flugzeuge, Züge, Schiffe und Autos mit dem Ausbruch aus Alltag und Verantwortung assoziieren. Oder mit der Flucht vor der Voraussehbarkeit der langweiligen Existenz und vor immer den gleichen Gesichtern, die uns beobachten und über uns urteilen. Die Flucht könnte die Wiederentdeckung von dem sein, der wir wirklich sind und den wir uns wieder wünschen.

Oder wir erhalten die Möglichkeit, ein ganz Anderer zu sein, eine Rolle zu spielen. Und es kann die Reise selbst sein, nicht das Ziel, wo uns die Aufregung begegnet, diese Leidenschaft, diese Erinnerung, wie intensiv das Leben sein kann.

Als wir unsere Autoren – alte und neue – mit dieser Herausforderung konfrontierten, originelle erotische Geschichten über Sex unterwegs zu schreiben, brach eine Flut von Beiträgen über uns herein. Es war wahnsinnig schwer, die Auswahl zu treffen. Die Geschichten, die wir in diesem Band vorstellen, haben den Geist des Themas eingefangen; sie beschreiben anschaulich die Lust, zu verführen und verführt zu werden, wenn man unterwegs ist.

Adam L. G. Nevill
Herausgeber

Rush Hour

Cal Jago

Ich schaute mich auf dem Bahnsteig um, trat einen Schritt zurück und wandte den Kopf vor dem plötzlichen Luftzug des herannahenden Zuges. Die U-Bahn hielt sanft an und direkt vor mir eine Tür. Das Abteil war fast leer. Ich hob meine Aktentasche auf und trat dicht an den Bahnsteigrand. Die Türen dampften auseinander, aber ich ging den Zug entlang, an zwei weiteren Türen vorbei, ehe ich die richtige gefunden hatte.

In diesem Abteil waren die Fahrgäste zusammengepfercht, sie wurden gegen das Glas der Türen gepresst und konnten sich kaum rühren. Das perfekte Abteil. Der ideale Spielplatz.

Als das Signal ertönte, das davor warnte, dass die Türen gleich geschlossen würden, setzte ich einen unmöglich hochhackigen Schuh auf den Boden des Abteils und zwängte mich in die wogende Menge. Eins habe ich in zehn Jahren U-Bahn gelernt: Es gibt immer noch Platz für einen weiteren Fahrgast, vor allem, wenn ich dieser Fahrgast bin.

Mein Einstieg in letzter Minute bewirkte, dass ich auf das Anrucken des Zuges völlig unvorbereitet war. Die plötzliche Bewegung warf mich aus dem Gleichgewicht und direkt gegen einen Mitreisenden. Das war nicht sehr damenhaft, aber als ich den Kopf hob und meinen Prellbock ansah, wusste ich, dass er ein Glücksfall war.

Mitte dreißig, helle Haare, wunderbare Wangenknochen. Ich richtete mich auf und lächelte ihn an. »Oh, es tut mir schrecklich leid.«

Er lächelte zurück und sah ein wenig verlegen aus, wie es bei vielen Menschen im Nahverkehr ist, wenn ihnen jemand ein Gespräch aufzwingt. »Kein Problem.«

Ich sah ihm weiter in die Augen, bis er den Blick abwandte, erst nach links und dann auf den Boden. Aber er schaute gar nicht auf den Boden.

»Nun, wenn ich so verrückt bin, diese albernen Schuhe zu tragen ...«, fuhr ich fort und hob einen Fuß in seine Richtung.

Er schaute auf, und ich sah die leichte Röte auf seinem Gesicht.

Oh, er ist schüchtern. Wie süß. Absolut perfekt.

Ich lächelte wieder, dann drehte ich mich um und wandte ihm den Rücken zu, weil ich meine nähere Umgebung sondieren wollte. Ein Mann links von mir, dem es in seinen Klamotten viel zu heiß war, fächerte sich mit der *Times* Luft zu. Rechts neben mir starrte eine junge Frau, die nach Studentin aussah, in die Luft und schlug mit einem Finger den Takt des Songs, den sie auf ihrem iPod hörte. Direkt vor mir, kaum ein Inch zwischen uns, war ein Mann in sein Sudoku vertieft; ein Phänomen, das an mir vorbeigegangen war.

Für mich gibt es viel aufregendere Dinge auf einer Bahnfahrt zu tun, als sich mit einem Zahlensalat zu beschäftigen. Glauben Sie mir, denn ich kenne mich aus. Und nur zu Ihrer Information – bevor ich gegen ihn geschubst worden war, hatte mein Mann in einem Buch gelesen, in einem Roman von John Grisham. Nicht sehr originell, aber doch beruhigend. Männer, auf die ich mich verlassen kann, lesen Justizthriller. Verrückte lesen gar nicht, dessen war ich mir sicher.

Als wir durch einen Tunnel rasten, bückte ich mich langsam und stellte die Aktentasche auf den Boden. Ich bewegte mich aus den Hüften heraus und hielt Beine und Knie gestreckt, das ist nicht gut für den Rücken, ich weiß, aber manche Dinge müssen sein, und während ich in der gebückten Haltung meine Tasche sinnlos mal hierhin und mal dorthin schob, verlagerte ich mein Gewicht auf die linke Hüfte.

Bingo. Die Gewichtsverlagerung brachte es. Mein Po schwang nach rechts aus, und ich bückte mich noch etwas tiefer, weil ich vorgab, in meiner Tasche etwas zu suchen, und dabei fühlte ich, wie meine Backen gegen Grisham stießen.

Er räusperte sich, und ich spürte, wie er sich bewegte. Ob er dem körperlichen Kontakt ausweichen oder ihn verstärken wollte, konnte ich nicht sagen. Ich richtete mich rasch auf. Ich stand vor ihm, viel näher, als nötig gewesen wäre, auch wenn das Abteil überfüllt war. Mein Po berührte ihn immer noch, aber nur leicht. Ich fühlte seinen Atem in meinem Nacken. Das sah doch alles viel versprechend aus.

Wir fuhren langsamer und blieben auf dem nächsten Bahnhof ruckartig stehen. Sudoku bereitete sich aufs Aussteigen vor. Perfekt. Wir bewegten uns alle ein wenig von ihm weg, damit er Platz zum Manövrieren hatte. Ich konnte mich nur in eine Richtung bewegen: rückwärts. Die Türen glitten auseinander, und wir schufen einen Pfad, damit er aussteigen konnte.

Ich stand dicht an Grisham gepresst und fühlte das Heben und Senken seines Brustkorbs gegen meine Schulterblätter. Und es gab keinen Zweifel, dass ich noch etwas fühlte, was gegen meinen Po drückte.

Ich stellte mein rechtes Bein nach hinten und presste den Oberschenkel gegen seine harte Beule. Dann verlagerte ich noch einmal das Gewicht, wodurch die Beule in meine Kerbe drang. Ich spürte einen heißen Atemschwall in meinem Nacken. Er hatte das Spiel angenommen.

Nun bückte ich mich ein wenig, um ein vorgetäuschtes Jucken auf meinem Schienbein zu kratzen, und dabei schwenkten meine Hüften von einer Seite zur anderen, gerade genug, um die Reibung zu erzeugen, die ich haben wollte.

Sein Atem wurde immer flacher, und mein Höschen immer feuchter. Ich richtete mich wieder auf. Zu meiner Überraschung spürte ich plötzlich seine Hand auf meiner Hüfte. Er zog mich fester gegen seine Erektion. Ich hielt die Reibung aufrecht und fand es schwierig, die Diskretion zu wahren.

Entschlossen, die Kontrolle zu behalten, konnte ich dem nächsten Schritt nicht widerstehen. Ich löste mich ganz sanft von ihm und spürte sofort, wie sein Griff auf meiner Hüfte fester wurde. Ich langte mit einer Hand hinter mich und rieb über den Schoß seiner Hose.

Seine Finger wanderten über die Kurve meiner Hüfte, dann strichen sie über die Backe. Es war, als wollte er die Qualität meines Hosenstoffs überprüfen. Sein Streicheln wurde ein intensives Kneten, dann stieß er mit den Fingern zwischen meine Beine, in der Hoffnung, dass ich sie spreizte. Es wäre ganz leicht gewesen, ihm das zu erlauben.

Aber das gehörte nicht zum Spiel. Ich zog meinen Unterleib von ihm zurück.

Ich hörte ein tiefes Grunzen und langte mit einer Hand wieder nach hinten, hielt meinen Körper aber auf Distanz. Ich schloss meine Finger um seine Beule und drückte die ganze Länge. Ich stellte sie mir vor und ahnte die Spannung des Fleisches. Er rang um Beherrschung. Er war nicht der Typ Mann, der sich von Fremden im Zug angrabschen lässt, und ganz gewiss war er auch nicht der Mann, der sich selbst der Lächerlichkeit preisgab. Und trotzdem befanden wir uns in dieser Situation. Selbst durch die Hose spürte ich seinen Schaft pulsieren und zucken. Er würde bald kommen.

Perfekte zeitliche Abstimmung. Während er verzweifelt versuchte, meine Hüfte zu halten, krochen wir in den nächsten Bahnhof. Die Türen öffneten sich, und blitzschnell löste ich mich von ihm, bückte mich nach meiner Tasche, stürmte an der Studentin vorbei und verließ den Zug.

Ich schaute nicht zurück, obwohl ich gern den Zustand gesehen hätte, in den ich ihn gebracht hatte. Ich war neugierig, ob die Beule so beeindruckend war, wie sie sich in meiner Hand angefühlt hatte. Und ich hätte auch gern den Ausdruck schierer Ungläubigkeit auf seinem Gesicht gesehen.

Das war ein Ausdruck, den ich schon viele Male gesehen hatte, denn manchmal schaue ich zurück, und dieser Blick löste jedes Mal ein elektrisches Zucken zwischen meinen Schenkeln aus. Die Männer sahen stets absolut verloren aus, und mich erregte das Wissen, dass ich dafür verantwortlich war.

Aber Sekunden später gingen meine Gedanken wie so oft nach solchen Erlebnissen auf dunklere Pfade. Grisham würde stinksauer sein. Würde er es sich gefallen lassen? Oder würde er mich verfolgen? Er konnte mich auf dem Bahnsteig einholen, mir durch die Schranke und auf die Straße folgen und mir wütende Worte ins Ohr zischen.

Würde er verlangen, dass ich das ablieferte, was ich durch meine Tat versprochen hatte? Kurz, würde er so verzweifelt sein, dass er darauf bestand, mit mir zu vögeln? Und würde ich es tun, damit er mich in Ruhe ließ?

Überflüssig zu sagen, dass nichts dergleichen geschah. Er würde sich auch nicht trauen. Er war frustriert, auch wütend, er würde mich für ein Luder halten, es vielleicht auch laut und verbittert sagen. Aber er würde keine Szene machen.

Ich habe immer die Aufregung der ersten paar Minuten danach genossen. Denn egal, wie oft ich es schon getan hatte, wie selbstsicher ich mich gab, wie sehr ich mich auf die Fähigkeit verließ, meinen Spielgefährten auf der kurzen Reise auszuwählen – es bestand immer die reale Möglichkeit, dass ich an den Falschen geriet.

Die Kakophonie von Stimmen, Verkehrs- und allgemeinem Stadtlärm brachte ein wenig Klarheit in meine chaotischen

Gedanken, als ich den U-Bahn-Schacht verließ und die Straße überquerte. Aber mein Körper vibrierte noch, während ich den vertrauten Weg zu meiner Arbeit ging.

Es hatte zahllose Grishams gegeben. Dabei hatte alles durch reinen Zufall begonnen, deshalb zählt dieses erste Mal nicht, aber weil mit diesem Zufall die ganze Serie begann, will ich ihn erwähnen.

Ich hatte länger als sonst gearbeitet und war in Sorge, meinen Zug zu verpassen, was auch bedeutete, dass ich mich zur Verabredung mit meinem Freund verspäten würde. Ich lief über den Bahnsteig und musste zu meinem Leidwesen feststellen, dass alle Wagen überfüllt waren.

Vielleicht konnte ich mich irgendwo hineinzwängen? Natürlich gelang mir das, aber es war wahnsinnig eng. Ich kämpfte um einen Platz direkt hinter der Tür, und gleich darauf kam das Signal, und die Türen wurden geschlossen.

Wir standen so dicht zusammen, dass wir kaum atmen konnten. Als der Zug sich in Bewegung setzte, stießen wir uns gegenseitig an, wir prallten gegen andere Körper und griffen, um das Gleichgewicht nicht zu verlieren, nach irgendwas zum Festhalten. Ich war gegen einen Geschäftsmann gedrückt worden, groß, breitschultrig, etwa vierzig Jahre alt.

Wir standen uns gegenüber; meine Wange berührte fast seine Schulter. Nach ein paar Minuten Zugfahrt wurde mir bewusst, wo sich meine Hand befand, mit der ich etwas gepackt hatte, um nicht umzukippen. Ich spürte, wie ich errötete, und als ich die Hand zurückziehen wollte, hielt der Mann mein Handgelenk fest, damit die Hand in Position blieb. Wenn ich es richtig bedenke, nehme ich an, dass der Mann einen Hang zum Perversen hatte. Aber nach meinem feuchten Höschen zu urteilen, traf das wohl auch auf mich zu.

Züge boten mir schon immer die ideale Gelegenheit, auf Männerschößе zu schauen. Das war meine liebste Beschäftigung, wenn ich mit der U-Bahn hin und her pendelte. Wenn ich saß, befanden sich die Schritte der stehenden Männer genau auf Augenhöhe.

Sie wissen bestimmt, was das für ein Gefühl ist, wenn man unbedingt etwas haben will. Und der perverse Geschäftsmann hatte mir gezeigt, wie leicht es zu bekommen war.

Meine erste absichtliche Attacke trug sich nur ein paar Tage danach zu. Ich hatte das Erlebnis nicht aus meinem Kopf verdrängen können. Die Unverschämtheit, mich dazu zu bringen, ihn auf diese Weise zu berühren. Noch verrückter war, wie sehr mich das Geschehen angemacht hatte.

Eines Morgens fand ich mich neben dem Gepäckfach wieder. Ein Mann stand mir gegenüber, ruhig, ahnungslos. Ansehnlich. Als wir uns der letzten Station näherten, sammelten wir unsere Taschen ein und bereiteten uns auf den Ausstieg vor. Ich schaute flüchtig über die Schulter, um mich zu vergewissern, dass niemand hinter uns stand, dann nahm ich einen tiefen Atemzug, streckte die Hand aus und fasste ihn an.

Er starrte mich an und öffnete den Mund, als ob er etwas sagen wollte, aber er blieb stumm. Ich rieb ihn ein bisschen, dann drückte ich die Beule, die unter meinen Fingern entstand. Im nächsten Moment war ich verschwunden und flitzte mit pochendem Herzen über den Bahnsteig, ein unanständiges Grinsen auf dem Gesicht.

Es hatte nur ein paar Sekunden gedauert, aber ich konnte nicht glauben, dass ich mich getraut hatte und ungestraft davongekommen war. Ich wusste in diesem Moment, dass ich süchtig geworden war.

Sie denken wahrscheinlich, dass der unverhoffte Abschied grausam ist, und wenn ich ehrlich bin, muss ich Ihnen zustimmen. Aber ich liebe die Macht, die ich ausübe. Nicht, dass es immer so endet. Einige von ihnen haben ihren Höhepunkt. Grisham leider nicht; er war ein Opfer der zeitlichen Abstimmung.

Mein Bürogebäude war eines dieser ultramodernen Wunder – lauter Großraumbüros und lauter Glaswände um die Konferenzräume. Ein Bienenkorb der Kreativität, ausgestattet mit allem, was man brauchte, um eine der erfolgreichsten Zeitschriften des Landes herauszubringen. Als Chefredakteurin lag mein Büro in der Mitte der Redaktion. Aber mein erster Weg führte mich an diesem Morgen nicht in mein Büro.

Mit dem Lift fuhr ich in die dritte Etage. Ich ignorierte den Kaffeewagen, den ich sonst immer als erstes ansteuere. Mit raschen Schritten ging ich auf die Damentoilette zu, stieß die Tür auf und schloss sie hinter mir ab. Mit einer Hand griff ich in meine Hose, dann schlängelten sich ein paar Finger unter den Slip. Ich lächelte erleichtert, als die Finger ihre forschende Aufgabe begannen. Es gibt schlimmere Arten, einen Montagmorgen auf der Arbeit zu begrüßen.

»Kate?« Das war Natalie, meine persönliche Assistentin. »Bist du das?«

Oh, verdammt. Meine Hand fror ein, blieb aber im Slip. Ich lehnte den Kopf gegen die Tür und schloss die Augen.

»Kate?«

»Hallo«, sagte ich so fröhlich, wie ich konnte. »Ich bin's.«

»Ja, dachte ich mir. Ich will dich darauf vorbereiten. Ich habe die letzte Titelseite abgerechnet, und es sieht so aus, als könnten wir vierzigtausend Pfund nicht belegen.«

»Nicht belegen?« Ich stieß einen Seufzer aus und brachte meine Kleider in Ordnung, dann drückte ich die Spülung. Wenn vierzigtausend Pfund weg sind, legen sie sich wie ein nasses Tuch über deine Geilheit, besonders, wenn deine Assistentin mit dem Ohr an der Tür steht und du unbedingt kommen willst. Ich trat aus der Kabine.

»Morgen.« Natalie strahlte mich an, wurde dann aber gleich wieder ernst. »Ja. Wir haben das Geld ausgegeben, das steht fest, aber ich kann nicht nachvollziehen für was und wann.«

Ich seufzte wieder und drückte flüssige Seife auf die Handfläche. Sie roch nach Pfirsich.

»Und dann noch ...« Ich sah sie warnend an, und sie lächelte entschuldigend. »Lindsay Sharman tobt wegen ihres Vertrags. Sie sagt, wir wären vertragsbrüchig.«

Ich hob alarmierend die Augenbrauen.

»Ich persönlich«, raunte Natalie im Verschwörerton, »glaube eher, dass sie mehr Geld haben will, nachdem ihre Kolumne einen Preis erhalten hat. Ich habe ihren Vertrag ausgegraben. Er liegt auf deinem Schreibtisch.«

»Danke. Schick ihr Blumen, und lade sie zum Essen ein. Irgendwann nächste Woche. Ich glaube nicht, dass wir was falsch gemacht haben, aber ich will sie natürlich nicht verlieren.«

Ich schüttelte das Wasser von den Händen und drehte mich um. Natalie hielt mir ein Papierhandtuch hin. »Und dann ist da noch ...«, begann sie.

»Das kann nicht dein Ernst sein.«

»Doch, leider.«

Ich rieb mir die Hände trocken.

»Hast du heute schon die Zeitung gelesen?«

Stirnrunzelnd antwortete ich. »Nein, ich habe in der U-Bahn gearbeitet.«

»Gearbeitet? Selbst im Zug?« Sie verzog das Gesicht. »Ich weiß nicht, wie du das schaffst. Ich hasse die U-Bahn. Warum arrangiere ich nicht einen Abholdienst für dich? Das ist viel zivilisierter.«

»Wie ich dir schon oft gesagt habe, will ich meinen Beitrag für die Umwelt leisten.«

»Ich halte dich für verrückt. Also, die Zeitungen. Maya Singleton ist in allen Boulevardzeitungen geoutet worden. Mit Fotos von ihr und ihrer Freundin, auf denen sie sich ganz verliebt in die Augen sehen. Die Fotos widersprechen dem Inhalt unseres Interviews mit ihr.«

Ich stöhnte. Maya Singleton war der heißeste britische Star in Hollywood, und vor ein paar Wochen hatten wir ein Exklusiv-Interview mit ihr.

»Das bedeutet, dass unser Oktober-Titel und die größte Story im Papierkorb landet«, folgerte Natalie. »Und falls du dich fragst, warum ich dich auf dem Klo belästige – Alex wartet in deinem Büro, deshalb dachte ich, wenigstens darauf sollte ich dich vorbereiten.«

Als hätte ich nicht genug zu tun, stahl mir nun auch noch der Verlagsdirektor meine Zeit. Ich lächelte dünn.

»Danke, Nat. Und wenn du mal eine freie Minute hast, kannst du mir dann ...«

»Auf deinem Schreibtisch steht ein *café latte*«, unterbrach sie mich.

Manchmal danke ich dem lieben Gott für Natalie.

Wie durch ein Wunder verlief der Tag viel positiver, als die schlechten Nachrichten auf dem Klo vermuten ließen. Kreatives Denken und der Einsatz meines Charmes bewirkten, dass alle Krisen abgewendet oder gemeistert waren, als ich das Büro um neun Uhr am Abend verließ.

Erschöpft ließ ich mich auf einen Fenstersitz fallen. Ich wünschte, der Zug würde schneller fahren. Der Tag hatte eine Herausforderung nach der anderen von mir gefordert, und jetzt sehnte ich mich nach einem ausgiebigen heißen Bad und einem Glas Wein oder drei.

Aber das hinderte mich nicht daran, jemanden anzustarren, der mir ins Auge stach – eine Frau auf der anderen Seite des Ganges. Hohe, enge Stiefel. Sie war sehr attraktiv, zierlich mit schönen Rundungen, dunklen Haaren und dunklen Augen.

Ein Lächeln spielte um ihre Lippen. Das Lächeln und ihre

leicht lädierte, zerzauste Erscheinung verliehen ihr den Blick einer frisch gevögelten Frau, die stets anziehend auf mich wirkt. Aber einige Faktoren sprachen gegen mich. Zum Ersten hatte ich kaum mehr die Kraft, auch nur zu blinzeln. Zum Zweiten saßen wir beide. Meine Erfahrung besagte, dass für meine Zwecke eine stehende Position besser war. Leichterer Zugang, leichter, den körperlichen Kontakt wie zufällig aussehen zu lassen, und leichter, die frivolen Handlungen vor Fremden zu verbergen. Doch das letzte Hindernis bestand darin, dass sie eine Frau war.

Es ist nicht so, dass ich nicht mit Frauen spielen will – gelegentlich hatte ich das schon getan. Aber Frauen waren schwierig.

Wenn es schon eine komplizierte Angelegenheit war, einen männlichen Spielgefährten auszuwählen, dann war es tausendmal schwieriger, die richtige Frau auszukundschaften. Bisher hatte kein einziger Mann mich zurückgewiesen. Okay, einige waren williger als andere, die sich etwas länger zierten, und einige waren danach so entsetzt über sich selbst wie ich über mich.

Aber niemand hatte nein gesagt. Vielleicht müssen sie einfach stillhalten, wenn eine Frau ihnen den Schwanz drückt. Frauen sind dagegen vielschichtiger. Ich war überzeugt, dass ich mir bei ihnen eine Abfuhr einhandeln könnte.

Nachdem ich das gesagt habe, muss ich darüber schreiben, dass meine Lieblingsattacke einer Frau galt. Ich hatte gewusst, dass ich sie begehrte, als ich sie auf dem Bahnsteig gesehen hatte, aber ich zauderte die ganze Zeit, weil sie so normal aussah. Wir warteten auf die U-Bahn. Die erste Station würden wir erst nach einer halben Stunde erreichen. Wenn ich sie also angrabschte und sie nicht mitspielen wollte, konnte ich nicht auf einen Bahnhof fliehen.

Dann enterten wir dasselbe Abteil, und wir standen uns am

Ende des Wagens gegenüber, deshalb entschied ich, sie anzumachen. Innerhalb von Sekunden hatte ich meine Hand unter ihrem Rock. Noch nie hatte ich eine Frau so nass erlebt. Ich steckte meine Finger in sie hinein und pumpte genüsslich, während der Zug durch das Tal der Themse rauschte.

Die Frau sah mich die ganze Zeit an, und ich bemerkte ihren überraschten Blick, als ihre Muskeln sich um meine Finger spannten. Ich war so entschlossen, sie zum schnellen Orgasmus zu bringen, dass ich sogar meinen eigenen Bahnhof verpasste und schließlich in Slough landete. Manchmal lohnt es sich, in Slough aufzuwachen.

Ich wandte den Blick von der Stiefelfrau. Ich fühlte mich zwar zu ihr hingezogen, aber es würde nichts passieren. Manchmal ist der Schlaf der beste Verführer.

Der Rest der Woche verging schnell. Viele Konferenzen, weitere finanzielle Probleme und neue U-Bahn-Fahrten, die mich in Spannung hielten. Ich muss gestehen, dass ich mich seit Grisham brav verhalten hatte – bis zu jenem Morgen, an dem ich neben einem sexy Miyaki stand, jedenfalls einem Mann, der sein After Shave benutzte.

Er war mir schon vorher aufgefallen; er hatte gelächelt, und ich hatte sein Lächeln erwidert. Er sah sehr gut aus und war makellos gekleidet. Sein Anzug sah teuer aus, obwohl er in seinem Hemd dastand, das Jackett lässig über eine Schulter gelegt. Ich wurde gegen ihn gedrückt und hatte nichts dagegen.

»Ich habe Sie schon mal gesehen«, sagte er plötzlich, seinen Mund nah an meinem Ohr.

Einen Moment lang war ich aus der Bahn geworfen, weil ich keinen Kommentar meiner Opfer erwartete, aber seine Stimme klang warm und sympathisch. Ein Voyeur, der das liebte, was er sah – ein Typ nach meinem Geschmack.

»Wirklich?«, fragte ich in meiner Flirtstimme. »Und was haben Sie gesehen?« Dabei rieb ich meinen Po unauffällig gegen seinen Schoß.

»Sie«, sagte er und strich mit einer Hand über die Rückseite meines Oberschenkels.

Ich lächelte. »Ja?« Ich wollte ihn auch anfassen, aber sobald ich ihn berührte, hielt er meine Hand fest.

»Sie haben einen Mann bis aufs Blut gereizt«, sagte er und verstärkte den Griff um mein Handgelenk.

Ich keuchte überrascht, als seine Finger sich tief in mein Fleisch gruben. Ohne nachzudenken, versuchte ich mich abzuwenden und setzte den anderen Arm ein, um mich zu befreien. Aber er hatte damit gerechnet und hielt auch diesen Arm fest.

Eine schnelle Erfassung der Situation sagte mir, dass meine Lage nicht sehr rosig war. Ein Fremder hatte mich in der U-Bahn in seiner Gewalt, und ich sah keine Möglichkeit, mich zu befreien. Mein Herz schlug schneller, einmal aus Angst, aber auch aus einem Grund, der genauso mächtig war: Ich fühlte, wie meine Knie vor Lust zu zittern begannen. Ich schämte mich und versuchte wieder, seine Griffe abzuschütteln. Vergebens.

Vielleicht, dachte ich plötzlich, war dies von Anfang an der Sinn meines Spiels gewesen: einen Spieler zu finden, der ebenso gestrickt war wie ich. Oder wäre es doch vernünftiger, um Hilfe zu schreien, damit ich in letzter Minute gerettet würde?

Das hätte das Ende des Spiels bedeutet. Und obwohl einige Leute mir bestimmt geholfen hätten und er sich eine Menge Ärger einhandeln könnte, überwog in mir das Gefühl, dass ich dann das Spiel verloren hätte.

Ich war immer schon eine schlechte Verliererin gewesen. Irgendwas sagte mir, dass er das wusste. Und irgendwas sagte mir auch, dass ich ihm vertrauen konnte. Auch er wollte nur spielen. Jedenfalls hoffte ich das.

Als wir die nächste Station erreichten, überraschte es mich nicht, dass er mich nach vorn schob, der sich öffnenden Tür entgegen. Wir zwängten uns durch die anderen Pendler auf den Bahnsteig. Er blieb dicht hinter mir, so nahe, dass niemand bemerkte, wie sehr er mich im Griff hatte. Ich nahm an, dass der Ausgang unser Ziel war, als ich der Masse in diese Richtung folgte, aber er lenkte mich auf einen anderen Weg.

Wir duckten uns unter einer Kette, an der das Schild KEIN DURCHGANG hing, und gingen eine steile Treppe hinab. Es war schwierig, Stufe auf Stufe zu nehmen, weil er meine Hände auf dem Rücken festhielt. Aber auch dabei vertraute ich ihm – er würde mich nicht fallen lassen. Ich sah mich um, doch es gab nicht viel zu sehen. Vor mir sah ich ein Tor, das zu einem schmalen unterirdischen Korridor führte.

Er bugsierte mich durch das Tor. Im nächsten Moment ließ er meine Handgelenke frei, und dann hörte ich das Rascheln von Stoff. Ich geriet in Panik – das geschah mir alles viel zu schnell. Meine Freude darüber, dass ich die Hände wieder bewegen konnte, hielt nicht lange an.

Ich spürte Seide auf meinen Händen, dann schlang er seine Krawatte um die Gelenke. Er zog sie nicht so stramm, dass es schmerzte, aber doch fest genug, um meine Bewegungsfreiheit einzuschränken.

»Um das klarzustellen«, sagte er, »ich spiele jetzt mit dir und nicht umgekehrt.«

Ich fühlte, wie mein Gesicht rot anlief. Meine Haut begann zu prickeln, während ich überlegte, ob ich sein Spielzeug sein wollte. Der Gedanke behagte mir nicht. Ich konnte einen Seufzer nicht unterdrücken, als ich daran dachte, dass ich schon vor vielen Jahren unbefriedigenden Sex aufgegeben hatte. Was sollte das also?

Seine Hände glitten über meinen Rücken, strichen über die Hüften und trafen sich in der Kerbe meiner Backen. Er rieb über den Stoff meines Rocks und glitt tiefer. Ich fühlte, wie seine Finger über die Strümpfe meiner Beine strichen, sanft, aber beharrlich. Ich hasste es, dass er mich berühren konnte, während ich stillhalten musste. Er stieß höher und fasste mit den Fingern an den Rand meiner Strümpfe.

Er verharrte da und rieb die Fingerspitzen über die nackte Haut. Ich hörte ihn seufzen und dachte, dass ich seine Kontrolle wohl überschätzt hatte. Ein Lächeln umspielte meinen Mund. Wenn das zutraf, würde dies einfacher sein, als ich befürchtet hatte.

»Gefällt dir das?«, neckte ich und lehnte mich zurück, sodass meine gefesselten Hände seinen Schritt berührten.

Er wich sofort nach hinten. »Gefällt dir das?«, fragte er und zog die Krawatte stramm. Mein Oberkörper zuckte unwillkürlich zurück. Ich stieß einen überraschten Schrei aus und schämte mich sofort, dass ich so erbärmlich reagierte. Aber dann fiel die Seide von meinen Gelenken ab, und ich drehte mich zu ihm um, ein triumphierendes Lächeln im Gesicht. Ich hatte gewusst, dass er mir nicht lange widerstehen könnte.

Er zeigte ein breites Lächeln, womit ich nicht gerechnet hatte, dann griff er wieder meine Hände und band sie fest, diesmal aber nicht auf den Rücken, sondern auf den Bauch.

»Ich sehe, dass ich dir nicht trauen kann«, sagte er und hob meine Hände, bis die Arme ausgestreckt waren. Er trat vor und drehte mich um, sodass ich wieder das Tor vor mir hatte, und band das Ende der Krawatte um ein Torgitter.

Ich hatte schon den Mund geöffnet, um dagegen zu protestieren, aber dann überlegte ich es mir anders. Er sollte bloß nicht glauben, dass er mich aus der Fassung gebracht hatte. Ich stand also da, den Kopf auf meine Hände gestützt und entschlossen, meinen Ärger nicht zu zeigen.

Er bewegte eine Hand an meinen Beinen hoch. Trotz bester Absichten, die Kontrolle zu behalten, war ich erregt, und als seine Finger die unruhige Stelle berührten, die am meisten danach lechzte, erforderte es eine ungeheure Disziplin, um still zu verharren.

Ich biss auf meine Lippe, als seine Finger mich zu streicheln begannen. Auf der weichen Baumwolle meines Slips wanderten sie hin und her, dann fühlte ich kühle Luft auf meiner Haut, als mein Slip nach unten gezogen wurde. Er fiel mir auf die Füße.

Dies war absolut nicht das, was ich mir vorgestellt hatte, als ich zur Arbeit aufgebrochen war, aber ich konnte meine Erregung nicht leugnen.

»Gefällt dir das?«, fragte er.

Ich zuckte die Achseln und blieb entschlossen, die Wirkung seiner Finger nicht zu verraten.

Er gluckste. »Willst du darauf nicht antworten?«

Ich musste mich räuspern und schüttelte den Kopf.

Der Schock seiner flachen Hand, die auf meinen Po klatschte, warf mich aus dem Gleichgewicht. Instinktiv ruckte ich am Ende der Krawatte, das mich ans Tor band. Aber bald hatte ich mich wieder im Griff, auch wenn die Entwicklung des Geschehens mich völlig düpiert hatte. Abgesehen von allem anderen war ich entsetzt von seiner Kühnheit und verwundert über sein unglaubliches Selbstbewusstsein.

Ein zweiter Klatscher folgte, dann der dritte. Ich konnte kaum Luft holen zwischen den Hieben. Genervt schloss ich meine Augen. Das klatschende Geräusch und die rohe Gewalt ließen mich zusammenzucken. Ich wollte mich auf den Schmerz konzentrieren, der sich auf meinem Po ausbreitete. Also, um ehrlich zu sein, es war mehr Hitze als Schmerz. Und zwischen meinen Beinen tobte ein Feuer.

Ich fühlte, wie er sich hinter mir bewegte, dann legten sich seine Hände auf meine Backen. Sein Atem kühlte meine brennende Haut, und mein Körper stand wie erstarrt da. Sekunden später presste seine Zunge gegen mein zartes Fleisch und strich an den Striemen entlang, die er auf meinem Po hinterlassen haben musste. Die Sensationen, die er in mir auslöste, waren unbeschreiblich. Die Nässe seines Mundes labte meine heiße Haut. Ein Teil meines Gehirns wollte, dass ich mich ihm nicht ergab, aber mein Körper brummte, und ich konnte an nichts anderes denken – ich wollte kommen.

Es musste einfach sein. Seit Monaten war ich nicht mehr so verzweifelt gewesen. Aber konnte ich ihm diese Genugtuung lassen?

»Hör auf«, flüsterte ich atemlos. Ich schloss die Augen. »Du musst aufhören.«

Seine Hände blieben auf meinen Backen, und als er sprach, wischten seine Lippen über meine empfindliche Haut. »Du willst, dass ich aufhöre?«, fragte er und drang mit der Zunge tief in die Kerbe ein.

Ich hielt den Atem an.

»Bist du sicher, dass ich aufhören soll?«

Ich gab ein nicht zu definierendes Geräusch von mir. Seine Zunge strich über die Nässe meiner Mitte und ließ mich erschauern. Bevor mir bewusst wurde, was ich tat, beugte ich mich weiter vor und entblößte mich noch mehr.

Er verschwendete keine Sekunde. Er hielt meine Schenkel weit auseinander und presste sein Gesicht dazwischen. Stöhnend reagierte ich darauf, dass er meine Klitoris mit der Zungenspitze anstieß.

Ich hielt mich an den Gitterstäben fest, als meine Beine zu zittern begannen. Sein Mund schlürfte und stimulierte mich. Ich spürte sein Kinn, das über meine geschwollenen Labien schabte, seine Nase und natürlich seinen Mund, einfach alles. Und dann war er plötzlich weg.

»Nein«, flüsterte ich und schaute über die Schulter. Er stand jetzt aufrecht hinter mir und grinste mich an.

»Ja, du hast Recht«, sagte er. »Ich glaube, ich sollte jetzt aufhören.«

Ich starrte ihn entsetzt an. Die Muskeln meiner Arme brannten, weil ich sie schon viel zu lange in dieser gehobenen Position halten musste, und mein Po strahlte immer noch die Hitze von seinen Schlägen aus.

»Du willst Revanche üben, was?«, fragte ich leise.

»Nun, ich finde, dass du eine Lektion verdient hast«, sagte er und trat dicht an mich heran. »Ich will dir zeigen, dass es sich nicht immer auszahlt, in der U-Bahn das böse Mädchen spielen zu wollen.« Dabei sah er mich grinsend an. »Aber ich habe den Eindruck, dass du für die Revanche nicht offen genug bist. Das schaffst du nicht.«

»Natürlich schaffe ich das«, sagte ich wütend. Obwohl er natürlich Recht hatte: Es war nicht mein Ding, mich in die Gewalt eines Mannes zu begeben.

»Glaubst du?« Er strich über meine Klitoris. Ich hielt die Luft an, als er den Druck verstärkte und fest über den kleinen Hügel rieb. Sobald ich mich an die Wonne gewöhnt hatte, brach er das Reiben wieder ab.

»Bitte«, sagte ich frustriert.

»Bitte was?« Er stand so dicht hinter mir, dass ich seinen Atem auf meiner Haut spürte. Und zum ersten Mal fühlte ich seinen steinharten Schaft, der gegen mein Bein drückte.

Ich biss wieder auf meine Unterlippe. Himmel, war ich verzweifelt.

»Hm?« Er tunkte einen Finger in mich hinein und zog ihn, triefend nass, wieder heraus. Ich stöhnte, als er mich zu reiben begann. »Bitte was?«, wiederholte er. Meine Muskeln spannten sich um seinen Finger, der immer tiefer in mich stieß. »Wenn ich deiner Pussy glauben kann«, sagte er glucksend, »würde ich sagen, dass du es kaum noch erwarten kannst.«

Ich konnte nicht anders und musste lächeln. »Und bei dir ist das anders?«, fragte ich. Er stieß einen weiteren Finger in mich hinein. »Irgendwie habe ich das Gefühl, dass du es so nicht geplant hattest.« Ich schob meinen Schenkel ein wenig nach hinten und stieß gegen seine Erektion. »Ich glaube, du hast mich hierher gebracht, um mich aufzugeilen und dann hängen zu lassen. Aber du bist noch nicht weg«, sagte ich, plötzlich kühn geworden. Seine Finger pumpten fester in mich hinein. »Oh.« Ich wollte mich auf das konzentrieren, was ich ihm noch sagen wollte. »Du bist noch nicht weg«, stöhnte ich und ruckte gegen seine Finger, »weil du mich ficken willst.«

»Ich will dich ficken?« Er zog seine Finger zurück, aber dann spürte ich sie kreisend auf meiner Klitoris.

Ich schloss die Augen. Ich war dem Orgasmus sehr nahe, aber nachdem ich es einmal ausgesprochen hatte, wollte ich auch, dass er es mir besorgte. »Ja«, zischte ich.

»Das glaubst du?«

»Mmm.«

»Und willst du es auch?« Ich hörte, wie er seinen Reißverschluss aufzog.

»Ja«, flüsterte ich.

Im nächsten Augenblick stieß er seine ganze Länge in mich hinein. Eine Hand hielt meine Hüfte gepackt, während er mit gemessenen Stößen begann, und die andere Hand kehrte zur Klitoris zurück.

Meine gefesselten Hände griffen um die Gitterstäbe, bis die Knöchel weiß hervorstanden. Ich trieb ihm meinen Po entgegen und begegnete jedem seiner Stöße. Ich konnte mich nicht erinnern, wann ich das letzte Mal so gut bedient worden war. Er verstärkte noch die Kraft seiner Penetrationen und zwirbelte meine Klitoris, bis ich fürchten musste, sie könnte platzen. Ich fühlte, wie seine Muskeln zu vibrieren begannen, sein Atem ging schneller, die Stöße kamen ruckartiger.

Dann langte er nach vorn und bedeckte meine Hände mit seinen. Er überraschte mich mit dieser Geste, und zusammen mit der anderen Hand, die noch mit meiner Klitoris beschäftigt war, stieß er mich über die Klippe.

Der Orgasmus überfiel mich. Plötzlich wackelten meine Beine wie Pudding, und meine Handgelenke zitterten gegen die Seide, die sie fesselten. Sekunden später erreichte auch er das Ziel und stieß noch einmal tief in mich hinein und schrie seine Lust dicht an meinem Ohr heraus.

Ich lehnte mich kraftlos gegen das Tor und schloss die Augen, während ich darauf wartete, dass sich mein Atem normalisierte. Ich hörte, wie er seine Kleider richtete und nahm seinen Geruch wahr, als er sich über mich beugte.

Meine Handgelenke prickelten, und erst jetzt bemerkte ich, dass er mich befreit hatte. Langsam richtete ich mich auf und ließ die Arme an den Seiten hinabfallen. Sie schmerzten. Ich versuchte, meine Finger zu spreizen, und spannte und entspannte meine Hände.

»Sie fühlen sich etwas taub an«, murmelte ich, aber schon während ich das sagte, wusste ich, dass es überflüssig war. Ich drehte mich um. Tatsächlich. Er war nicht mehr da.

Missionary Impossible

Maya Hess

Nadia Kasparova las die Instruktionen. Ihre Augen bewegten sich langsam über den Schirm. Sie zog am Saum ihres T-Shirts, steckte ihn unter den Bund ihrer weiten Hose und schloss die Augen. Während sie Schweißtropfen abwischte, die sich nach dem Training auf ihrem Körper gebildet hatten, dachte sie an die Jahre ihrer Ausbildung. In Zeitraffer liefen die Bilder ihrer bisherigen Arbeiten durch den Kopf, ehe sie den Fokus auf die jüngsten, höchst ungewöhnlichen Experimente richtete, die sie auf der Weltraumstation *Ventura* durchführten.

»Zweihundertdreiundachtzig Tage, und ich habe nicht einmal daran gedacht.« Nadia schlug wieder die Augen auf und atmete schwer aus. Später würde sie ihren Atem in Form aufbereiteter Luft trinken. Dreihundert Meilen über der Erde war Wasser ein kostbares Gut. »Hier oben komme ich mir kaum wie ein Mensch vor. Wie kommen sie auf die Idee, dass ich jetzt wie ein Mensch handeln soll?«

Sie las die Instruktionen noch einmal, als wollte sie sich überzeugen, dass sie nichts übersehen hatte. »Operation EROSS – Experimentelle Reproduktion in Orbit Space Station … Vorbereitung auf sexuelle Reproduktion während längerer Aufenthalte im All … Erkundung der Annäherung zu sexuellen Beziehungen in der Schwerelosigkeit …«

Nadia wechselte den Bildschirm, warf einen Blick auf den Ablauf der anderen Experimente und lächelte. Sie kannte sich mit den Tabellen und Grafiken aus, die alle ihre geliebten Sämlinge betrafen. Das Studium der Wirkung der Schwerelosigkeit auf schnell wachsende Pflanzen war der erste Schritt, sich bei bemannten Missionen zum Mars und weiter selbst zu versorgen. Nicht nur würden ihnen die Pflanzen in Zukunft die Nahrung liefern, sondern sie würden auch bei der Umwandlung des Brauchwassers und der verbrauchten Luft helfen.

Wie konnten sie von ihr erwarten, ihre Aufmerksamkeit jetzt auf dieses verrückte neue Experiment zu richten?

»Pah! Ich werde es nicht tun! Mein Vertrag besagt, dass dies« – sie tippte mit ihren gepflegten Fingernägeln gegen den Bildschirm mit den Ergebnissen ihrer Pflanzen – »meine Arbeit ist. Dafür werde ich bezahlt.«

Sie verließ ihren engen Arbeitsplatz und schwebte hinüber zu ihrer kleinen Kabine. Sie murmelte ein paar russische Flüche, denn sie haderte immer noch mit den Instruktionen von *Mission Control*. Nadia zog sich nackt aus und rieb den Schweiß von ihrem Körper, bevor die Perlen in ihre Kabine eindringen konnten. Sie benutzte Zahnpulver und Trockenshampoo, und als einzigen Luxus erlaubte sie sich eine Feuchtigkeitscreme, bevor sie sich die zugewiesene Kleidung für diese Woche anzog.

»Brig, ich lege mich schlafen. Ist alles okay bei dir?« Nadia nutzte die Wechselsprechanlage, um sich bei Commander Robert Brigson abzumelden.

»Ich schreibe gerade Berichte nach unten, damit wir den Ablauf des Andockens aufeinander abstimmen. Alles ist für den Wechsel vorbereitet. Himmel, ich freue mich, endlich was anderes essen zu können.«

Nadia lächelte, was sie nicht getan hätte, wenn sie dem Commander gegenübergestanden wäre. Sie verstand sich gut mit Robert; er war professionell und unaufgeregt, auch wenn sie sich mit achtzehntausend Meilen in der Stunde um die Erde drehten. Wenn er von »unten« sprach, meinte er die *Mission Control* in Florida.

»Und wir werden einen neuen Freund haben.« Nadia räusperte sich. Sollte der neue Mann ihr bei den radikalen Experimenten helfen, oder brachte er nur neues Zahnpulver mit? Im All konnte man nicht ausspucken. Man musste schlucken.

»Ach, du meinst Drew? Du wirst ihn mögen. In den Neunzigern waren wir zusammen bei der Air Force. Nadia, schau mal aus dem Fenster.«

Die Sprechanlage blieb ein paar Sekunden still, während Nadia sich der Schwärze da draußen zuwandte. Ein kurzes, grelles Glitzern flackerte über Asien auf; es sah wie ein riesiger Diamant auf einem Ring aus. Aber das sah man nur für ein paar Wimpernschläge, dann tauchten die hellen Strahlen der Sonne das Innere der Raumstation in eine ärgerliche Hitze und Helligkeit.

»Ja, das war schön. Aber ich bin müde. Gute Nacht, Brig.« Nadia schnallte sich an den Schlafsack an, der wiederum an der Wand angeschnallt war. Sie befestigte eine Augenmaske gegen die Helligkeit und seufzte tief. In achtzehn Stunden würde Captain Drew Masters vom Zubringerraumschiff *Evolution* eintreffen, und außerdem würde das Raumschiff Vorräte, frische Kleidung und zusätzliche Ausrüstung fürs Labor mitbringen.

Sie wälzte sich auf die Seite, denn das Sonnenlicht drang durch die Maske.

»Alle neunzig Minuten gibt es einen verdammten Sonnenaufgang«, knurrte sie. In ihren lebhaften Träumen ging es fast ausschließlich um die neuen lächerlichen Experimente und um das neue Mitglied im Team, das sich ihr im Namen der Wissenschaft aufdrängen würde. Irgendwann schlief sie ein.

Nadia wurde von klassischer Flötenmusik geweckt, eine Zugabe von *Mission Control.*

»Guten Morgen, Miss Kasparova. Wieder ein wunderschöner Tag.«

Nadia erkannte die Stimme, sie gehörte zu Brigitte, Assistent Controller in Florida. Es war tröstlich zu wissen, dass jeder Atemzug, jedes Experiment und jede Nahrungsaufnahme aufgezeichnet wurde. Nadia war davon überzeugt, dass sie auch ihre Gedanken lesen konnten – aber auch das hätte ihr nichts ausgemacht. Ihr Gehirn war so sehr auf das Leben im Weltall trainiert worden, dass es nichts gab, was sie nicht mit *Mission Control* geteilt hätte. Astronautin zu sein, war nicht nur ein Job für sie – es war ihr Leben.

»Hallo, Brigitte. Scheint bei euch die Sonne?« Nadia schob ihre Augenmaske in ihre glänzenden, blonden Haare, die sie jungenhaft kurz trug, und schnallte die Bänder auf, die sie an ihrem Platz gehalten hatten. Es dauerte eine Weile, ehe Brigittes Antwort in die Kabine drang.

»Immer noch fünfundzwanzig Grad, aber die Sonne geht bald unter. Hör mal, Nadia, in den letzten Stunden haben wir mit dem Commander gearbeitet, aber er ruht sich jetzt aus, damit er nachher fit fürs Andocken ist. Alles läuft nach Plan, und in neun Stunden, vierzig Minuten wirst du einen neuen Gefährten haben.« Es rauschte in der Leitung.

Nadia schluckte und musste an die gestrigen Instruktionen denken. »Gefährte?«

»Ja, du weißt schon, wie Freund oder Kumpel oder Partner«, klärte Brigitte auf.

»Ich weiß, was ein Gefährte ist.« Nadia reagierte allergisch, wenn an ihrem Englisch gezweifelt wurde. Ihr war bewusst, dass ihr Akzent von den schweren, fast maskulinen Klängen ihrer russischen Muttersprache gefärbt war. Plötzlich durchfuhr sie ein Schock, wie sie ihn seit ihrem letzten Spaziergang im All nicht mehr empfunden hatte. »Partner?« Sie wusste, dass dieses Wort auf einen Sexualpartner zutraf, und das behagte ihr überhaupt nicht.

»Du wirst ihn mögen. Und außerdem kannst du Schokolade und Kaugummi erwarten. Heute ist dein Glückstag, Miss Kasparova.«

Gewöhnlich genoss Nadia die Unterhaltung mit Brigitte. Das Team in Florida bestand meistens aus Männern, deshalb erfüllten die Gespräche mit Brigitte ihr Bedürfnis nach weiblicher Gesellschaft. Nadia arbeitete präzise und stellte hohe Anforderungen an sich selbst auf solchen Missionen, und sie unterdrückte das menschliche Verlangen in dieser Zeit. Sie sah sich funktionieren wie eine Maschine.

»Ich esse keine Süßigkeiten, und ich brauche keinen Partner, wenn ich arbeite.« Nadia holte ihre Turnschuhe aus dem Spind und zog ihre Jacke an. Ihr Körper wollte schwerelos durch die Kabine schweben, während ihr Gehirn sich schon mit den nächsten Aufgaben beschäftigte.

Brigitte instruierte Nadia über die verschiedenen Pflichten, die sie beim Andocken übernehmen musste, dann erwähnte sie die Operation EROSS. »Glaubst du jetzt, dass dies dein Glückstag ist, Nadia?«

Nadia erkannte das übereifrige Geplänkel als das, was es sein sollte. In ihrem Kopf dachte sie russisch, aber als sie sprach, klang ihr Englisch knapp und präzise.

»Mein Vertrag enthält keinen Passus, dass ich mit anderen Mitgliedern des Teams kopulieren muss. Ich protestiere scharf gegen die Natur dieses Experiments.« Sie wartete ungeduldig neben dem Kommunikationspult. Sie wollte so schnell wie möglich ins Labor.

»Ich glaube nicht, dass man von dir erwartet, dass du kopulierst, Nadia. Es handelt sich eher um eine Simulation, die bei zukünftigen Missionen fortgeführt werden soll. In späteren

Jahren wird die Raumstation wachsen, und verheiratete Paare werden viele Monate da oben bleiben. Wir können nicht verlangen, dass sie, äh, abstinent leben.«

Die Übertragung wurde von sphärischen Geräuschen gestört. Nadia seufzte. Sie konnte gerade noch vermeiden, zur Decke zu schweben, indem sie sich an einem Gurt festhielt.

»Nadia, bist du noch da?«

Als Spezialistin, die für das Labor zuständig war, wusste Nadia, dass sie Befehlen gehorchen musste. In Gedanken ging sie das Kleingedruckte in ihrem Vertrag durch und begriff, dass einige Klauseln sie verpflichteten, auferlegte Pflichten zu erfüllen, wenn nicht ernste psychologische Mängel solche Arbeiten unmöglich machten. Für Nadia wäre das Eingeständnis, mental nicht fit zu sein, schlimmer als ein paar Tests mit dem neuen Gefährten oder Partner.

»Ich bin noch hier.« Sie zögerte wieder, denn plötzlich nahm sie die Barrieren von Sprache und Kultur wahr, als sie versuchte, ihre Gefühle in Worte zu kleiden. »Ich hätte gern einige Wochen vorher Bescheid gewusst, dann hätte ich mich mental auf diese sexuellen Aktivitäten einstellen können.«

»Nadia, nein, ich wiederhole – nein.« Die strenge Stimme des Chief Mission Controllers durchschnitt die sphärischen Störungen der Übertragung. »Ihre Befehle enthalten keinen sexuellen Verkehr. Ich wiederhole: Es gibt keinen Geschlechtsverkehr an Bord der *Ventura.*«

»Ja, Sir«, antwortete Nadia, benommen von der Unterstellung, dass sie solcher Aktivitäten überhaupt fähig wäre. Sie konnte sich nicht erinnern, den Chief schon einmal so inbrünstig gehört zu haben, außer damals, als es ihr gelungen war, einen der Solarschilde wieder zu befestigen, der wie ein riesiger gebrochener Wespenflügel vom zylindrischen Körper der *Ventura* hing.

Sie verließ die Kabine und steuerte ihren wunderbar leichten Körper ins Labor. Zum ersten Mal war Nadia nicht sicher, ob sie sich unter Kontrolle hatte. Und zum ersten Mal waren Nadias Gedanken nicht ausschließlich auf ihre Arbeit konzentriert.

Um vier Uhr Florida-Zeit trat Captain Drew Masters aus der Transferschleuse. Das Raumschiff *Evolution* hatte Essensvorräte mitgebracht, Kleidung, technisches Material und ein oder zwei persönliche Dinge, aber von dieser Möglichkeit hatte Nadia keinen Gebrauch gemacht. Annehmlichkeiten, glaubte sie, waren für das Leben auf der Erde.

»Willkommen.« Commander Brigson assistierte Masters durch die Luke. Die beiden Männer versuchten eine Umarmung, aber dann beschränkten sie sich auf einen Händedruck, als sie feststellen mussten, dass sich ihre Körper in der Schwerelosigkeit nicht koordinieren ließen. Nadia lächelte. Sie erwartete nicht, dass Operation EROSS erfolgreicher sein würde als der tollpatschige Versuch der beiden Männer.

»Captain Masters.« Nadia nickte, als sie dem Amerikaner vorgestellt wurde. »Ich hoffe, Sie werden Ihre Zeit an Bord angenehm und nützlich finden.« Die beiden Männer grinsten und sahen sich verschmitzt an.

»Ich beneide dich nicht, Drew. Du hast ein volles Programm.« Commander Brigson betrachtete seinen Kollegen. »Auf der anderen Seite habe ich deinen Aufgabenkatalog vergangenen Monat gelesen. Ich schätze, es stehen dir einige vergnügliche Aktivitäten bevor.« Brigson lachte breit, obwohl er wusste, dass Nadia das gar nicht schätzen würde. Es war hart, neben dem perfektesten Menschen im Universum zu arbeiten.

Nadia stockte der Atem. »Du hast das gewusst?« Sie zwang eine Hand vor den Mund, eine Geste, die mit einer kurzen, schnellen Bewegung hätte geschehen sollen, aber in der Zeitlupenversion verlor sie ihre Wirkung. »Du hast gewusst, was sie von mir verlangen, und hast mich nicht gewarnt?« Ihre Blicke bohrten sich in Commander Brigson. Abwehrend hob er – ganz langsam – die Hände.

»Der Chief und ich hielten es für das Beste, dir das nicht zu früh zu sagen. Es ist ein ungewöhnliches Experiment und hat einen hohen Stellenwert. Die Welt sollte über diese Versuche nichts erfahren.« Er legte eine Pause ein und studierte den Ausdruck der russischen Frau mit ihren großartigen, kantigen Gesichtszügen. Es würde unter anderem ein Experiment mit einem gewissen Gerät geben, und er hätte nichts dagegen, diesen Versuch mit ihr auszuführen, wobei er nicht alle Dinge begriffen hatte, die Wissenschaftler unten in Florida ausloten wollten. »Es ist nicht so, dass du gezwungen wirst, diese Dinge zu tun, Nadia. Und du kannst deine Kleider anbehalten.«

»Dann macht ihr das doch«, fauchte sie. »Wenn es so eine feine Sache ist, dann experimentiert doch nach Herzenslust.«

»Herzenslust«, meldete sich Drew Masters, von Nadias Ausbruch eher amüsiert. »In der Gegend, in der ich zu Hause bin, spricht man gern von Herzenslust.«

Nadia verkniff es sich, dem Neuankömmling zu sagen, dass es sie nicht interessierte, wo er herkam und was man dort gern sagte. Sie atmete tief durch und warf einen Blick auf den riesigen blauen Ball, den sechseinhalb Milliarden Menschen ihre Heimat nannten. Nadia war nicht sicher, ob das auch noch auf sie zutraf. Der Anblick aus dieser Höhe reduzierte alles auf die richtigen Proportionen.

Innerhalb des Rahmens dieses Bullauges befand sich die Suppe des Lebens, brodelnd und dampfend, liebend und hassend, atmend und sterbend – zeugend und gebärend, fiel ihr dann noch ein. Plötzlich fühlte sie sich gottgleich, als diente sie der Menschheit, wenn sie bei den Experimenten mitmachte.

Ein dünnes Lächeln umspielte Nadias Lippen, als ihr die Folgerungen bewusst wurden. »Ich werde es tun«, sagte sie ruhig. »Alles im Namen der Wissenschaft. Und aus Verpflichtung der *Ventura* gegenüber.«

Die beiden Männer nickten und begannen damit, die Vorräte zu verstauen.

Nadia fragte sich, ob sie jemals an ihrer Hingabe für ihre wissenschaftliche Arbeit gezweifelt hatten. Wahrscheinlich gingen sie davon aus, dass sie als Frau alles mitmachte, was man von ihr verlangte. Bis zu einem gewissen Grad stimmte das, aber nur Nadia wusste, wie entschieden sie sich gegen alles zur Wehr setzen würde, was gegen ihre Moralvorstellung verstieß.

Später schlug Commander Brigson vor, dass sie Rindergulasch mit Bohnen speisen sollten, und als Nachtisch sollte es zu Ehren des neu eingetroffenen Astronauten einen Pudding geben. Drew sah zu, wie Nadia die einzelnen Vorräte, die sie fürs Essen brauchten, in den Computer eingab, um herauszufinden, in welchem Stauraum sich die Produkte befanden. In der engen Küche bewegte sie sich geschickt zwischen den Vorräten und dem kleinen Herd, während sie die Folien aufriss.

Drew bewunderte ihre Selbstbeherrschung und auch ihre Bereitschaft, jede Aufgabe zu übernehmen, ob in der Küche oder im Labor. Nadias kühle Professionalität hatte sich bei *Mission Control* längst herumgesprochen.

»Ich schlage vor, dass wir keine Zeit verlieren und gleich die Prototypen testen. Sie sind wahnsinnig gespannt darauf, erste Resultate zu sehen und auch schriftliche Berichte zu lesen.« Drew fing eine Folie auf, die sich gelöst hatte und ziellos durch die Luft trieb. Er steckte die Folie in einen Abfalleimer.

»Sie meinen, sie beobachten uns dabei?« Nadia starrte auf ihr Essen, während sie die Frage stellte. Sie konnte kaum glauben, dass sie sich nicht nur mit einem Fremden einlassen sollte, sondern dass ein paar Leute unten in Florida ihr dabei auch noch zuschauen würden.

»Natürlich, aber Sie müssen verstehen, dass wir nur die Lebensfähigkeit gewisser Methoden überprüfen sollen.« Drew wandte sich ab und versteckte sein Grinsen hinter einem Hüsteln. »Wir testen auch Positionen.«

»Wir müssen das so schnell wie möglich hinter uns bringen.« Nadia befestigte die Essen auf die Teller und verteilte die Rationen.

»Ja, so schnell wie möglich«, stimmte Drew zu.

Commander Brigson widmete sich den routinemäßigen Überprüfungen. Er kannte Nadia gut genug, um ihr die Stille ihres Labors zu gönnen. Während Drew sich mit den einzelnen Geräten beschäftigte, richtete Nadia widerwillig fünf verschiedene Kameras ein, damit die Experimente zur Erde übertragen werden konnten. In ihrem Kopf wirbelten die Gedanken; zu ihrer Verwunderung dachte sie in Russisch. Sie wollte sich einreden, dass sie ihre Professionalität nicht verriet, wenn sie sich an diesen Experimenten beteiligte.

»Himmel, was haben sie sich denn dabei gedacht?« Drew lachte und schwenkte das Gerät durch die Luft. Das Netz aus grauem Nylon entglitt seiner Hand und schlug Salti durch das Labor. Nadia fing es ein und betrachtete es angewidert.

»Sieht aus wie ein komplizierter Keuschheitsgürtel«, murmelte sie. »Aber ich kann mir nicht vorstellen, wie ... äh ...« Sie beendete den Satz nicht.

»Du kannst ruhig von ›Sex‹ und ›vögeln‹ reden«, meinte

Drew. »Es wird mich nicht schockieren, und ich werde auch nicht schlecht über dich denken.«

Nadias Wangen erröteten, und zu ihrem Entsetzen stellte sie fest, dass Drews Kommentar dazu beigetragen hatte. Sie wandte sich ab, so schnell es bei der Schwerelosigkeit ging, und zog den Reißverschluss ihrer Jacke bis zum Hals hoch. Sie wollte damit signalisieren, dass sie so wenig Haut wie möglich zeigen wollte.

»Okay, schießen wir los.« Drew teilte Florida ihre Absichten mit, und Nadia bemühte sich, alle Kameras zu ignorieren. Sie wollte nicht, dass man die Furcht in ihren Augen sah.

»Steck hier deine Beine durch.« Drew half Nadia, ihre langen, schlanken Beine in eine elastische Vorrichtung zu stecken, die so gefertigt war, dass zwei Menschen sich gegenüberstehen oder -liegen konnten.

»Das funktioniert natürlich auch umgekehrt«, sagte Drew und blinzelte Nadia zu, während er seine Beine in die beiden anderen Öffnungen steckte. Dann zog er die Bänder fest, und ihre Schöße stießen fest gegeneinander.

»Autsch!« Nadia schob Drews Schultern zurück. Es war schlimm genug, dass ihre Beine so fest umschlungen waren, aber dass sich auch ihre Gesichter fast berührten, wollte sie nicht tolerieren. »Was sollte das heißen, es funktioniert auch umgekehrt?«

Sie schwebten hilflos durchs Labor. Vorher hatte Drew darum gebeten, dass alle Instrumente und einige gefährliche Objekte weggesperrt wurden. Nadia hatte ihn stirnrunzelnd angeschaut, als er angekündigt hatte, es könnte durchaus wild hergehen.

»Ich kann dich von hinten nehmen, wenn ich mich auf deinen Rücken binde, wenn es das ist, was Madame vorzieht.« Drew grinste und wich überrascht zurück, als Nadias Hand über seine Wange strich.

»Auf der Erde wäre das eine kräftige Ohrfeige gewesen. Lass uns tun, was wir tun müssen, damit wir uns aus diesem blöden Ding befreien können«, sagte sie streng. Sie wandte ihr Gesicht ab und verzog die Augen zu engen Schlitzen, als Drew seine Arme um sie schlang und die Hände auf ihren Rücken legte.

Sie weigerte sich, ihn ebenso auf diese Weise zu umarmen. Sie nahm den Zitrusduft seines richtigen Shampoos wahr und die Frische seiner Kleidung; Erinnerungen an das Leben auf der Erde, die noch einige Tage in ihrer Nase bleiben würden. Sie war schon seit langem nicht mehr stimuliert worden.

»Was, zum Teufel, machst du da?«, fragte Nadia zornig, als sie spürte, wie er gegen ihren Körper ruckte, während sie durchs Labor schwebten.

Drew lachte und riskierte eine weitere Ohrfeige. »Auf der Erde, Miss Kasparova, nennen wir das Liebe machen.« Er ruckte mit den Hüften noch kräftiger und schneller gegen sie und mahlte gegen ihre weite Hose, genau im Dreieck ihrer Schenkel. »Wie nennst du das denn?«

Nadia versuchte, alle ihre Sinne auszuschließen, aber Drews herausgepresste Sätze passten sich den pulsierenden Stößen seiner Hüften an. Sie wusste nicht, wie sie ihm entkommen konnte. »Ich glaube nicht, dass es was mit Liebe zu tun hat, wenn man gegen seinen Willen mit einem Fremden verschnürt ist, Captain Masters, weder auf der Erde noch sonst wo.«

In diesem Moment schämte sich Nadia ihres Körpers. Nicht wegen der Figur, die sie ihrem Pseudo-Partner präsentierte, sondern wegen der Art, wie er auf die Situation reagierte. Das musste ein innerer Systemfehler sein, diagnostizierte sie, dankbar, dass sie es wenigstens schaffte, die Stöße nicht zu erwidern, obwohl die warme Welle in ihrem Bauch sie beinahe dazu verführte.

Kommunikation mit Florida führte dazu, dass sich Drews stoßende Hüften verlangsamten. Instinktiv ließ er sein Becken rotieren – wie ein erfahrener Mann, der sich am Rand des Orgasmus hielt, während er die Nippel der Partnerin saugte oder mit einem Finger an ihren Kitzler griff.

»Wie fühlt es sich an?« Die Stimme des Chiefs zitterte sich durch die Meilen hoch, verzerrt durch Entfernung und Sphärengeräusche.

»Irgendwie unbequem. In der Praxis, schätze ich mal, wäre diese traditionelle Position gar nicht ausführbar«, antwortete Drew. »Bei jeder Vorwärtsbewegung, mit der ich die Kopulation simuliere, wird Nadias Becken mit einer solchen Wucht von mir getrieben, dass selbst unser Harnisch nicht ausreicht, um sie an Ort und Stelle zu halten. Ich würde glatt aus ihr hinausgetrieben werden.«

»Haben Sie den Eindruck, dass diese Simulation die Grenzen einer realistischen sexuellen Aktivität sprengt, Miss Kasparova?«, fragte der Chief.

Schweigen. Nadia schwebte durch das Labor, Drew Masters mit ihrem Unterleib vernetzt. Sie war nicht in der Lage, auch nur einen Satz zu sprechen.

»Ich betrachte das als Zustimmung meiner Annahme, Miss Kasparova. Vielleicht könnten Sie den Harnisch anders herum befestigen. Die Experten sagen, dass man bessere Resultate erzielt, wenn man ihn so anlegt.«

»Okay, Chief, geben Sie uns ein paar Minuten.«

Drew öffnete die Schnallen, und Nadia schwebte davon, aber er fing sie rasch wieder ein und zog sie durch einen Griff um ihr Handgelenk wieder zu sich. »Wir haben mehr Arbeit vor uns. Diesmal von hinten.« Drew beugte sich zu ihr und flüsterte ihr ins Ohr: »Dann kann ich mich an deinen Titten festhalten.« Er grinste, als sie zusammenzuckte. Sie hatte keine Möglichkeit, sich gegen die Verbindung mit ihm zu wehren. Seufzend ließ sie es geschehen, dass ihre Pobacken fest gegen Drews Schoß gezurrt wurden.

»Wo ist die fünfte Kamera?«

»Unterhalb der Arbeitsstation«, fauchte Nadia. Im nächsten Moment musste sie keuchend die Luft anhalten, als sich neue Sensationen in ihrem Körper ausbreiteten.

Es dauerte einige Sekunden, bis sie begriff, dass Drews Hände ihre schwerelosen Brüste umfassten. Seine Finger neckten ihre vergessenen Nippel, bis sie sich durch die dicke Jacke steif aufrichteten. Es dauerte noch ein paar Sekunden mehr, bis sie realisierte, dass Drew sie so positioniert hatte, dass seine Anmache von den Kameras nicht erfasst werden konnte.

Nadia hätte sich am liebsten in den Bauch gebissen, als ein leichtes Stöhnen ihrem Mund entwich, während Drew ihre Brüste weiter rieb und zwirbelte. Wenn sie ihn zurechtgewiesen hätte, würde *Mission Control* bemerken, dass etwas nicht in Ordnung war, und wenn sie ihn ignorierte – nun, sie wusste nicht, wie lange sie das zweite Stöhnen noch unterdrücken konnte.

»Musst du das tun?« Sie drehte den Kopf nach hinten, weil sie nur flüsternd reden wollte, aber Drew nutzte die Chance, seinen Mund auf ihre geöffneten Lippen zu drücken. Seit mehreren Jahren war Nadia nicht mehr so geküsst worden.

»Ich versuche doch nur, die Simulation realistisch zu gestalten.« Drew grinste und schlang seine Beine fest um Nadias Oberschenkel. Seine harte Erektion setzte sich in der Kerbe ihrer fleischigen Backen fest. Aber seine Reaktion auf ihre Nähe machte ihn verlegen. Er hoffte, dass er seine Härte vor den Kameras verbergen konnte.

»Mir ist das viel zu realistisch«, wandte Nadia ein. Sie versuchte, ein paar Millimeter Distanz zu der Beule an ihrem Po zu schaffen, aber sie folgte ihr und schien immer größer und härter zu werden. »Können wir nicht etwas anderes versuchen? Vor lauter Anstrengung beginne ich zu schwitzen.«

»Du bist einfach nicht daran gewöhnt.« Drew flüsterte ihr

das wieder ins Ohr, bevor er seine Erektion noch härter in ihre Kerbe stieß und gleichzeitig ihre Nippel drückte.

»Was wollen Sie denn damit andeuten, Captain Masters?« Nadia quietschte seinen Namen heraus, als sie spürte, dass ihr treuloser Körper reagierte.

»Dass Sie es seit Jahren nicht mehr erlebt haben, Miss Kasparova.«

»Weg von meinem Rücken! Jetzt sofort!« Nadia trat und schlug um sich, und schließlich löste Drew die Bänder des Harnischs, und sie trieben auseinander. Nadia hob den Saum ihres T-Shirts und entblößte ihren flachen Bauch. Sie wischte sich den Schweiß aus dem Gesicht, bevor sich Perlen bilden und durch die Gegend fliegen konnten.

Sie hasste das Schwirren in ihrer Jogginghose, und weil ihr die Sensationen so fremd waren, fragte sie sich, ob eine Biene den Weg in ihren Slip gefunden hatte.

Im ersten Moment wollte sie eine Hand in den Slip schieben, um das Brummen und Summen einzufangen, aber wenn sie sich vor Drews Augen selbst berührte, käme das dem Eingeständnis gleich, dass ihr der simulierte Sex gefallen hatte. Nadia zwang sich, dass der Verstand gegen ihren Körper die Oberhand behielt. Dieses Gefühl – diese Erregung – durfte einfach nicht sein.

»*Ventura* an *Mission Control*«, rief Drew. »Der Harnisch erweist sich als deutlich besser beim rückwärtigen Andocken, aber unwillige Versuchspartnerin erschwert Simulation.« Dabei grinste er Nadia unverhohlen an.

»Ich bin kein Stück Weltraumschrott. Glaubst du, ich ließe mich so leicht andocken?« Röte überflutete ihr Gesicht, das sie wieder mit dem T-Shirt abwischte, wobei sie Drew einen köstlichen Blick auf die Unterseite ihrer Brüste gewährte. Er hatte nicht gewusst, dass die BHs, die vom Militär ausgegeben wurden, so entzückend waren.

»Welche Lösung schlagen Sie vor, Captain? Die Forschungsabteilung ist ganz versessen auf die Lösungen aller möglichen Probleme.« Die Stimme des Chiefs knarrte durch die Stratosphäre.

»Also, ich würde ein Abendessen vorschlagen, Wein, gedämpfte Beleuchtung, noch mal Wein, ein bisschen schmutziges Reden, immer mehr Wein, dann fesseln und es ihr kräftig besorgen. Aber wie ich schon sagte, da Versuchspartnerin unwillig ist, sind Ergebnisse fraglich.« Drew lachte und begann, den Harnisch zu falten. »Erlaubt mir, sie mit meinem Charme einzufangen, dann sehen wir, was passiert. Wir müssen ja auch noch den aufblasbaren Schlauch ausprobieren.«

Nadia sah, wie Drew das Labor verließ. War's das?, fragte sie sich. Sie fühlte sich leer und irgendwie betrogen. Er hatte ihr zum Abschied nicht mal einen Kuss gegeben. Sie war so sehr mit ihren Gedanken bei Drews Körper, dass sie völlig vergaß, die Audio- und Video-Verbindung mit *Mission Control* abzuschalten. Erst später sollte sie ihren Fehler bemerken.

Gewöhnlich arbeitete Nadia die Pausen durch. Den Fluss der Konzentration zu unterbrechen wirkte sich negativ auf die Produktivität aus, glaubte sie. Sie verließ das Labor nur, um zu essen, sich zu waschen und zu schlafen.

Aber heute, nach der ungewöhnlichen Begegnung mit Drew Masters, zog sie sich gleich in der nächsten Pause in ihre Kabine zurück. Sie warf die Kleidung ab, als wäre sie infiziert; dabei wusste sie, dass sie die Sachen nachher wieder anziehen musste, denn die Kleidung musste wenigstens ein paar Tage halten. Sie fuhr mit ihren langen Fingern über ihre Haut und war froh, dass ihr Körper frei von den verrückten Bändern und frei vom unverbesserlichen Masters war.

»Wie komme ich aus diesem Chaos heraus?«, fragte sie sich laut, während sie nur in BH und Höschen durch ihre enge Kabine schwebte. Sie schlang die Arme um ihren Körper und war besorgt, dass diese ungewöhnlichen Umstände eine Herausforderung für ihre selbst auferlegte strikte Beherrschung war.

Sie streichelte ihre Schultern, und zu ihrem Entsetzen erlaubte sie ihren Fingern, in den BH zu schlüpfen und ihre volle Brust zu umfassen. Hatte sie sich so auch für Drew angefühlt?

Neugierig ließ sie die andere Hand über den Rücken gleiten. Lässig strich sie durch die Kerbe zwischen den fleischigen Backen. Sie lächelte versonnen. Es war schon lange her.

»Ich bin nicht ganz ohne Gefühle«, flüsterte sie sich auf Russisch zu und versuchte zu ignorieren, dass ihre Finger sich unter das Gummiband des Slips schoben, um das Schwirren wieder zu finden.

Nadia biss sich auf die Unterlippe, als sie die erwachende Knospe berührte, die sich zwischen den weichen Falten erhob. Die Finger teilten langsam die geschwollenen Labien und tauchten schließlich in ihr überraschend nasses Geschlecht.

»Überhaupt nicht ohne Gefühle«, murmelte sie und fragte sich, wie sie es vor sich selbst rechtfertigen konnte, dass sie ihrer Lust nachgab.

»Nadia, bist du da drinnen?« Drews Stimme drang durch das Schott, und unwillkürlich zog sie ihre Hand zurück. Sie war es nicht gewohnt, halb nackt zu sein, deshalb nahm sie ihre Blöße gar nicht wahr, als sie zur Tür der Kabine schwebte. Drews Kinnlade klappte nach unten, als Nadia die Tür öffnete. Erst durch seinen schockierten und gleichzeitig lüsternen Gesichtsausdruck wurde ihr bewusst, dass sie nur BH und Slip trug

»Oh, ich wollte mich gerade anziehen ... Du hast mich dabei gestört.«

»Du brauchst dich nicht anzuziehen. Du siehst auch so gut aus. Wie wäre es, wenn wir noch mal durchs Labor schweben? Wir können unsere Bewegungen üben und dem Chief zeigen, wie es geht. Was hältst du davon?«

Ihren gesunden Menschenverstand hatte sie mit der Kleidung abgelegt. Nadia wusste nicht, ob es an seinen lechzenden Blicken lag, mit denen er ihre nackte Haut betrachtete, oder an ihren neu entdeckten Gefühlen, jedenfalls folgte sie ihm schwebend aus der Kabine und ins Labor.

»Brig schläft, deshalb wird uns niemand stören.« Die Tür zum Labor öffnete sich automatisch und schloss sich auch hinter ihnen wieder.

»Was ist das?« Sie wies konsterniert auf ein aufblasbares Kinderspielzeug.

»Das«, sagte Drew stolz, »ist unser Reproduktionstunnel der Liebe, den uns die netten Leute von der Forschung zur Verfügung gestellt haben. Willst du das Ding mal versuchen?« Sein sanfter amerikanischer Akzent bildete einen scharfen Kontrast zu ihrer harten, herben Aussprache.

»Habe ich eine Wahl?« Der Gedanke, in das Ding zu klettern, während Drew sich gegen ihre nackte Haut schmiegte, löste das Schwirren in ihrem Bauch wieder aus, und als er nicht hinschaute, rieb sie mal kurz über ihre Labien. Ein bisschen Tollkühnheit konnte nicht schaden, oder?

Eine weitere Einladung brauchte Drew nicht. Als Nadia ihm den Rücken zuwandte, zog er rasch sein T-Shirt und die Hose aus. Er sagte sich, dass er die Frau nie in den Tunnel überreden konnte, wenn er auch noch seine Shorts auszog. Das, hoffte er, würde später folgen.

»Es ist leichter, wenn wir im Tunnel Haut an Haut sind«, erklärte er. »Das ergibt weniger Reibung.«

Nadias Entsetzen, als sie seinen nackten Oberkörper sah, wurde durch seine Erklärung gemildert, jedenfalls bis er seine

Arme um ihre Taille legte und ihre Beine in den Schlauch stecken wollte. Es war, als wollte man unter Wasser in einen Schlafsack kriechen. Die Schwierigkeiten ergaben sich aber auch daraus, dass Nadia nicht voll bei der Sache war. Ihre Aufmerksamkeit war von dem sich ausbreitenden Paket in Drews Shorts abgelenkt.

»Zum Teufel mit diesem Schlauch«, sagte sie und stieß ihn zur Seite. »Ich kann kein ernstes Gesicht machen, wenn ich mir den Schlauch überziehe.«

»Du meinst, du kannst nicht ernst bleiben …« Drew unterbrach sich. Nadia grinste, und er wollte den Moment nicht zerstören. Um ehrlich zu sein, ihr Grinsen machte ihn an. »Hast du denn eine bessere Idee?«

»Komm her, dann zeige ich dir meine Idee.«

Zu Drews freudiger Überraschung zeigte Nadia ein Blinzeln und winkte ihn heran. Als er sich dem schlanken Körper der russischen Frau näherte, wurde ihm die enorme Erektion bewusst, die sich gegen den Stoff der Shorts erhob.

Oh, wie er sich danach sehnte, dass Nadia ihre langen Finger um seinen Schaft legte und süße schmutzige Dinge in ihrer russischen Muttersprache raunte. Er verehrte die Macht, die sie über ihn hatte – und sie wusste es nicht einmal.

»Ich glaube, die Forscher haben das Problem von der völlig falschen Seite angefasst«, sagte Nadia. »Was sie nicht begreifen, wenn sie solche klugen Geräte erfinden, ist die Tatsache, dass es dir egal ist, wie es geschieht, wenn du seit fast zehn Monaten im All bist. Du weißt nur, dass du es tun willst.«

Sie zog Drew an sich und schlang ihre Beine um seine Schenkel. Ihre Schöße rieben gegeneinander, aber diesmal blieben sie in Lust vereint.

»Wer braucht Harnische und aufblasbare Schläuche?«, fragte Nadia kichernd. »Jetzt kannst du so tun, als würdest du mich vögeln, Drew Masters.«

»Einverstanden, Miss Kasparova. Aber bist du sicher, dass ich nur so tun soll?« Drew begann mit rhythmischen Bewegungen aus den Hüften heraus, aber es dauerte nicht lange, da schwebte Nadia davon.

»Das ging doch schon ganz gut«, murmelte er und folgte ihrer Flugbahn. »Aber wir müssen die Sache anders angehen. Diese Position ist offenbar unmöglich, weil einer immer davonschwebt. Einer von uns muss stationär bleiben.«

»Einverstanden«, sagte Nadia. »Binde mich an den Haken.« Sie zog vier Kordeln aus einer Schublade, und aufgeregt band Drew sie an den Haken in der Wand. »Jetzt kann ich nicht mehr durch die Gegend schweben, und du kannst dich an den Griffen oder an mir festhalten.« Sie blinzelte ihm wieder zu.

Nadias Beine waren weit gespreizt, und Drews Erektion strotzte durch seine Shorts. Er hielt sich an den Griffen fest und drückte seinen noch verdeckten Schaft gegen Nadias Slip. Als sie ein lautes Stöhnen ausstieß und auch gar nicht erst versuchte, es zu unterdrücken, nahm Drew das als Signal, dass sie mehr als nur eine Simulation haben wollte.

»Gehen wir diese Simulation so realistisch wie möglich an.« Er streifte seine Shorts ab und begann dann, Nadias Slip von ihren Hüften zu schälen. Der Winkel ihrer Beine ließ nur zu, dass er den Slip bis zu den Knien zog, aber das störte Drew nicht. Ihre verzweifelte, liebeshungrige Pussy befand sich nur ein paar Zentimeter von seinem Gesicht entfernt. Drew stieß sich an der Wand ab und tauchte mit dem Kopf nach unten. Er hielt sich an ihren Schenkeln fest, während er sein Gesicht gegen ihr Geschlecht drückte.

Nadia jaulte auf, teils protestierend, teils entzückt von Drews kräftiger Zunge, die er tief in sie hineinschob. Es dauerte ein paar Sekunden, bevor sie realisierte, wie ideal diese Position für ihn war – und natürlich auch für sie. Da ihre

Hände festgebunden waren, konnte sie nur mit weit geöffneten Lippen nach seiner zuckenden Erektion schnappen, und als sie den Fleischstab eingefangen hatte, wurde sie von Drew mit einem langen Lecken von vorn nach hinten belohnt.

»Zeit, um den Andockungsvorgang einzuleiten, Miss Kasparova.« Drew beschrieb eine Drehung seines leichten Körpers und drückte sich gegen Nadia.

»Erlaubnis gewährt, Captain Masters.« Nadia kicherte und konnte plötzlich nicht mehr begreifen, wie sie es so lange ohne Sex ausgehalten hatte. Ihre Gedanken verwischten sich, als Drew seinen Mund auf ihren presste. Gleichzeitig führte sie seine Penisspitze an den Eingang ihrer Höhle, und dann fühlte sie sich wieder wie eine Jungfrau.

»Ich sollte das nicht tun.« Sie wich mit dem Unterleib zurück, überwältigt von einem Moment des Schuldgefühls, weil sie spürte, dass sie die Kontrolle über Körper und Gedanken verlor.

»Unsinn. Es geht um die Zukunft der Menschheit. Ein kleiner Schritt und das alles.«

Drew schmiegte sein Gesicht an Nadias Hals, während er langsam in die Falten ihres Geschlechts eindrang. Sie an dem Haken zu befestigen und mit den Kordeln an Ort und Stelle zu halten war eine wirklich gute Idee gewesen. Er hätte sie auch an der Decke oder auf dem Boden befestigen können, wichtig war nur, dass sie nicht entschweben konnte. Er plante, alle gängigen Stellungen auszuprobieren und die Ergebnisse an *Mission Control* weiterzuleiten.

Er wurde jetzt ganz von der Wärme und Nässe von Nadias Pussy umfangen und fand einen sanften Rhythmus, aber selbst dabei fragte er sich, wie er mehr als ein Dutzend Stöße durchhalten könnte.

Nadia war völlig hilflos. Sie hatte sich noch nie in ihrem Leben derart außer Kontrolle gefühlt. Und sie liebte diese neu gefundene Freiheit. Als sie fühlte, wie sich der Orgasmus näherte, ruckten ihre Hüften so weit vor und zurück, wie das in ihrer Position möglich war. Sie quietschte und kreischte, als ihr Körper von den Wellen der Lust geschüttelt wurde. Drew konnte sich nicht länger zurückhalten, denn Nadias Erschütterungen molken ihn, und wuchtig schoss es aus ihm hinaus.

»Es tut mir leid, dass ich so geschrien habe«, keuchte Nadia und lachte und wand sich in ihren Stricken.

»Wir sind im Weltall«, sagte Drew grinsend. Er hielt Nadia umarmt, nicht bereit, von ihrer glatten, sanften Haut loszulassen. »Niemand kann dich hören.«

Atmosphärische Störungen und einige Piepser drangen ins Labor, dann war die Stimme des Chiefs laut und deutlich zu hören. »Das trifft nicht ganz zu, Captain Masters. Hier spricht *Mission Control.*«

Das schockierte Paar sah sich gehetzt im Labor um, die Blicke auf die fünf verschiedenen Kameras gerichtet, und zu ihrem Entsetzen leuchteten auf allen die roten Lämpchen über den Linsen.

Nadia musste lachen.

»Hattest du die Verbindung nicht gekappt?«, flüsterte Drew.

»Ich muss es wohl vergessen haben«, sagte Nadia, die Augen groß und ein schelmisches Glitzern in den kühlen, blauen Augen. Gerade ging wieder die Sonne auf. »Aber jetzt haben sie wenigstens die Ergebnisse, die sie für EROSS brauchen.«

Nadia wandte sich der nächsten Kamera zu, immer noch nackt und gespreizt. »Ihr habt uns mit heruntergelassenen Hosen erwischt«, sagte sie zu Mission Control. Sie blinzelte Drew zu. »Alles nur im Namen der Wissenschaft. Es freut mich, dass ich berichten kann, wie erfolgreich diese Reproduktionsmethode ist. Wir werden in den nächsten Tagen weitere Experimente anschließen. Mein vollständiger Bericht wird bald folgen, aber soviel sei jetzt schon gesagt: Es war überirdisch.«

Drew stellte alle Kameras ab und wandte sich wieder Nadia zu. »Überirdisch hat mir gut gefallen«, sagte er, bevor er sich erneut drehte und zu ihrer Pussy tauchte. »Ich muss gleich mit der Säuberung beginnen, bevor uns alles um die Ohren fliegt.« Und begab sich an die Arbeit.

Zapfen

Monica Belle

Ich muss was gestehen. Es ist eine unanständige Angewohnheit, mit der ich während meiner Zeit auf dem College begonnen habe. Ich sollte wohl besser sagen, dass es eine schmutzige Angewohnheit ist. Ehrbare Frauen tun so etwas nicht, aber ich finde es köstlich sexy.

Das erste Mal geschah es zu Beginn meines zweiten Jahres auf dem College. Ich hatte einen uralten Metro gekauft, mein erstes Auto überhaupt, um meine Sachen zum College zu transportieren. Es waren fast zweihundert Meilen, deshalb wollte ich volltanken, um nicht unterwegs liegen zu bleiben. Seit ich das Auto gekauft hatte, musste ich jeden Penny zweimal umdrehen, deshalb fuhr ich am Abend vor Reiseantritt zu den Zapfsäulen am Supermarkt, wo das Benzin etwas billiger ist.

Es war zwei Uhr morgens, und niemand war zu sehen, nur der gelangweilte Kassierer, der in seiner Kabine saß und in einem Magazin blätterte. Ich hatte ein bisschen zu nah an der Zapfsäule geparkt, und als ich den Rüssel in die Tanköffnung steckte, presste der Schlauch zwischen meine Schenkel, nur eine Handbreit vom Dreieck entfernt. Als ich auf den Abzug drückte ...

Ich hätte es nie für möglich gehalten, dass eine Benzinpumpe so stark und so schnell vibriert. Der dicke grüne Schlauch schickte Zuckungen durch meinen Unterleib, am kräftigsten da, wo es zählte. Natürlich drückte ich den Schlauch sofort tiefer nach unten, weil ich fürchtete, jemand könnte mich beobachten, aber immer noch war niemand zu sehen, und dieser kurze Luststoß war viel zu gut gewesen, um ignoriert zu werden.

Mein Auto stand zwischen mir und der Kabine des Kassierers, daher hatte ich von ihm nichts zu befürchten, als ich der Versuchung nicht widerstehen konnte, den Schlauch wieder nach oben zu holen und ihn diesmal direkt gegen das Dreieck meiner Schenkel zu drücken.

Ich fühlte mich schuldbewusst, auch ein bisschen albern, aber das stärkste Gefühl war die ungeheure Erregung. Die Vibrationen wühlten sich durch den ganzen Körper. Ich musste die Augen schließen. Nie zuvor war ich jemals so schnell so scharf geworden, verstärkt noch durch das Wissen, wie unanständig ich mich verhielt, und durch die Gefahr, entdeckt zu werden. Es brauchte nur jemand eine der anderen Zapfsäulen anfahren, dann würde er sehen, was ich mit dem dicken, grünen Schlauch anstellte, wie ich in der Öffentlichkeit masturbierte, wie böse und schmutzig ich war.

Ich presste die Schenkel fest zusammen und biss mir auf die Lippe; ein vergeblicher Versuch, die Lust aus meinem Gesicht zu scheuchen. Die Erregung wurde immer stärker. Noch ein bisschen mehr Benzin, und ich würde kommen, direkt hier an der Zapfsäule, in aller Öffentlichkeit. Wie schmutzig konnte ich sein? Ich würde hier kommen und …

Nein, ich würde nicht kommen, denn der Tank war voll, und die Automatik setzte ein und unterbrach den Durchlauf des Treibstoffs. Der dicke Schlauch rieb noch zwischen meinen Schenkeln, aber er vibrierte nicht mehr.

Nie, nie, niemals war ich so frustriert gewesen. Gut, ich hätte mich mit den Fingern fertig machen können, aber das wäre zu offensichtlich gewesen. Meine Hände zitterten, und das Gefühl, es nicht länger aushalten zu können, das einen überwältigt, wenn man weiß, dass dein Geliebter dich gleich füllen wird, war genau so stark wie beim richtigen Sex.

Ich war so erregt, dass ich sogar überlegte, den Kassierer anzusprechen, was überhaupt nicht zu meiner Natur passte. Er war alles andere als attraktiv, sonst hätte ich es vielleicht getan, obwohl ich es bezweifle. Ich hätte bestimmt nicht den Nerv dazu gehabt, damals nicht, nach nur drei Liebhabern, und alle drei recht konservativ – wie ich, bis dahin.

Was ich dann tat, als ich nach Hause kam, hatte nichts Konservatives mehr. Ich musste meine Erfahrung so schnell wie möglich noch einmal erleben. Alle schliefen, und mein Zimmer lag bis auf den orangefarbenen Lichtstreifen von der Straßenlampe im Dunkel. Ich stand in diesem Streifen, während ich neben dem Bett stand und mich durch die Jeans rieb.

Es war nicht leicht, auf diese Weise das Geschehen einzufangen. Ich musste bekleidet sein, und ich musste es im Stehen tun. Aber ich brauchte auch etwas Dickes zwischen die Schenkel, und es musste vibrieren.

Mir fiel nicht ein, wie ich das simulieren konnte. Selbst wenn ich einen Freund parat gehabt hätte, wäre auch der schönste Penis ein schwacher Ersatz für den vibrierenden dicken Schlauch gewesen. Trotzdem wollte ich dieses Gefühl noch einmal erleben, und diesmal bis zum glücklichen Ende. Ich huschte die Treppe hinunter und holte mir eine Flasche mit Salatdressing aus dem Kühlschrank.

Ich hielt sie zwischen den Beinen fest und rieb mich damit, und ich musste daran denken, wie absolut schamlos es gewesen war, im Freien zu masturbieren. Die Erinnerung daran half meinem Orgasmus auf die Sprünge, aber es war ein blasser Höhepunkt gegenüber der Wirkung des dicken, grünen Schlauchs. Noch während sich die Lust abbaute, wusste ich, dass ich es bald wieder versuchen würde.

Es war ärgerlich, aber der Benzintank des Metro war nicht groß genug, sodass ich während des Tankens nie auf meine Kosten kam. Ich habe es immer wieder versucht, das ganze Jahr über, doch das Ergebnis blieb stets gleich.

Die Hälfte meines Geldes ging in dieser Zeit für Benzin drauf. Ich war das gefragteste Mädchen in meiner Klasse, denn ich war zu allen Fahrten bereit, ob zu Partys, zu Sportveranstaltungen oder zu Umzügen.

Sobald der Tank leer war, blieb ich lange wach und fuhr in der Nacht zu einer der großen Tankstellen an der Umgehungsstraße. Manchmal hatte ich Pech, und es waren zu viele Leute da, aber meistens konnte ich mich mit dem dicken Schlauch aufgeilen. Danach fuhr ich nach Hause und brachte mich unter meinen klebrigen Fingern zum Orgasmus.

Bald schon war ich zur Expertin geworden. So wusste ich, dass es in den meisten Fällen richtig war, zu den Zapfsäulen auf der rechten Seite zu fahren, weil der Wagen dann den Blick auf den Kassierer blockierte, und die Tankkunden, die links von dir standen, hatten auch keine Chance, dich als etwas anderes als eine Tankkundin wahrzunehmen.

Man muss auch immer dunkle Sachen anziehen, denn glauben Sie mir, Sie müssen sich schon eine gute Ausrede einfallen lassen, wenn Sie mit Ölgeschmier zwischen den Schenkeln der weißen Jeans zurück ins Studentenwohnheim kommen.

Sonst sind Jeans geeignet, denn niemand lässt eine zynische Bemerkung fallen, wenn du besonders enge Jeans trägst. Aber wenn meine Erregung zu groß wird, entsteht ein dunkler Fleck im Schritt, was peinlich werden kann. Normale Stoffhosen können aber noch peinlicher werden, weil man den dunklen Fleck besser erkennen kann.

Auf der anderen Seite lassen sie die Vibrationen besser durch, vor allem, wenn man kein Höschen darunter trägt. Röcke können unbequem sein, es sei denn, man traut sich, sie anzuheben, um den Schlauch direkt auf der nackten Haut zu fühlen. Aber ich greife vor.

Wie gesagt, das ganze Jahr über lief es wie beim ersten Mal, und auch im Jahr darauf schien sich nichts zu ändern. Ich behielt meine Schuldgefühle, denn ich hielt mich für unnormal, aber dann sagte ich mir, dass es doch nur ein harmloser Spaß war.

Zweimal gab ich es auf, einmal während einer kurzen Affäre mit einem Kommilitonen, der Jura studierte und Yale schon hinter sich hatte. Er war nett, und vielleicht liebte ich ihn auch ein wenig, aber ich wusste, ich würde mit ihm nie mein schmutziges Geheimnis teilen können. Deshalb gab ich es auf, bis wir uns trennten.

Einen Tag später stand ich wieder an den Zapfsäulen.

Das zweite Mal gab ich es auf, als ich mitten im Examen steckte. Ich hatte das Gefühl, dass meine Angewohnheit mich bei der Konzentration auf meine Arbeit störte. Aber während die Tage sich hinzogen, spürte ich, wie die Gier in mir wuchs, und während alle anderen Studenten sich auf der Party nach dem letzten Examen ordentlich betranken, hockte ich mit Orangensaft da, ich, die Fahrerin. Dadurch war es mir vergönnt, morgens um vier Uhr meine liebste Tankstelle anzufahren.

Nach dem bestandenen Examen wollte ich meinen Doktor der Philosophie machen und musste noch weiter weg von zu Hause. Die meisten meiner Freunde nahmen einen Job an und verfügten dann über ein eigenes Einkommen. Es erforderte meine ganze Willenskraft, es ihnen nicht gleichzutun. Nicht, weil ich die Reihen der Arbeitssklaven verstärken wollte – aber wenn ich Geld verdiente, konnte ich mir ein größeres Auto kaufen. Ein größeres Auto bedeutete einen größeren Tank, und ein größerer Tank bedeutete, dass das Benzin länger durchfloss, vielleicht sogar so lange, dass ich endlich an Ort und Stelle einen Orgasmus erleben konnte.

Aber da ich im Grunde meines Herzens ein braves Mädchen bin, widerstand ich. Erst als ich im Norden Englands sesshaft geworden war und mit meiner Doktorarbeit begann, entdeckte ich, wie viele wissenschaftliche Assistenten gesucht wurden. Es entzückte meine Tutoren, dass ich mich für fast alles interessierte, was meinen Themen nahelag, und mich entzückte es, wie viel Geld man damit verdienen konnte.

Zum ersten Mal in meinem Leben verdiente ich Geld, und ich wusste genau, wofür ich es ausgeben würde. Nun, so genau wusste ich es nicht, denn ich musste mich erst umhören: Welches Modell konnte ich mir erlauben, und wie groß war der Tank? Gut, dass mich niemand sah, als ich über meinen Katalogen gebeugt saß und die Dauer der Betankung errechnete, wobei ich wahnsinnig viel Kaffee trank, um mich wachzuhalten.

Schließlich hatte ich meine Entscheidung getroffen, ein großer alter Ford mit einem Siebzig-Liter-Tank, doppelt so groß wie der Tank in meinem Metro. Ich weiß, es hört sich albern an, und eigentlich passt solche Verrücktheit auch eher zu einem Mann, aber als ich vom Hof des Händlers fuhr, fühlte ich mich wie bei einem ersten Treffen mit einem neuen Freund. Nur dass ich meinen Metro im Stich ließ, tat ein bisschen weh. Da der Tank des Gebrauchtwagens fast leer war, wusste ich, es würde keine Ewigkeit dauern, bis ich meiner ungewöhnlichen Lustbewältigung länger frönen konnte.

Ich fuhr nach Hause und zwang mich, mir Zeit beim Essen zu lassen. Dann setzte ich mich auf die Couch und sah fern, obwohl meine Hände immer wieder mal zum neuen Autoschlüssel griffen – oder zum Dreieck zwischen meinen Schenkeln.

Erst gegen Mitternacht erlaubte ich mir, ins Schlafzimmer

zu gehen und Rock und Höschen auszuziehen, die ich tagsüber getragen hatte. Ich schlüpfte in eine enge, schwarze Hose; nichts darunter. Ein Blick in den Spiegel genügte: Ja, man sah es, dass ich unter der anschmiegsamen Baumwolle nackt war; die runden Backen federten bei jedem Schritt, und man konnte sogar den Abdruck der Labien sehen.

Wenn ich es sehen konnte, würde es auch jedem auffallen, dem ich begegnete. Ich zögerte noch eine halbe Stunde lang, dann setzte sich das freche Ich durch, und ich ging hinaus. Es war noch ein wenig früh, deshalb fuhr ich aus der Stadt zu einer großen Anlage an der Straße, die zu den Pennines führte. Ich wusste, dass es dort in der Nacht wenig zu tun gab, und tatsächlich stand nur ein einziges Fahrzeug da, ein aufgemotztes Kabrio, in dem aufgeregte Teenager saßen.

Sie schienen eine Ewigkeit zu brauchen, lachten über alles und gingen nacheinander in den Laden, um Schokolade und Zigaretten zu kaufen. Ich verfluchte sie im Stillen. Ich gab vor, Schwierigkeiten mit dem Benzindeckel zu haben und konnte nur hoffen, dass keiner von ihnen mir Hilfe anbot. Das taten sie nicht, und sobald das Kabrio davonschoss, öffnete ich den Tankverschluss, aber nun starrte mich der Mann hinter dem Kassenhäuschen an.

Ich wusste, warum, oder ich glaubte, es zu wissen. Die Teenager hatten die Zapfsäule angefahren, an der ich sonst immer stand, und in meiner ungewohnten Position konnte er mich besser sehen. Die Beleuchtung strahlte mich von hinten an. Seine Blicke waren starr auf mich gerichtet, und ich konnte mir denken, dass er die Konturen meines Pos betrachtete. Ich wusste nicht, was ich tun sollte. Ich war zu verlegen, um einfach wegzufahren, aber es war auch unmöglich, meiner schmutzigen Lust zu frönen, während er mich beobachtete.

Schließlich tankte ich nur für ein paar Pfund und hielt sein Grinsen aus, als ich bezahlte, und auch die Blicke, mit denen er bestimmt wieder meinen Hintern bedachte, als ich zurück zum Auto ging.

Errötend fuhr ich los, die Hände zitternd am Steuer. Aber ich würde nicht so schnell aufgeben. Ein paar Meilen südlich gab es auch noch eine Tankstelle, sie war noch größer und hatte deshalb auch mehr zu tun, aber vielleicht hatte ich da mehr Glück.

Hatte ich. Ein Transporter stand an der zweiten Zapfsäule von rechts, und ich konnte die Säule daneben ansteuern – ideal für mich, denn der Transporter schützte mich vor den Blicken des Kassierers. Mein Herz raste, als ich den Rüssel aus der Halterung nahm und in den Mund des Benzintanks steckte, und dann raste das Herz noch einmal schneller, als ich den dicken Schlauch zwischen meine Beine presste. Ich ließ mich noch ein bisschen zappeln, bevor ich den Hahn durchzog, der den Treibstoff fließen ließ.

Als die Vibrationen einsetzten, spürte ich, wie sich mein Mund weit öffnete, aber im nächsten Moment schloss ich ihn rasch, weil der Fahrer des Transporters zurückkam. Er nahm nicht die geringste Notiz von mir, und als er anfuhr, näherte sich meine Ekstase schon dem Höhepunkt.

Ich war drauf und dran, diesmal würde es gelingen, nach so langer Zeit würde ich mir auf dem Benzinschlauch einen Orgasmus besorgen. Ich brauchte keine Phantasie dazu, es wirkte so, wie ich war, ohne Höschen unter der engen Baumwollhose, den Schlauch dicht zwischen die Schenkel gepresst. Ich masturbierte im Freien. Die Vibrationen schüttelten meinen Körper durch, und meine Lust schwoll an. Meine Muskeln begannen sich zu spannen, ich hatte die Augen in Glückseligkeit geschlossen, und köstliche kleine Schocks mischten meine Pussy auf.

Aber dann geschah nichts mehr. Die Pumpe hörte plötzlich auf, Sekunden, bevor die Leidenschaft mich überwältigt hätte.

Ich schlug die Augen auf und sah nach unten. Der dicke, grüne Schlauch verschwamm zwischen meinen Schenkeln, und meine Beine schwankten von der Anstrengung des nahenden Orgasmus. Meine Hände zitterten, als ich den Zapfhahn zurück in die Aufhängung schob.

Ich zahlte und fuhr weg. Ein paar hundert Meter weiter hielt ich auf dem Seitenstreifen an, denn ich war nicht mehr in der Lage, Auto zu fahren.

Ich war so nahe dran gewesen, direkt am Rand des Höhepunkts, und doch waren mir die letzten Wonnen versagt geblieben. Vielleicht, aber auch nur vielleicht, hätte ich es geschafft, wenn der Fahrer des Transporters nicht im falschen Augenblick aufgetaucht wäre. Oder wenn ich nicht schon für zwei Pfund getankt hätte.

Es würde funktionieren, das wusste ich jetzt, aber dieses Wissen half mir nicht. Ich konnte nicht warten, meine Frustrationen waren zu stark, um unterdrückt zu werden.

Immer noch heftig zitternd schob ich meinen Sitz ein bisschen zurück. Nur wenige Schritte entfernt brausten die Autos an mir vorbei, und doch konnte ich mich nicht beherrschen. Ich spreizte meine Beine, meine Hand drückte gegen das V meines Schoßes, und dann begann ich zu masturbieren, nicht etwa unauffällig, sondern mit derben, reibenden Bewegungen. Abwechselnd presste ich die Schenkel zusammen oder spreizte sie weit.

Die Augen geschlossen, griff ich mit einer Hand an meine Brüste und streichelte sie. Ich zwickte die Nippel und zog sie lang, und dann spürte ich endlich, wie der Orgasmus einsetzte. Mein Körper wurde von den Lustwellen geschüttelt, und vor meinen Augen tanzten bunte Lichter, während sich in meinem Kopf alles drehte.

Das war das erste Mal, dass es mir im Freien gekommen war, jedenfalls allein, was ganz anders ist, als in den Armen eines Liebsten zu liegen. Nachher sagte ich mir, dass es ein alberner Einfall war, besonders gleich neben der Straße, und dass ich es nie wieder tun würde.

Sehen Sie, das Feine an meiner Angewohnheit an der Zapfsäule ist, dass es so harmlos aussieht, abgesehen von den entscheidenden Momenten. Ich habe Monate gebraucht, um so entspannt und unauffällig auszusehen, wenn ich komme.

Auf dem Seitenstreifen sah ich natürlich alles andere als harmlos aus, Beine gespreizt und Brüste entblößt. Wenn ein Streifenwagen im falschen Moment angehalten hätte, um zu sehen, was mit diesem Auto oder dem Fahrer los war, hätte ich eine Menge zu erklären gehabt. Und jeder Lastwagenfahrer hätte mich sehen können.

Ich wusste, ich würde es bei diesem einen Mal nicht belassen, aber ich versprach mir, vorsichtiger zu sein. Das hielt ich einmal ein, dann aber auch wieder nicht. Die nächste Gelegenheit bot sich ganz unerwartet, als ich gebeten wurde, mit dem Minibus der Fakultät ein paar Studenten nach York zu fahren.

Ich sagte mir, dass ich ganz brav sein würde, als ich diese Tankstelle ansteuerte, an der es mir beinahe gekommen wäre. Es war unmöglich, brav zu sein. Schon als ich den Rüssel in die Hand nahm, ging ein Beben durch meinen Körper, und als ich sah, wie sich der Schlauch bewegte, musste ich meine Schenkel ganz fest zusammenpressen.

Keiner der Studenten schaute hin, als ich hinter dem Bus stand, deshalb konnte ich nicht widerstehen. Erfüllt von Anspannung und schuldbewusster Erregung, trat ich näher an den Schlauch heran, nahm ihn zwischen die Beine und zog ihn stramm gegen meine Pussy, als ich den Treibstoff fließen ließ. Ich fühlte mich sofort wie im Himmel, obwohl ich wusste, dass ich den magischen Moment nicht erreichen würde, weil ich mich um die Studenten sorgte und um die anderen Tankkunden.

So war es auch; der Orgasmus blieb aus, aber ich ritt die ganze Zeit auf dem Schlauch und nutzte die volle Zeit, denn in den Tank des Minibusses gehen viele Liter. Ich war benommen vor Lust und Verlangen.

Natürlich konnte ich vor den Studenten nicht das tun, was ich gern getan hätte, deshalb schwelte es den ganzen Tag in mir. Erst am Abend verschaffte ich mir einen Orgasmus, und während ich später in der warmen Stille meines Schlafzimmers lag, war mein Kopf voller Gedanken an das ultimative Erlebnis an der Zapfsäule.

Mit meinem Auto konnte es vielleicht gelingen, aber mit dem Minibus ganz sicher, und außerdem bot er mir besseren Sichtschutz. Ich brauchte mir nur einen Vorwand einfallen zu lassen, warum ich den Minibus mal für einen Tag ausleihen müsste. Ich würde erst am späten Abend zurückkehren, damit ich den Treibstoff auf meine ganz spezielle Weise ersetzen konnte, den ich am Tag verbraucht hatte.

Der Vorwand zog, und so fuhr ich schon eine Woche später in die Highlands. Es war eine Tour durch eine wunderschöne Landschaft, auch wenn meine Gedanken den ganzen Tag um das Ende meiner Fahrt kreisten.

Als ich die Rückreise antrat, konnte ich mich kaum noch beherrschen. Ich hatte zwar genau geplant, welche Tankstelle ich nutzen würde, aber bis dahin hielt ich es nicht aus. Sobald die Tankuhr auf Reserve stand, sah ich eine einsame Tankstelle an einer einsamen Straße, und die Gelegenheit wollte ich mir nicht entgehen lassen.

Die Umstände waren perfekt. Der Kassierer döste in seinem Kabuff, und sonst war niemand zu sehen. Jetzt würde ich es tun, und das allein ließ mich schon vor Geilheit zittern, als ich nach der Pumpe griff. Ich wusste, dass mich nichts und niemand aufhalten konnte. Ich holte den Rüssel aus der Verankerung und stieß ihn tief in den Schlund.

Ich presste mich eng an den Schlauch und rieb das harte, dicke Gummi gegen meinen Schoß. Ich trug wieder meine schwarze Lieblingshose und darunter nichts. Noch ein paar Sekunden, dann zog ich den Hahn und schloss die Augen. Ich wusste genau, was jetzt passieren würde.

In dem Moment, in dem die Vibrationen begannen und mein Geschlecht erfassten, wusste ich, dass ich angekommen war. Ich war so ein böses Mädchen, so herrlich unanständig. An der Uni hielten mich alle für brav, fleißig und gewissenhaft, immer hilfsbereit, viel zu scheu und viel zu ernsthaft, um überhaupt an Männer zu denken. Letzteres traf übrigens zu. Wer braucht schon Männer? Ich nicht, nicht, wenn der dicke Schlauch Treibstoff zwischen meinen Schenkeln pumpte.

Es würde geschehen. Meine Erregung wuchs. Ich hatte die Schenkel fest um den Schlauch gequetscht, und in meinem Kopf schwirrten die schmutzigsten Gedanken herum. Ich musste auf meine Lippe beißen, um nicht aufzuschreien, als Welle auf wunderbare Welle mich erfasste, bis meine Knie nachgaben und ich aufhören musste.

Ich sackte zusammen, lehnte mich gegen die Seite des Minibusses und genoss die letzten Zuckungen, während das Benzin weiter durch den Schlauch pumpte.

Ich wurde süchtig. Es gibt kein anderes Wort dafür. Immer und immer wieder fuhr ich mit dem Auto hinaus, manchmal auch mit dem Minibus und einige Male mit den Autos von Freunden, und dann lief dieselbe köstliche Routine ab: eine abseits gelegene Tankstelle, der Schlauch zwischen den Schenkeln, das Vibrieren all meiner Nerven.

Ich achtete sehr darauf, meine kleine, schmutzige Angewohnheit geheim zu halten, aber je häufiger ich meiner Lust frönte, desto mehr brauchte ich es, und je häufiger ich es tat, desto mehr nahm die Erregung ab.

Einmal pro Woche, nahm ich mir vor, nicht häufiger, aber dieser Vorsatz hielt nicht lange an. In meinem Kopf wuchs das Verlangen nach neuen, aufregenderen Erlebnissen. Der Teufel in mir wollte, dass ich größere Risiken einging. Ich versuchte zu widerstehen, aber ich unterlag.

Die erste Versuchung, der ich nachgab, bestand darin, den Schlauch direkt gegen mein Höschen zu pressen; okay, das war vielleicht keine große Sache, aber wenn man an der Zapfsäule steht und den Rock rafft, dann kann das zu einer peinlichen Angelegenheit werden.

Ich hatte vorher eine Zeitlang darüber nachgedacht und war zu dem Ergebnis gelangt, dass ein knielanger Rock ideal für das Vorhaben war. Das erwies sich als richtig. Es war ein neues Erleben, den Schlauch an den Innenseiten meiner nackten Schenkel zu spüren. Das geschah in einer kühlen Sommernacht an einer Straße in Wales, und es war das erste Mal in einer Reihe, die ich oft fortsetzte.

Die zweite Versuchung, der ich nachgab, galt meinem Verlangen, den Schlauch auf dem nackten Fleisch zu spüren. Das erste Mal geschah das an einer Tankstelle in der Nähe von Rugby, nachdem der Kick, den Schlauch durch das Höschen zu spüren, an Intensität nachgelassen hatte.

Mein Denken entsprang einer gewissen Logik: Wenn ich mich schon traute, den Rock anzuheben, um den Schlauch gegen das Höschen zu pressen, dann musste es genauso einfach sein, das Höschen wegzulassen. Und so kam es, dass ich für einige Sekunden meinen nackten Schoß an der Zapfsäule sehen ließ. Es war ein voller Erfolg, der mich mit einem der besten Orgasmen belohnte. Nachdem ich es einmal auf der nackten Haut erlebt hatte, gab es kein Zurück mehr.

Die dritte Versuchung, der ich nachgab, bestand darin, mich jemandem zu zeigen. Ich hatte mich lange dagegen gewehrt, zwei lange Jahre lang, erschrocken von der Gewalt meines Verlangens und den möglichen Konsequenzen meines Handelns. Zu dieser Zeit machte ich es nur noch nackt.

Ich wartete den richtigen Zeitpunkt ab, suchte mir die geeignete Tankstelle und fuhr hinaus in die Nacht. Ich hatte einen Rock mit vernünftiger Länge an und verzichtete aufs Höschen. Es war ein wunderbares Gefühl, unterm Rock nackt zu sein, und manchmal verzichtete ich auch dann auf den Slip, wenn nicht mein Tanktag war.

So war es auch an dem Tag, an dem es geschah. Ich fuhr in meinem glänzenden neuen BMW von London nach Carlisle. Das Auto konnte ich mir leisten, weil ich einen neuen Job als Forscherin gefunden hatte.

Aus irgendeinem Grund fühlte ich mich erregt, und als ich sah, wie der Tankanzeiger sich immer tiefer neigte, beschloss ich, mich selbst ein wenig zu necken. Ich bog zur nächsten Raststätte ab, fuhr an den Rand des Parkplatzes und zog unter meinem Rock das Höschen aus. Ich aß zu Mittag und kam mir herrlich unanständig vor, als ich mich mit nacktem Po auf den Stuhl im Restaurant setzte.

Als ich die Raststätte verließ, war ich bereit, und auf der Fahrt in den Norden blieb ich bereit, während ich mir die Lust des nächsten Orgasmus ausmalte, den ich mir an diesem Abend noch verschaffen würde, wenn ich den Tank füllte.

Wenn ich auf der Autobahn geblieben wäre, hätte ich Carlisle viel zu früh erreicht, deshalb bog ich hinter Lancaster ab und schlängelte mich durch den Lake District. Das Abendessen nahm ich in einem Pub ein, und nicht lange danach leuchtete das Lämpchen auf: Der Tank fuhr auf Reserve.

Es war, als hätte man in mir einen Schalter umgelegt. Bei einigen Frauen kann es der Anblick ihres liebsten Schauspielers sein, bei anderen mag es von knackigen Backen in engen Jeans ausgelöst werden. Bei mir ist es das kleine, gelbe Lämpchen, das mir signalisiert: Zeit zu masturbieren.

Diesmal erging es mir nicht anders, obwohl es noch ein bisschen früh war. Ein paar Meilen später bog ich von der Straße ab und fuhr eine winzige Tankstelle auf einem Hügel an. Sie sah so aus, als wäre seit den siebziger Jahren nichts mehr verändert worden: Nur zwei Zapfsäulen, die nebeneinander standen, keine Überdachung. In einem Holzschuppen saß der Kassierer, der ein eingegipstes Bein auf einen Stuhl gelegt hatte. Sofort drängte sich mir der Gedanke auf, dass ich mich ihm schamlos zeigen wollte. Er konnte mich sehen. Und doch war ich in Sicherheit – was sollte er denn tun?

Was er tun sollte? Er würde die Schau genießen. Ich wusste, dass er der Richtige war, als ich den Holzschuppen betrat und ein Päckchen Pfefferminz kaufte. Er war jung, sah gut aus und war freundlich. Als ich zurück zum Auto ging, war ich sicher, dass sein Blick auf meinen Po gerichtet war, denn unter dem Rock bewegten sich die Backen rhythmisch. Bestimmt konnte er auch erkennen, dass der Po nackt war, und das allein war schon ein köstlicher Kick für mich.

Ich drehte mich zu ihm um und sah, dass er mich anlächelte, was den Kick noch verstärkte. Mir schlug das Herz bis zum Hals, aber ich würde es trotzdem tun. Ich winkte ihm zu, denn ich wollte klarstellen, dass ich von seinem Spannen wusste und dass ich nichts dagegen hatte. Ich griff nach dem Zapfhahn, wie ich es schon so oft getan hatte, aber diesmal wusste ich, dass ein Mann mir dabei zuschaute, und das war erregender als alles, was ich bisher getan hatte.

Wenn ich nicht so scharf gewesen wäre, hätte ich es niemals durchziehen können, aber ich war es, und so tat ich es. Ich überzeugte mich, dass er zuschaute. Ich hob meinen Rock hoch, zeigte ihm meine Beine, das Ende meiner Strümpfe und meinen Schoß, nackt und pink im fluoreszierenden Licht, entblößt vor seinen Augen, die ihm fast aus dem Kopf fielen.

Ich war entschlossen, mir einen Orgasmus zu verschaffen. Ich zitterte stark, aber ich nahm den Rüssel und führte den Schlauch zwischen meine Beine. Schnell gewöhnte ich mich an das glatte Gummi, das ich in das V meiner Schenkel presste. Ich hielt den Rock weiter hoch, damit mein Zuschauer alles sehen konnte, jedes schmutzige Detail. Jetzt den Hahn hochziehen und das Benzin pumpen lassen, während die wunderbaren Vibrationen begannen und ich mich am Schlauch rieb.

Jetzt starrte der junge Kassierer offenen Mundes, und das ermutigte mich erst recht. Ich ließ zu, dass mein Gesicht meine Gefühle widerspiegelte, und vielleicht übertrieb ich es noch ein bisschen, während ich auf dem Schlauch tanzte und mich hin und her wiegte.

Meine Lust war nicht übertrieben, sie war so echt wie das Benzin, das durch den dicken Schlauch rauschte. In meinem Kopf setzte der Orgasmus noch früher ein als in meiner Pussy, denn ich machte mir klar, was ich da wirklich anstellte: Masturbieren in der Öffentlichkeit, nackter Schoß, und das vor den Augen eines jungen Mannes.

Als ich kam, schrie ich meine Lust heraus. Der Schlauch pumpte heftig zwischen meinen Schenkeln, mein ganzer Körper war gespannt von der Ekstase, und meine Pussy stand in Flammen.

Ich sah ihn starren, und als dieser herrliche Orgasmus mich überfiel, sahen wir uns in die Augen; ich beobachtete ihn, wie er mich beobachtete, und ich hielt seinem Blick stand, bis ich es nicht mehr aushielt und langsam auf den Boden sackte.

Erst jetzt wurde mir bewusst, dass ich nicht alles durchdacht hatte. Mein Plan sah vor, dass ich mich nach dem Orgasmus bedeckte, ihm vielleicht noch einmal zuwinkte und dann weiterfuhr. Aber das ging natürlich nicht.

Ich war vor seinen Augen gekommen, und mein Tank war randvoll mit Benzin – Benzin, für das ich noch nicht gezahlt hatte. Zweiundvierzig Pfund und achtunddreißig Pence. Ich musste zu ihm gehen und zahlen.

Das bedeutete, über den Hof flanieren und ihm meine Kreditkarte aushändigen. Darauf warten, dass die Maschine die Karte akzeptierte, den Zettel unterschreiben und zurück zum Auto gehen.

Noch nie in meinem Leben war ich so verlegen gewesen. Mein Gesicht brannte von der Röte, die es überzogen hatte. Er wusste, dass ich nackt war unter meinem Rock. Ob er was sagen würde? Schlampe zu mir sagen? Vielleicht verlangte er, dass ich noch einmal meinen Rock hob.

Er lächelte nur, und das ist der Grund, warum er heute mein Mann ist, und heute Abend führt er mich aus – zu der kleinen Tankstelle an der A 32.

Sind wir schon da?

Portia Da Costa

»Wohin fahren wir?«

»Es soll eine Überraschung werden.«

»Ach, sag's mir doch.«

»Sei nicht so ungeduldig, Dirne.«

Dirne? Was soll denn dieses altmodische Wort? Will er eine mittelalterliche Phantasie ausspielen? Irgendeinen Piratenakt? Aber wir sind in seinem klapprigen Toyota unterwegs und nicht auf einem Piratenschiff.

Ich glaube wenigstens, dass es der Toyota ist. Für solche Spritztouren benutzt er selten seinen Mercedes. Aber ich bin nicht sicher, denn er hat meine Augen verbunden.

Ja, ich lebe in einer stockdunklen Welt, meine Nerven sind bis zum Letzten angespannt und warten auf die perversen Einfälle dieses Mannes. Ich bin so aufgeregt, dass ich ohnmächtig werden könnte.

»Uff.«

Ich stolpere über den Kiesweg, und entlang der angespannten Nerven spulen in meinem Kopf die obszönsten Bilder ab. Eine aufgewühlte Sekunde lang drängt sich mir das schreckliche Gefühl auf, dass etwas Entsetzliches geschehen wird. Aber zum Glück schwindet dieser beunruhigende Gedanke, und dann bin ich wieder das schwache Mädchen, das sich an seinem muskulösen Arm festhält, während er mir mit ausgesuchter Höflichkeit ins Auto hilft.

»Ist alles in Ordnung, Miss Lewis?«

Seine Stimme klingt weich, als er mich auf den Sitz setzt und den Sicherheitsgurt über meine Brust zieht. Er muss das übernehmen, denn neben der Augenbinde hat er mir auch noch Handschellen angelegt. Ich bin völlig hilflos, aber ich muss zugeben, dass es mir gefällt.

»Ja, danke, Mr. Stone.« Ich antworte fröhlich und gleichzeitig ein wenig aufsässig, denn das gehört zum Spiel, das wir an diesem Abend spielen.

Er murmelt: »Hmm«, als durchschaute er mein Motiv, dann schlägt er mit sanftem Druck die Tür zu und geht um das Auto herum.

Ich weiß, dass die Augenbinde zum Spiel gehört, aber plötzlich wünsche ich mir aus ganzem Herzen, dass ich sehen könnte, wie er sich in den Fahrersitz schmiegt und den Motor anlässt. Ich möchte sein mir so lieb gewordenes Profil sehen. Das feste, stoppelige Kinn. Diese unerwartet vollen, sexy Lippen. Die langen Wimpern, auf die ich neidisch bin. Ich muss dreifach Maybelline auftragen, um diese Wirkung zu erreichen. Alles in allem ist er zwar nicht gerade ein Ölgemälde, aber für mich ist er Sex auf zwei langen Beinen.

Er setzt das Auto zurück, und die Vibrationen richten Unheil in meinem Schoß an. Aber das will ich ihm nicht zeigen. Der Wagen scheint durch alle Schlaglöcher zu fahren, und ich werde kräftig durchgeschüttelt. Die Federung der alten Karre ist nicht mehr gut, und ich keuche und ringe nach Luft. Mit meiner Selbstbeherrschung ist es an diesem Abend nicht gut bestellt. Aber Mr. Stone weiß, welche Knöpfe er bei mir zu drücken hat.

Ein besonders tiefes Schlagloch führt dazu, dass ich auf meine Unterlippe beiße. Obwohl ich ihn nicht sehen kann, weiß ich, dass Mr. Stone es bemerkt hat.

»Sind wir schon da?«, frage ich, um mich abzulenken. Er lacht nur.

»Ungeduldig, Miss Lewis?«

»Nein.«

»Lügnerin.«

»Ich möchte nur wissen, wann wir da sind und wohin wir fahren.«

»Es kann sein, dass es dir nicht gefällt, sobald du es weißt.«

Mein Herz hüpft, und meine Pussy auch.

Will er Dogging machen? Ich finde den Begriff so schön und den Akt selbst natürlich auch. Anfangs wusste ich gar nicht, was damit gemeint war; Mr. Stone hat es mir erklärt: Dogging ist die Lieblingsbeschäftigung der Voyeure, die auf einsamen Waldwegen nach Pärchen Ausschau halten, die es im Freien treiben. Was der Hund damit zu tun hat? Nun, die ersten Begegnungen fanden unter Spaziergängern statt, die ihre Hunde ausführten, und dabei wurden sie von anderen Gassigehern beobachtet.

Wir haben es schon einige Male gemacht, denn ich bin nicht weniger exhibitionistisch veranlagt als Mr. Stone. Ich erinnere mich daran, als wir es das erste Mal in diesem Auto getrieben haben, und bei der Erinnerung beginne ich zu hecheln.

Damals konnte ich sehen, und Mr. Stone gab mir einiges zu sehen. Er sagte, ich sollte seinen Mast aus der Hose holen und ihn reiben.

Oh Himmel, vielleicht hat er ihn jetzt auch schon aus der Hose geholt!

Ich rutsche seitlich auf ihn zu und will mich gegen ihn lehnen. Ich mag zwar Handschellen tragen, aber ich könnte immer noch mit dem Mund nach ihm schnappen. Und er ist groß genug, um ihn in der Dunkelheit zu finden.

»Was machst du denn da, Miss Lewis?«

»Äh … nichts«, lüge ich. »Ich will nur meine bequemste Lage herausfinden.«

Er sagt nichts, aber ich ahne, dass er lächelt. Es ist ein langsames, listiges Grinsen. Ich kenne es gut, und mir stockt jedes Mal der Atem, wenn ich es sehe. Auch noch nach all den Monaten, die wir zusammen sind.

Die Zeit scheint zäh dahinzufließen. Ich kann nicht abschätzen, wie lange wir schon unterwegs sind. Der einzige Anhaltspunkt ist mein Körper. Der wachsende Druck in meinem Bauch, die zunehmende Nässe in meinem Slip. Wie meine Klitoris pocht und klopft und schmerzt. Ich will ihn wieder fragen, ob wir schon da sind, aber der Druck in meinem Innern legt sich auch auf meine Zunge.

Sie werden sich wahrscheinlich fragen, warum ich ihn Mr. Stone nenne, da wir doch zusammenleben.

Nun, ich nenne ihn nicht immer Mr. Stone, meistens ist er nur Stone und manchmal Robert. Einige Male auch Bobby, wenn er süß und lieb und zärtlich ist. Aber wenn wir uns formell ansprechen, ist das eine Art Signal. Das Spiel kann beginnen. Wenn ich höre, wie er mich Miss Lewis nennt, würde ich am liebsten gleich kommen.

»Sitzt du denn jetzt bequem?«

Schon beim ersten Wort zucke ich zusammen. Ich schrecke oft zusammen, wenn er mich aus meinen Gedanken reißt. Ich muss schlucken, bevor ich antworte.

»Nun, ich weiß nicht, wie es dir geht, aber ich bin zufrieden, danke.«

»Tatsächlich? Ich dachte, dass dies der Zeitpunkt ist, an dem du dich gern zu streicheln beginnst.«

Ich hatte mich schon streicheln wollen, seit er mir die Augen verbunden hat, aber das werde ich ihm nicht sagen. Stattdessen klemme ich meine Schenkel fest zusammen, vielleicht kann ich mich ja damit stimulieren. Aber das erweist sich als großer Fehler, der die Situation noch verschlimmert.

»Wie kommst du denn auf die Idee?« Ich lege eine Pause ein, dann füge ich hinzu: »Mr. Stone.«

»Werde bloß nicht frech, junge Miss«, gibt er zurück. Er spielt den Meister der Selbstbeherrschung. Täuscht vor, die sexuelle Spannung zwischen uns gar nicht wahrzunehmen. Dabei würde ich eine Menge Geld darauf setzen, dass er mit einer strotzenden Erektion dasitzt.

Ich lechze danach, ihn zu berühren, um meinen Verdacht zu erhärten. Ich glaube, ich würde schon kommen, wenn ich nur seinen Schenkel anfasse. In Wirklichkeit ist das Unsinn, aber in diesem Moment habe ich das Gefühl.

Dabei weiß ich genau, dass ich wie jede andere Frau auch ein längeres Vorspiel zwischen meinen Schenkeln brauche, bevor ich explodiere. Schönes, geschicktes Fingern oder Züngeln. Oder auch einen harten Schaft. Das mag zwar altmodisch sein, das heiße Hecheln zwischen den Laken mit Mr. Stone über mir, seine großen Füße gegen das Bettende gestemmt, um es mir richtig besorgen zu können.

Oh ja.

»Woran denkst du?«

Oh verdammt. Mir wird bewusst, dass ich nicht nur ein paar Minuten lang geschwiegen habe, ich bin auch angespitzt auf dem Sitz hin und her gerutscht.

»Nichts, Mr. Stone. Ich denke immer noch darüber nach, wohin wir fahren und ob wir bald da sind.«

»Unsinn«, sagt er mir auf den Kopf zu. »Du denkst an unanständige Sachen, nicht wahr, Miss Lewis? Wenn nicht, wäre ich wirklich überrascht und« – er hält einen Moment die Luft an – »enttäuscht.«

Oh nein!

»Ja, ja, schon gut. Ich habe daran gedacht, wie gern ich jetzt kommen würde. Und daran, auf welche Weise ich kommen möchte.«

»Das hört sich schon besser an.« Er will einen Gang höher schalten und verfehlt den, den er sucht. Ich kann mir nicht helfen und lache laut auf.

Touché, cleverer Bobby – du bist genauso scharf wie ich!

Er lässt einen gotteslästerlichen Fluch hören, der sich seltsam ausnimmt, weil Flüche nicht zu dieser kultivierten Stimme passen. Im nächsten Moment hält er den Toyota an.

Bevor ich ihn fragen kann, ob wir da sind, ist er schon vom Fahrersitz gesprungen, läuft auf meine Seite und zieht mich bestimmt, aber sanft vom Sitz. Er führt mich ein paar Schritte vom Auto weg und sagt: »Komm jetzt.«

»H ... hier?«, stammele ich.

Aber wo ist »hier«?

Ich kann in der Ferne das Dröhnen des Verkehrs hören; wir müssen also noch in der Nähe der Autobahn sein, aber darüber hinaus könnten wir überall sein.

Und jeder könnte zuschauen.

Nicht, dass mich das irritieren würde. Es wäre nicht das erste Mal, dass ich eine Schau abgeliefert habe. Trotzdem, es ist unbehaglich, wenn man nicht weiß, ob man Zuschauer hat.

Ich strecke die Arme aus, aber ich kann nichts finden, nichts zum Anfassen, nichts zum Sitzen, nichts zum Anlehnen. Und verdammt, er bietet mir nicht die geringste Hilfe an.

Mit einem resignierenden Seufzer und mit großer Mühe – schließlich steckten meine Gelenke in Handschellen – ziehe ich den Rock hoch und fummle an meinem Höschen herum.

»Steck den Rockschoß in den Bund«, weist er mich an, »und dann ziehst du den Slip bis auf die Knie.«

Ich fühle mich wieder ganz schwach, und diesmal liegt es nicht an der Orientierungslosigkeit. Mir ist, als schwebte ich auf einer Wolke. Ich ächze und stöhne, bücke mich und schaffe es dann, das Höschen Stück für Stück nach unten zu schieben.

Und dabei entblöße ich meinen Schoß der kühlen Nacht und ihren tausend Augen.

Weil ich seine Vorlieben kenne, spreize ich meine Beine, so weit es das Höschen auf Halbmast zulässt. Ich weiß, dass Mr. Stone es liebt, wenn ich meine Eleganz verliere. Das gefällt ihm sehr. Seine dunkle Seite fährt voll darauf ab, mich lasterhaft zu sehen.

Ich gehe in die Hocke und greife an mein Geschlecht. Da unten hat sich ein Sumpf gebildet, und ich bin so sensibel geworden, dass ich laut zu stöhnen beginne. Die erotische Spannung, die Dunkelheit um mich herum. Kein Wunder, dass ich so schnell, viel zu schnell, im Fieber liege. Ich berühre meine Klitoris und fühle ein tiefes Pochen, das sich im ganzen Unterleib ausbreitet. Die Verlockung, mich sofort zu einem Orgasmus zu bringen, raubt mir den Atem. Aber ich weiß, dass Mr. Stone eine Schau sehen will. Deshalb ziehe ich mich von der kritischen Umgebung zurück und lasse meine Hüften kreisen.

Das muss ein Anblick sein! Halb hockend schwenke ich meinen Po. Ich fühle, wie ich in einen seltsam entrückten Zustand drifte, während ich mich selbst beobachte und auch den Mann, der mich beobachtet.

Ich nehme an, dass er auch masturbiert. Es sei denn, wir befinden uns in einem öffentlichen Park oder auf einem Seitenstreifen, an dem die Autos nur so vorbeirauschen. Oder stört er sich nicht an den möglichen Zuschauern?

Ich stelle mir seine breiten Hände um seinen großen Schaft vor. Ich wünschte, ich wüsste genau, wo er steht. Der Grund unter meinen Schuhen ist weich, und da Mr. Stone leichtfüßig ist, kann ich seine Schritte nicht hören. Seit ein paar Minuten hat er nicht mehr gesprochen, deshalb kann ich auch seine Stimme nicht orten.

Aber ich sollte ihn ausfindig machen können. Schließlich ist er einen Meter fünfundachtzig groß, und mit seinen breiten Schultern verdrängt er eine Menge Luft. Aber ich weiß nicht, ob er nah bei mir steht oder viele Schritte von mir entfernt. Ich habe keinen Motor starten gehört, sonst könnte er sich ins Auto gesetzt haben und weggefahren sein.

Dann werde ich fast ohnmächtig, als ich seinen warmen Atem im Nacken spüre.

»Du strengst dich nicht wirklich an, was, Miss Lewis?«, murmelt er so nahe, dass er mich berühren könnte. Und Sekunden später berührt er mich auch.

Ich fühle seine mich überragende Gestalt in meinem Rücken und seine Erektion, als er die Arme um mich schlingt. Eine Pranke legt sich um meine Brust, und die andere schiebt sich nach unten und dirigiert meine masturbierende Hand.

Sein Mittelfinger presst meinen gegen die Klitoris, und dann komme ich wie ein außer Kontrolle geratener Zug.

Ich bin ein paar Sekunden wie weggetreten, aber als ich wieder bei Sinnen bin, spüre ich seinen harten, beharrlichen Schaft. Ich wehre mich gegen die Handschellen, denn ich will ihn in die Hand nehmen und ihn streicheln.

»Ts, ts, das genügt«, sagt er streng, weicht mit Beinen und Hüften zurück, hält meinen Körper aber noch fest.

Obwohl mein Schoß noch von der Befriedigung glüht, bin ich enttäuscht. Ich möchte ihn unbedingt berühren. Ich möchte ihn sehen. Ich würde gern die alberne Augenbinde wegwerfen und nach seinem erstaunlichen Penis greifen und dann in sein breites Gesicht sehen, das sich in Lust verzieht, während ich ihn liebevoll streichle.

Aber es sieht so aus, als würden meine Wünsche nicht erfüllt, denn gleich darauf werde ich wieder sanft, aber bestimmt in den Toyota bugsiert, Rock hochgesteckt, Höschen auf den Knien. Ich will meine Kleidung richten, aber ich höre wieder sein tadelndes »ts, ts«.

Also hänge ich hier im Auto und lasse meinen Busch sehen.
Mr. Stone lässt den Motor an.

Wie lange sind wir jetzt schon unterwegs? Wie lange sitze ich jetzt hier, den Rock gelupft und das Höschen auf den Knien? Wie viele Fahrer haben zufällig vor der Ampel einen Blick ins Innere unseres Autos geworfen und was zu sehen bekommen?

Mir mutet es wie eine kleine Ewigkeit an. Die zwei Tassen Kaffee, die ich vor der Abfahrt getrunken habe, machen sich bemerkbar.

Oh verdammt, ich muss dringend pinkeln! Ich muss so nötig, dass es wehtut.

Ich versuche alles, um dem Druck zu trotzen. Unauffällig. Aber obwohl er fährt, weiß ich genau, dass Mr. Stone jede Bewegung von mir wahrnimmt. Selbst wenn er nicht hinschaut, überwacht er mich mit seinem sechsten Sinn. Damit kann er durch Wände nach mir greifen, über Korridore der Borough Hall, in der wir beide arbeiten, und er weiß zu jeder Zeit, wann ich gerade unzüchtigen Gedanken nachhänge oder etwas Unanständiges tue.

»Immer noch bequem?«

Der Bastard! Er kann meine Gedanken lesen – obwohl er keine telepathischen Kräfte braucht, um zu sehen, in welchem Zustand ich mich befinde.

»Ja, fein. Sind wir bald da?«

»Noch nicht. Warum? Hast du Durst? Im Handschuhfach liegt eine kleine Flasche Wasser. Nimm doch einen Schluck.«

Fick dich selbst.

»Nun, wenn du nicht willst, dann will ich einen Schluck trinken. Kannst du mir die Flasche reichen?« Seine Stimme klingt völlig normal, aber mit meinem sechsten Sinn höre ich heraus, dass er sich halbtot lacht über mich.

Ich erspare mir den Hinweis, dass ich nichts sehen und auch meine Hände nicht so einfach einsetzen kann. Stattdessen drehe ich mich in meinem Sitz, bis es mir gelingt, das Handschuhfach zu erreichen.

Das Wasser schwappt über, als ich die Plastikflasche herausziehe, und das bewirkt schreckliche Dinge mit meiner geplagten Blase. Diesmal kann ich es nicht verhindern, dass ich nervös auf meinem Sitz herumrutsche, was Mr. Stone bemerkt und mit einem leisen Seufzen bedenkt.

Ich schraube die Flasche auf und reiche sie ihm, und während ich mit zusammengepressten Schenkeln dasitze, höre ich ihn genussvoll trinken. Das Wasser kullert glucksend durch seine Kehle. Mit einem zufriedenen Grunzen reicht er mir die Flasche zurück.

»Bist du sicher, dass du nicht auch einen Schluck nehmen willst?«

»Ja, absolut sicher.« Meine Zähne knirschen aufeinander, aber ich bringe Wort für Wort heraus.

Wir fahren schweigend weiter, und wieder scheint er eine Strecke mit möglichst vielen und tiefen Schlaglöchern ausgesucht zu haben. Jedes Mal bin ich nahe dran aufzuschreien und/oder in die Hose zu machen, die ich nicht mehr an Ort und Stelle trage. Irgendwann schaffe ich es nicht mehr.

»Ich muss dringend pinkeln. Bitte, halt an. Oder noch besser, suche eine Toilette.«

»Aber weit und breit gibt es keine Toilette«, sagt er scheinheilig. »Ich fürchte, du wirst warten müssen.«

»Ich kann nicht!«

Ich glaube wirklich nicht, dass ich es noch länger aushalten kann. Es wird ernst mit meiner Blase. Mir bricht der Schweiß aus.

Er lässt wieder ein Seufzen hören. Diesmal ist es ein lautes, falsches Seufzen.

»Also gut«, sagt er, als mutete ich ihm eine ungeheure Belästigung zu, was absoluter Quatsch ist, denn er genießt jede Minute meines Unbehagens. Er hat eine besondere Faszination für Wasserspiele, weil er weiß, dass ich sie einmal mit einem anderen Partner gespielt habe.

Wir steigen aus dem Auto – bei mir mit viel Gezerre und Geschiebe verbunden –, und ich höre Stimmen ganz in der Nähe. Und – oh Gott – fließendes Wasser. Wir müssen nahe beim Fluss sein, vielleicht in der Umgebung eines ländlichen Pubs oder auch bei einer Aussichtsplattform. Es muss inzwischen Abend geworden sein, aber es sind noch viele Leute unterwegs. Leute, die mich mit heruntergelassenem Höschen sehen können. Leute, die auch verfolgen können, wozu er mich bringt.

Ich muss das Risiko eingehen, etwas anderes bleibt mir nicht übrig. Entweder gehe ich dahin, wohin er mich führt, oder ich mache mich nass. Er lenkt mich einen schmalen Pfad entlang, und wegen des Höschens auf den Knien kann ich keine weiten Schritte machen.

»Hier«, sagt er schließlich. Ich spüre, wie er sich bückt und mein Höschen nach unten zieht. Ich trete heraus und stöhne bei jeder Bewegung.

Ich weiß nicht, was er mit dem Höschen anstellt, aber ich habe eine Ahnung, dass ich es nicht wieder bekomme. Das ist mir egal. Ich will mich nur hinhocken und alles laufen lassen.

Und dann passiert das, was ich befürchtet habe: Ich hocke da, die Beine weit gespreizt, und ich kann nicht. Ich bin so frustriert, dass ich am liebsten gewimmert hätte. Selbst bei den Geräuschen des nahen Flusses ist alles in mir verschlossen.

»Ich kann nicht«, schluchze ich.

»Ach, du armes Baby«, murmelt er. »Arme Miss Lewis. Soll ich dir helfen?«

Oh Himmel, ja!

Ich ahne seine Nähe, und dann bückt er sich neben mir, und eine Hand schlüpft zwischen meine Schenkel.

Als ein langer Finger anfängt, seinen Zauber zu treiben, schreie ich auf. Aber nur innerlich, ganz stumm, hinter meinen Lippen, die sich verbeißen, und dann schießt alles heraus, meine Pisse und der Orgasmus gleichzeitig.

Dieses Mal werde ich nicht ohnmächtig, im Gegenteil, ich nehme alles mit großer Klarheit auf. Die Geräusche um mich herum sind deutlicher denn je, das fließende Wasser, das Echo meines eigenen Wassers, das stürmische Klopfen meines Herzens, das schwere Atmen des Mannes an meiner Seite, der seine Erregung nicht verstecken kann, weil er endlich diese leichte Perversion hat ausleben können. Er hat das immer schon mal versuchen wollen, seit ich ihm beschrieben habe, wie mich eine Freundin auf diese Weise auf einer Raststätte zum Wasserlassen und zum Orgasmus gebracht hatte.

Stumm händigt er mir ein paar Papiertaschentücher aus, damit ich mich säubern kann, dann entsorgt er sie, wenn ich auch nicht weiß, wie und wo. Ich kann nicht reden, als er mich zum Toyota zurückführt. Ich will ihn wieder berühren. Genauer: Ich will ihn endlich mal berühren; es wäre das erste Mal während dieser Eskapade. Aber irgendwie weiß ich, dass die Zeit noch nicht reif dafür ist.

Wie lange dauert denn diese verdammte Tour noch?

»Sind wir schon da?«

Nach meinem Gefühl sind schon wieder Stunden vergangen. Lange genug für meine innere Anspannung und für meine Libido. Ich könnte nur noch schreien. Ich quetsche wieder meine Schenkel zusammen.

»Ich habe dir gesagt, dass du das nicht tun sollst«, sagt er mit strenger Stimme.

Ich schmolle und hoffe, dass er das aufsässige Wölben meiner Lippen bemerkt. Ich weiß, dass ich mich kindisch anstelle, aber ich weiß auch, dass ihm das gefällt. Diese magische Mystery-Tour erweist sich als Zeitraffer all seiner Lieblingsperversionen, und da gibt es noch eine, um die ich die Sammlung gern bereichern würde.

Ich warte zwei Minuten, dann frage ich wieder.

»Nein. Aber wir werden bald da sein. Und das wirst du bereuen, junge Miss.«

Bingo! Er hat den Köder geschluckt.

Oder bin ich ihm auf den Leim gegangen?

Das Auto nimmt Geschwindigkeit auf, und wir winden uns auf unsichtbaren Straßen und Sträßchen. Wir haben mehr Gegenverkehr, deshalb sind wir wahrscheinlich nicht mehr auf dem Land oder am Fluss. Ich kann ihn nicht sehen, und er redet nicht, aber die Luft um uns herum ist so dick, dass sie auf meine Haut drückt. Er ist so ungeduldig wie ich, und obwohl er ein Meister im Verstecken seiner Emotionen ist, kenne ich ihn. Und ich kann ihn in der Stille und Dunkelheit lesen.

Wir halten an. Er lässt die Handbremse einrasten. »Wir sind da. Bist du zufrieden?«

»Nein«, sage ich knapp.

»Nun, wir werden ja sehen.«

In weniger Zeit, als ich brauche, um umständlich den Gurt zu öffnen, ist er aus dem Auto, kommt auf meine Seite und zerrt mich hinaus auf den Gehweg oder Pfad oder was auch immer. Er ist längst nicht mehr so gelassen, so kontrolliert wie vorher, und das Gefühl, dass sich die Kräfte des Gleichgewichts verschieben, bringt die Schmetterlinge in meinem Bauch zum Flattern. Es gibt nur noch ein Element in unserem Dreierspezial, und bei diesem Element hat derjenige, der am wenigsten zu sagen hat, die größte Kontrolle.

Zusammen rennen wir fast über eine harte Oberfläche. Ich

höre das Rascheln der Bäume und ahne einen Zaun oder eine andere Begrenzung zu beiden Seiten. Eine schmale Gasse vielleicht, Hecken oder Mauern an den Seiten. Ein Tor, und Mr. Stone zieht mich durch die Öffnung.

Ich lächle, aber ich lasse es ihn nicht sehen.

»Du bist eine ungeduldige Reisebegleiterin, Miss Lewis«, murmelt er, als wir stehen bleiben. Ein Baum, über uns und nach einer Seite, seufzt seine Zustimmung. »Nicht sehr erquicklich.« Er packt meine verbundenen Hände und presst sie gegen seine Jeans. »Man könnte durchaus sagen, dass deine Anwesenheit auf dieser Reise mich auf hundert gebracht hat.«

Das kann man laut sagen. Er ist noch gewaltiger als sonst.

»Was, schlägst du vor, sollen wir dagegen unternehmen?« Er vollführt einen flotten Tangoschritt, als ich versuche, kreativ zu werden und ihn zu greifen.

»Willst du mich disziplinieren?«, frage ich in aller Unschuld, während ich überlege, wie ich es am besten anstelle, noch einmal nach ihm zu greifen, aber diesmal erfolgreicher.

»Meinst du wirklich?« Er hält mich jetzt auf Armesabstand. Ein Mann seiner Größe hat lange Arme. »Würde dir das denn gefallen?«

Mit dieser Frage will er mich reinlegen.

»Oh nein, bitte, nein.« Ich will Mitleid erheischen, aber ich fürchte, man kann nur Mitleid mit meiner schauspielerischen Leistung haben. Ich brauche noch nicht an meiner Dankesrede auf der Oscar-Verleihung zu arbeiten.

»Doch, ich glaube ja.«

Im nächsten Moment bugsiert er mich über einen Stuhl oder Holzsitz. Seltsam, dass so was einfach so herumsteht.

Ich hänge über dem Stuhl, das Gesicht nach unten, der Kopf auf den gefesselten Armen, die Schenkel zusammen, der Arsch in die Luft gereckt. Die ideale Position. Und als er meinen Rock nach oben schiebt, biete ich ihm auch das ideale Ziel.

Was ich höre, ist ein vertrautes Geräusch. Er zieht den Ledergürtel durch die Schlaufen seiner Jeans.

Oho, er meint es ernst.

Ich springe fast aus meiner Haut, als er den Lederriemen über meinen nackten Po gleiten lässt, als sollte sich meine Haut daran gewöhnen. Beinahe hätte ich wieder Wasser gelassen, als er die Länge des Gürtels durch meine Kerbe zieht.

»Nur drei, glaube ich«, schnurrt er und neckt mich weiter mit dem Objekt meiner Bestrafung. »Und ich glaube, es wäre eine gute Idee, wenn du dabei nicht schreist.«

Er weiß genau, dass ich ihm diesen Gefallen nicht tun werde, aber ich weiß, warum er das sagt.

Ich höre seine Schritte, als er seine Position einnimmt. Ich mag seine zielstrebige Art. Er verschwendet keine Zeit mit unnötigen Spötteleien oder überdramatischen Drohungen. Er begibt sich an die Arbeit.

Der erste Schlag erwischt mich trotz allem völlig unvorbereitet. Mir ist, als hätte mich ein Wal gerammt. Meinen Plan, keinen Ton von mir zu geben, kann ich nicht halten. Ich höre mich wie das sprichwörtliche abgestochene Schwein an.

Der zweite Schlag fühlt sich so an, als hätte der Blitz in meine linke Backe geschlagen. Das Geräusch, das ich von mir gebe, ist nicht als menschlich zu identifizieren.

Der dritte Schlag ist viel leichter, aber das Leder bohrt sich in meine Kerbe bis hinauf zur Klitoris.

Ich komme gewaltig und schreie: »Oh Bobby.«

Danach wird aus mir ein schluchzendes, blubberndes, glühendes, dankbares Häufchen, das er sich auf den Schoß nimmt. Ich komme noch einmal, als er mich streichelt. Ich versuche, seine Hände zu küssen und sein geliebtes Gesicht, während er mir die Handschellen abnimmt.

Jetzt bleibt nur noch die Augenbinde.

»Sind wir schon da?«, flüstere ich und schaffe es, meinen Mund auf seine Lippen zu drücken. Er langt nach dem Knoten meiner Augenbinde.

»Ich glaube ja, Baby«, flüstert er, küsst mich und gibt mir mein Augenlicht zurück.

Ein paar Sekunden klebe ich an seinen Lippen, dann nehme ich den Kopf zurück und blicke in sein breites Gesicht. Ich blinzle wie eine junge Eule und sehe mich um.

Unter unserer Kastanie. Da steht der Schuppen. Die ironischen Gartenzwerge. Ich schaue hinauf zum Schlafzimmerfenster. Es ist sanft beleuchtet, denn bevor wir abfuhren, muss er die Nachttischlampe eingeschaltet haben.

Wir sind da. Wir sind wieder zu Hause. Ich bin glücklich, weil oben das Bett auf uns wartet.

Und diesmal, cleverer Bobby, übernehme *ich* den Fahrersitz!

Rettungsboot

Virginia St. George

Das Schiff war ein altmodisches Kreuzfahrtschiff mit Kleiderordnung und einem Sitzplan für die Abendessen, der täglich in der großen Halle hinter Glas hing. Das Frühstück wurde auf dem Pooldeck unter breiten Schirmen serviert, wo das Sonnenlicht vom blauen Pool und vom dunkelgrünen Meer reflektiert wurde. Kellner und Barmänner trugen weiße Uniformen, komplett bis zu den Handschuhen. Im Foyer spielten sie immer noch die alten Lieder: »It's a Wonderful World« und »Never on Sunday«.

Zu ihrem Highschool-Abschluss hatten Laurens Eltern sie nach Athen gebracht. Eine Busreise durch den Peloponnes, eine einwöchige Kreuzfahrt durchs Mittelmeer.

Nachts streckte sich Lauren auf den altersschwachen Federn ihres Kabinenbetts aus. Sie dachte an Liebe, Sex und an ihre Zukunft. Mit fünfundzwanzig sah sie sich als Juristin in teuren, hochhackigen Schuhen und in engen Lederhosen. Sie sah sich als Frau, die sich einen Mann für die Nacht aussuchte und morgens verschwand.

Aber auf ihrem ersten Europatrip fühlte sie sich naiv, so unbedarft und mädchenhaft – trotz ihrer Bemühungen, sich weise und erfahren zu geben. Sie sehnte sich danach, eine Herzensbrecherin zu werden.

Am dritten Abend der Kreuzfahrt saß Lauren mit ihren Eltern

am Tisch. Neben ihr saßen ein englischer Arzt und seine schöne Frau, beide in weißes Leinen gekleidet. Außerdem saß noch ein amerikanisches Geschwisterpaar bei ihnen: es befand sich im dritten Monat einer einjährigen Weltreise. »Wir kommen aus Utah.« Die Schwester hatte einen rosigen Teint und lange, dunkle Haare.

»Seid ihr Mormonen?«, fragte Lauren, eine Augenbraue gehoben.

»Oh nein, wir hassen Mormonen. Ich hoffe, es gibt keine auf diesem Schiff.« Die Schwester schaute über ihre Schulter und kicherte, wobei eine kleine Lücke zwischen den Schneidezähnen sichtbar wurde.

Die Kellner traten an den Tisch, servierten den Hauptgang und hoben mit elegantem Schwung wie auf ein geheimes Kommando die metallenen Kuppeln von den Tellern.

Lauren betrachtete den Bruder von der Seite. Er trug ein sandfarbenes Kordsakko mit ledernen Ellbogenschonern; ein ziemlich warmes Teil für dieses Klima. Sein Gesicht war voller Sommersprossen, sogar auf den Lidern, und seine Haare waren so sandfarben wie sein Sakko.

Er hatte keine Ähnlichkeit mit seiner Schwester. Auf der Innenseite seines Handgelenks lugte eine Tätowierung aus der Manschette, als er nach dem Besteck griff. INCONCESSUS AMOR stand da in kursiven Lettern.

»Was bedeutet dein Tattoo?«

»Das ist ein Geheimnis.«

Es war ein großer Speisesaal, und über ihren Köpfen hingen glitzernde Kronleuchter. An den anderen Tischen schenkten silberhaarige Gentlemen ihren lächelnden, rundlichen Gattinnen Wein ein. Vermutlich Rentner. Oder ältere Berufstätige auf Sommerurlaub.

»Wir sind die jüngsten Passagiere hier«, sagte Lauren.

Der Bruder hob den Blick vom Schwertfisch und wischte

sich die Haare aus den Augen. Er lächelte. »Ich bin Ben. Sie heißt Casey, aber du kannst sie Cass nennen.«

Cass' Augen sprühten. »Sind dir diese Kellner aufgefallen? Alle jung, und alle sehen gut aus.«

Lauren errötete und sah nervös zu ihrer Mutter.

Cass hob die Schultern. »Du willst mir doch nicht sagen, dass sie dir noch nicht aufgefallen sind!«

Lauren lag in ihrem Bett und lauschte dem trommelnden Dröhnen der Maschinen. Sie fühlte das sanfte Schaukeln der Wellen, kuschelte sich zusammen und kam sich wie im Mutterschoß vor. Sie berührte leicht ihre Klitoris und dachte an Ben und an das Schiff voller junger Männer.

Als sie am anderen Morgen aufwachte, waren ihre Eltern schon an Deck gegangen. Sie zog ihren Badeanzug an und darüber ein leichtes Sommerkleid. Sie schaute kurz in den Spiegel und fuhr sich mit den Fingern durch die Haare. Gut so.

Der Aufzug zum Pooldeck war leer bis auf den Aufzugführer.

»Zum Frühstück?« Er hatte ein gebräuntes Gesicht, zu dem die weiße Uniform einen schönen Kontrast bildete. Einen kurzen Moment lang sah er sie an.

»Ja.« Lauren stellte sich hinter ihn, während er mit einem weißen Finger auf einen Knopf drückte. Die Türen schlossen sich. Der junge Mann hob wieder die Hand und drückte einen anderen Knopf. Plötzlich blieb der Aufzug stehen.

Der Mann drehte sich zu Lauren um und drückte ohne jede Vorwarnung seinen Mund auf ihren. Sein Gesicht war so dicht gegen ihres gepresst, dass sie nur seine dunklen Wimpern auf den geschlossenen Augen sehen konnte. Sie hätte die einzelnen Härchen zählen können, wenn sie gewollt hätte. Der weiche Stoff seiner Handschuhe rieb über ihre Schenkel. Der junge Mann schmeckte wie Kaffee, dachte sie, als seine Zunge machtvoll in ihren Mund stieß.

Sie rang nach Luft. Ich könnte diesen Burschen vögeln, dachte sie, diesen namenlosen Burschen. Er begehrt mich. Er könnte mir Lust verschaffen. Für ein paar Minuten könnte ich der Mittelpunkt seines Universums sein.

Der Aufzugführer zog seine Handschuhe aus und quetschte ihren Po, während er sie gegen die Wand drückte und seinen Körper gegen ihren presste. Er fingerte an den elastischen Rändern ihres Badeanzugs. Lauren fühlte, wie sie feucht wurde. Er stöhnte, als er es geschafft hatte, unter den Badeanzug einzudringen.

Lauren schrie auf. Sie fühlte seinen Finger an ihrem Anus. Es war ein scharfes Gefühl, aber schmutzig. Es machte sie heiß, aber es fühlte sich nicht richtig an.

»Ich muss gehen. Meine Eltern warten auf mich.« Sie wollte sich von ihm lösen.

»Bitte.« Er keuchte, und seine Augen bettelten. »Bitte?«

»Nein, ich muss gehen.« Lauren zog den Saum ihres Kleids nach unten.

Er packte ihre Handgelenke und drückte sie auf den Rücken. Er küsste sie wieder und zwang seine Zunge tief in ihren Mund. Ihr Herz raste vor Furcht und Erregung.

Er zog sich brüsk von ihr zurück, als er den kupfernen Geschmack von Blut im Mund feststellte. »Oh verdammt, du hast mich gebissen!«

Lauren lächelte. Einer ihrer Schneidezähne war mit seinem Blut verschmiert.

»Verrücktes Luder.« Er drückte auf einen Knopf, und der Aufzug setzte sich in Bewegung.

Beim Frühstück trank Lauren Kaffee. Die Tasse in ihrer Hand zitterte.

Gegen Mittag fand Lauren die sonnenbadende Cass oben ohne auf einem Liegestuhl am Pool. Ihre Brüste schimmerten milchig weiß im Vergleich zu gebräunten Schultern und Armen. Mit einem Modemagazin hatte sie ihr Gesicht bedeckt. Lauren fand, dass Cass eine Schönheit war, entblößt und selbstbewusst in ihrem Hang zum Exhibitionismus.

Ohne ihr Magazin zu entfernen, sagte Cass: »Ich treibe die Kellner noch in den Wahnsinn vor lauter Geilheit.« Cass' Haut glänzte vom Sonnenöl, und der Duft von Kokosnuss vermischte sich mit ihrem Schweiß.

Sie blinzelte Lauren unter der Zeitschrift an. »Willst du dich zu mir legen?« Cass zupfte an einer Schleife von Laurens Badeanzug. »Habe ich schon gesagt, dass ich auf einer europäischen Männertour bin? Jetzt muss ich mir noch einen Griechen angeln. Auf diesem Schiff habe ich schon einen Ungarn gehabt. Hast du ihn schon gesehen? Groß und Pfeffer-und-Salz-Haare. Er trägt eine rote Badehose, wenn er in den Pool springt. Sein Körper ist hart wie Stein.«

Lauren lächelte und hob die Schultern.

»Ach, sei nicht so schüchtern. Alle Frauen haben den Ungarn im Visier.«

»Ich nicht.«

»Also, ich habe einen Plan, wenn du mitmachen willst. Diesmal geht es mir um einen Griechen. Einer der Kellnerlehrlinge wäre ganz gut. Sie sehen so aus, als wären sie dankbar. Du kannst auch einen haben. Wir treffen uns hier nach dem Abendessen. Zieh was an, was ein bisschen Haut sehen lässt.«

In ihrem Tanktop aus Baumwolle und dem züchtigen Rock kam sich Lauren ziemlich langweilig vor im Vergleich zu Cass, die ein tief ausgeschnittenes rotes Kleid trug. »Ich trage immer Rot, wenn ich Sex ausstrahlen will.«

»Du siehst gut aus«, sagte Lauren.

»Du auch, auf eine süße, natürliche Weise.« Cass' Blicke wandten sich von Laurens Körper zu einem jungen Mann, der mit einem Tablett leerer Gläser über das Deck ging.

»He, du da.«

Der junge Mann drehte sich um und sah Cass fragend an.

»Komm mal für ein paar Sekunden her. Ich hätte gern eine Flasche Ouzo, denn ich habe keine Lust, die halbe Nacht Glas auf Glas zu bestellen. Deshalb brauche ich eine Flasche. Hast du eine Ahnung, woher ich die kriegen kann?«

Der Kellnerlehrling hatte Mühe, nicht die ganze Zeit in Cass' Ausschnitt zu starren, als sie sich vorbeugte.

»Hast du eine Flasche Ouzo? Oder hast du einen Freund, der eine Flasche hat? Können wir uns später treffen? Ich könnte dir die Flasche dann abkaufen.«

Der Kellner riss die Augen weit auf und schien für ein paar Sekunden überwältigt zu sein, dann nickte er hastig.

»Okay. In zehn Minuten? Kabine zwei-sechs-fünf. Und ihr kommt beide?«

Cass sah ihn lächelnd an, weiße Zähne gegen scharlachrote Lippen, und nickte. Der junge Mann drehte sich auf dem Absatz um und lief fast über das Deck, wobei die Gläser auf dem Tablett gefährlich in Schieflage gerieten.

»Er ist ganz nett, und er versteht Englisch ganz gut«, sagte Cass. »Ich behalte mir das Recht vor, ihn für mich zu reservieren, bis ich gesehen habe, wie sein Freund aussieht. Es war mein Plan, also steht mir die erste Wahl zu.«

»Warum sollte er einen Freund mitbringen?«

»Das wirst du noch sehen. Da wir zehn Minuten Zeit haben, sollten wir uns um deine Kleidung kümmern, okay?« Cass führte Lauren zum Aufzug.

Cass' Kabine bot ein wildes Durcheinander. Überall hingen Kleider herum, über den Stühlen, an der Badezimmertür. Auf dem schmalen Toilettentisch standen mehrere Flaschen Parfum, die sie im Duty Free Shop gekauft hatte. Sie nahm ein langes Kleid von einem Stuhl und bot Lauren Platz an.

»Du teilst dir die Kabine mit deinem Bruder?«

»Ja, leider. Aber da er weiß, was gut für ihn ist, bewahrt er seine Sachen im Koffer auf. Ich reise in großem Stil, wie du siehst. Die meisten Kleider habe ich von meiner Mutter, sie war Schauspielerin. Ich glaube, Ben hat seine Ordnungsliebe von seinem Dad geerbt. Er war Buchhalter.« Cass rümpfte die Nase. »Mutters vierter Mann. Sie hat einen gesunden Appetit, was Männer angeht. Zurzeit ist sie mit Ehemann Nummer sechs zusammen.«

Cass öffnete eine Schublade, die überquoll von Make up, Zigarettenschachteln und kleinen Alkoholfläschchen, wie sie im Flugzeug serviert werden. »Ich glaube, ein schwarzer Lidstrich wird gut für dich sein. Und ein Hauch von Opium. Und dann dies hier.« Cass zog eine rückenfreie Chiffonbluse aus der unteren Schublade.

Lauren zog ihr Tanktop über den Kopf und fühlte Cass' Blicke auf ihrem Körper; sie schienen Laurens Schultern, Brüste und Bauch abtasten zu wollen.

Als Lauren die Bluse anzog, fühlte sie sich leicht und schmiegsam auf ihrer Haut an. »Jetzt fühlst du dich so sexy, wie du bist«, sagte Cass und strich mit einem Finger über Laurens Hals und Kinn. »Fühlst du dich sexy?«

Lauren und Cass fanden den Kellnerlehrling, einen Freund und eine offene Flasche Ouzo in Kabine 265 vor. Die Vorhänge waren vorgezogen. Die Kabine sah frisch bezogen und aufgeräumt aus, offenbar war sie nicht belegt. Die beiden Jungen trugen identische Uniformen, perfekt bis zu den blitzblanken schwarzen Schuhen. Der Freund hatte leicht schräg stehende Augen und zeigte scharfe, weiße Zähne, wenn er lächelte.

Diesen will ich haben, dachte Lauren.

»Guten Abend, Jungs.« Cass tänzelte in die Kabine hinein und verbreitete bei jeder Bewegung ihr Parfum. »Was findet denn hier statt? Eine private Party?« Sie schnappte sich die Flasche mit Ouzo, ging ins Bad und kam mit vier Plastikbechern zurück. Sie begann mit dem Einschenken.

»Hallo.« Der Freund rutschte, damit Lauren sich neben ihn setzen konnte. Cass beobachtete die Szene mit Stirnrunzeln und unter gesenkten Lidern.

»So, Jungs, welche Sternzeichen habt ihr? Lasst mich raten, ich kenne mich damit aus.« Cass verteilte die Becher mit Ouzo. »Du siehst wie ein Skorpion aus. Habe ich Recht? Und du – bist du ein Löwe?«

Der Kellnerlehrling lächelte verlegen und schüttelte den Kopf.

»Ich habe mich geirrt? Du bist kein Löwe?«

»Ich … äh … Krabbe.«

»Ah, Krebs.«

»Und hatte ich bei dir Recht?«

Der Junge mit den schräg stehenden Augen hob die Schultern, sah seinen Freund hilflos an und sagte etwas auf Griechisch.

»Das hilft mir bei der Entscheidung. Du kannst ihn haben. Er spricht kein Englisch.« Cass lächelte, dann nahm sie ihren Becher und setzte sich auf den Schoß ihres Jungen.

»Wie heißt du?« Lauren errötete, als sie ihren Begleiter des Abends anschaute.

»Christopher.« Er rutschte noch näher zu ihr und strich mit den Fingerspitzen über ihre Lippen. »Schön, ja?« Er legte eine Hand um ihre Wange, und die Hand fühlte sich rau und warm auf ihrer Haut an. »Kuss?«

Lauren schloss die Augen. Als er sich über sie beugte, nahm sie seinen Geruch wahr, den Anflug von der Bleiche seiner Uniform, den Schweiß vom harten Arbeitstag. Sie wollte seinen Atem spüren, wollte ihn einsaugen.

Sie biss leicht auf seine Lippe, die sich voll wie eine reife Pflaume anfühlte. Er legte seine Hand auf ihre Brust, dann schlüpfte er mit der Hand über ihren bloßen Rücken und unter den Stoff. Er zwickte ihren Nippel. Lauren keuchte vor Lust, die durch ihren Körper pulsierte. Sie spürte, wie sie feucht wurde, und das nur von einem Kuss und einer Berührung.

Sie legte eine Hand auf seine Erektion, deren Härte sie durch die Hose fühlte. Er begehrte sie. Das wusste sie nicht nur wegen des steifen Schafts, sondern auch durch die Art und Weise, wie er bei der Berührung die Luft angehalten hatte.

»Hört zu, Jungs. Das ist alles gut und schön, aber ich muss euch etwas sagen. Meine Freundin hier, nun, sie ist nicht nur meine Freundin, sie ist auch meine Geliebte, und ich werde eifersüchtig, wenn ich sehe, wie du sie angrabschst.« Cass stand in der Mitte der Kabine.

Der Kellnerlehrling übersetzte schnell auf Griechisch, was Cass gesagt hatte. Lauren sah Cass an, ihr Gesicht ein einziges Fragezeichen.

»Ich will, dass du die Hände von meiner Freundin nimmst.« Cass zog Lauren vom Bett hoch.

»Zwei Mädchen? Ein Liebespaar?« Die Stirn des jungen Kellners warf tiefe Falten.

»Ihr habt in Griechenland doch auch Lesbierinnen, oder nicht?« Cass zog Lauren an sich und küsste sie auf den Mund, dann strich sie mit den Lippen über ihr Ohr und knabberte am Ohrläppchen. Der Kuss war nass und sinnlich, und Lauren wollte mehr davon haben.

Cass flüsterte in Laurens Ohr: »Nicht fair, dass du den heißen Jungen haben sollst. Ich will sie beide.«

Lauren trat einen Schritt zurück und blickte in Cass' Gesicht: In den Augen sah sie es spöttisch blinzeln. Cass ging wieder näher auf Lauren zu und strich ihr mit der Hand über die Wange; es sollte eine Ohrfeige sein. Sie tat nicht wirklich weh, aber weil sie so überraschend kam, zuckte Lauren zusammen.

»Du Hure! Du machst mich absichtlich eifersüchtig! Warum tust du mir das an? Ich will, dass du jetzt gehst. Ich will dein Gesicht nicht mehr sehen.« Cass war die Königin des Melodrams, ihre Stimme ein Singsang, ihre Bewegungen und Gesten wirkten überzogen. Sie stieß Lauren auf die Tür zu und hinaus auf den Flur, dann warf sie die Tür ins Schloss.

»Cass, ich …« Lauren hatte noch eine Frage stellen wollen, aber dann hörte sie, wie die Tür von innen verriegelt wurde. Laurens Körper vibrierte.

Sie fühlte sich seltsam hohl und verwirrt. Dabei hatte sie nur einmal am Ouzo genippt. Sie konnte Cass durch die Kabinentür kichern hören. Die gierige, unersättliche Cass. In ihrem Kuss hatte Lauren eine Leidenschaft gespürt, die ihr den Weg wies, wenn sie auch eine verwegene Frau werden wollte.

Lauren spürte die frische Luft, als sie das Deck betrat. Die unendliche Weite von Sternen und Wasser lösten in ihr das Gefühl aus, als müsste sie gleich explodieren. Sie spazierte ziellos über das Pooldeck und sah Bens dunkle Gestalt auf einem Liegestuhl, zwischen den Fingern die Glut einer Zigarette.

»Hast du Cass gesehen?«

»Nein.«

Lauren setzte sich auf den Rand einer Liege und griff nach seiner brennenden Zigarette. Sie nahm sie zwischen die Lippen und zog daran. Der Rauch attackierte ihre Kehle. Ben war Cass' Bruder, aber Lauren konnte ihn auf eine Weise besitzen, wie Cass es niemals konnte.

»Du bist keine Raucherin. Das sehe ich an der Art, wie du die Zigarette hältst.«

»Na und?«

»Es ist eine schlechte Angewohnheit.« Ben nahm eine Schachtel aus seiner Hemdtasche und schüttelte eine Zigarette heraus. »Und wenn du schon rauchst, dann tu es wenigstens auf eine elegante Art.« Er steckte die Zigarette in den Mund, zündete sie an und ließ den Rauch vom Mund in die Nase ziehen. »Ich werde dir beibringen, wie man inhaliert.«

Lauren sog Rauch in den Mund, öffnete ihn leicht und atmete durch die Nase ein. Rauch schwebte wie ein Heiligenschein über ihrem Kopf. »So?«

»Du hast den Mund zu weit geöffnet.«

Lauren versuchte es noch mal.

»Schon besser. Aber vergiss nicht, es soll sinnlich aussehen.«

»Ich soll also die Augen schließen und versuchen, wie Marlene Dietrich auszusehen?«

»Wenn es hilft.«

Lauren sah in sein Gesicht. Amüsiert hoben sich seine Mundwinkel. Sie beugte sich über ihn und drückte ihre Lippen auf seinen spöttischen Mund. Sie wollte nicht mehr schüchtern sein. Was hatte man schon davon? Es war besser, den Mann zu nehmen, den man haben wollte.

Er schmeckte nach Salz und Rauch, aber sein Mund fühlte sich weich und warm an. Sie legte die Hände auf seinen Brustkorb und fühlte seine Hitze durch sein Hemd, die festen Muskeln, den ruhigen Herzschlag.

»Was machst du da?«, fragte er.

»Ich küsse dich.«

Sie küsste ihn wieder, schob ihre Zunge zwischen seine Lippen und erforschte seinen nassen Mund. Sie strich mit den Händen über seine Brust, über den Bauch und seine Hüften.

Ihre Finger verweilten auf der nackten Haut oberhalb der Gürtelschnalle. Zwischen Nabel und Schnalle entdeckte sie eine Stelle mit feinen Härchen, über die Lauren liebevoll strich. Sie hörte, wie sein Atem schneller wurde.

»Wir können das hier nicht tun.«

»Wir finden schon ein Plätzchen. Wir schauen uns jetzt um und treffen uns hier in zehn Minuten wieder.«

Das ist es, dachte Lauren, dies ist es endlich. Ich werde ihn bezwingen und erst am Morgen verlassen. Die Vorfreude ließ ihre Klitoris pochen. Die dummen Jungen hatten nicht wirklich eine Chance gehabt, sie waren nur Futter für ihre Lust gewesen. Sie sah Ben nach, wie er das Deck absuchte.

Als er zurückkam, war Bens Gesicht vom Laufen gerötet. »Ich habe überall nachgeschaut. Auf dem Deck über uns gibt es zwar einen leeren Platz, aber überall liegen Taue und irgendwelches Material herum. Ich weiß nicht, ob wir einen geeigneten Ort finden.« Ben lehnte sich über die Reling. Er hatte resigniert. »Wenn du nicht ...«

Lauren unterbrach ihn. »Ich habe an einen bestimmten Ort gedacht.«

»Über Bord?«

»Nein. Lehne dich über die Reling und schau nach unten aufs Deck.«

Ben beugte sich weit vor und tief nach unten, dann drehte er sich wieder zu Lauren um. Er grinste, und seine weißen Zähne strahlten.

Es war ein kalkuliertes Risiko, der Sprung vom Deck auf das Rettungsboot. Lauren landete sanft. In dem Boot war es warm und feucht, und es roch nach Diesel, Staub und Salz. In kurzen Abständen waren gepolsterte Bänke angebracht. Kleine Luken ließen trübes Licht herein.

Lauren hielt sich an Bens Hemdkragen fest, als er ins Innere des Bootes folgte. Sie zog ihn an sich heran und küsste ihn hart auf die Lippen. Sie hätte ihn gern geschmeckt, wenn sie gekonnt hätte, irgendeinen Bissen von ihm. Sie wollte dichter an ihn heran. Sie fummelte an den Knöpfen seines Hemds.

»Warte, ich ...«

»Still.«

Lauren knöpfte sein Hemd auf und zog es von seinen Schultern. Sie ging auf die Knie und schnallte den Gürtel auf. Die Knöpfe seines Hosenstalls gingen schwer, deshalb musste sie mit einer Hand unter den Bund seiner Jeans greifen. Sie zog die Hose mit kräftigen Rucken hinunter, bis sie zu Bens Füßen lag.

Er trat aus den Jeans heraus. Seine Boxershorts waren aus einem leichten, anschmiegsamen Stoff, der fast an Laurens Fingern haften blieb, als sie sie über seine Hüften zog. Im trüben Licht schimmerte seine Haut silbern, und seine Schamhaare bildeten einen dunklen Schatten.

Sein Körper war sehnig und groß, und nun konnte sie alle seine Tätowierungen sehen. Auf dem oberen Rücken spreizte ein Vogel, ein Phönix, seine Flügel. Lauren verfolgte die Konturen mit den Fingerspitzen, und er schüttelte sich unter den Berührungen. Ben neigte den Kopf, um Lauren zu küssen.

»Warte noch.« Lauren strich mit einer Hand über seinen Rücken und fühlte die feinen Härchen unter ihren Fingern. Sie streichelte seine muskulösen Schenkel und seine Knie. Sie tastete die kompakten Backen ab. Sie roch seinen Rücken und seine Haare. Sie nahm seine Hitze wahr, eine Erinnerung an die Sonne. Sie leckte verspielt an seinem Ohrläppchen; es schmeckte nach Schweiß.

»Okay, jetzt kannst du mich küssen.«

Hungrig griff er nach ihr, er griff in ihre Haare und drückte seinen Mund fest auf ihren. Er drückte sie hinunter auf eine

Bank, zog ihr die Chiffonbluse aus und den Rock. Er lächelte, als er herausfand, dass sie mehr nicht trug.

Lauren blickte hinunter auf ihren nackten Körper und versuchte, ihn mit Bens Augen zu sehen. Schmale Hüften, kleine Brüste, aber hart und fest. Er schnappte nach einem Nippel, und sie keuchte auf.

Seine Finger hinterließen eine Spur des Feuers auf ihrem Bauch und hinunter zu ihrer Pussy. Sie fühlten sich groß und dick an, als sie gegen ihre Klitoris stießen, fremd und so gar nicht vertraut. Sie bewegte sich auf ihn zu und schloss die Augen. Ihr ganzes Bewusstsein floss in ihren Schoß. Sie lechzte danach, von ihm gefüllt zu werden.

Mit den Händen fand sie seinen Schaft. Sie tastete seine Härte ab, die Länge und den Umfang. Sehr, sehr hart. Wie eine Dynamitstange. Und an der Spitze ertastete sie Metall. Lauren schlug die Augen auf. Die Eichel war mit einem Ring gepierct. Lauren zupfte behutsam daran. Ben seufzte.

»Ben, ich will dich haben.«

Ben schob mit seinen Beinen ihre Knie auseinander. Er küsste sie, während er den Schaft vorsichtig einführte. Sie stöhnte, als die Spitze die Labien teilte. Ben ruckte mit den Hüften vor und stieß tiefer hinein.

Schmerz und Ekstase. Reibung und Hitze. Lauren bewegte sich gegen ihn und rieb ihre Klitoris gegen seinen Hüftknochen. Sie begannen zu schwitzen, und ihr glitschiger Bauch klatschte gegen seinen. Der Schmerz ließ ihren Atem stocken.

»Tut es weh?«

»Ja.«

Ben wimmerte in Ekstase. Sein Atem kam stoßweise. Lauren spürte die wachsende Spannung in ihrer Pussy. Sie grub ihre Nägel in Bens Schultern. Sie ruckte immer härter gegen ihn, immer schneller. Sie spürte, wie ihre Säfte zwischen ihre Backen tropften. Sein Atem streifte ihren Hals wie ein Windzug. Sein Schaft stieß rhythmisch in sie hinein, und für Sekunden war ihr Kopf völlig leer. Sie spürte eine kleine Explosion in sich. Ein Blitz weißen Lichts flammte hinter ihren Lidern auf. Ich bin die Hure von Babylon, dachte sie.

»Oh ja, ja.« Ben setzte seine stoßenden Bewegungen fort. Rein und raus. Immer schneller. Sie spürte einen Schwall von Wärme in sich, und er sackte auf ihr zusammen, verschwitzt und trunken vor Lust. Er zog sich aus ihr zurück, und sein Saft rann aus ihr und auf die gepolsterte Bank.

Lauren langte hinunter und strich mit den Fingern durch die glitschige Masse. Sie führte den Finger zum Mund und schmeckte ihn. Wie das Meer. Er lag neben ihr, hielt ihre Brüste in seinen Händen und schmiegte das Gesicht in ihre Halsbeuge.

»Ich weiß jetzt, was dein Tattoo bedeutet. Die Inschrift auf deinem Handgelenk. Ich habe meine Mutter gefragt, sie hat Latein gelernt. Ich stelle mir vor, dass du ein Romantiker bist. Ein Romeo. Stimmt das?«

»Ich habe meine romantischen Enttäuschungen hinter mir, glaube ich.«

»Bist du jemals verliebt gewesen?«, fragte Lauren.

»Ja.«

»Wie fühlt es sich an?«

»Jedenfalls nicht so.«

»Das ist gut.«

Schweigen.

Lauren schlief ein und träumte von zu Hause. Von der grünen Umgebung, von den Jungen, die nach der frischen Wäsche ihrer Mütter dufteten und von den Mädchen, von denen man erwartete, dass sie bald heirateten. Sie träumte von ihrer großen Liebe auf der Highschool und von den wunderbaren Zärtlichkeiten auf dem Rücksitz seines Autos.

Als sie aufwachte, war es hell, und Ben war nicht mehr da. An Deck konnte sie Gelächter und Gespräche hören, dazu das Klirren von Gläsern. Oh verdammt. Sie schlüpfte in ihre Kleider, öffnete die Luke und schaute hinaus aufs Deck. Sie stieg wieder auf das Dach des Rettungsboots und zog sich zur Reling des Pooldecks hoch.

Frühstücksgäste drehten sich zu ihr um und starrten sie an. Manche Teetasse verharrte auf dem Weg zum Mund, und Gabeln froren in der Luft ein. Sie konnte sich gut vorstellen, wie sie aussah, zerzaust, unausgeschlafen, mit rot unterlaufenen Augen. Wie eine blinde Passagierin.

Eine ältere Frau mit vielen weißen Lockenwicklern im weißen Haar schürzte verächtlich die Lippen. Ein rotgesichtiger Mann lachte kurz auf.

»Ihr junger Gentleman ist schon vor einer Stunde geflohen«, sagte er. »Ich hatte keine Ahnung, dass er Gesellschaft hatte.« Der Mann grinste unverschämt.

Ihr seid alles Voyeure, dachte Lauren. Lauter Perverse. Sie knickste übertrieben ironisch und fuhr mit dem Fahrstuhl nach unten.

Lauren hielt vor Bens und Cass' Tür an, beige mit goldenen Zahlen, identisch mit allen anderen Kabinentüren des Schiffs. Sie klopfte an. Wieso hatte Ben sie allein im Rettungsboot zurückgelassen? Sie hatte *ihn* verlassen wollen. Sie klopfte wieder. Bastard.

Sie probierte entschlossen den Türknopf, und als er sich in ihrer Hand problemlos drehen ließ, drückte sie die Tür auf und betrat die Kabine.

Auf dem Bett schaukelten Cass' weiße Brüste, als sie sich aufrichtete. Schweißperlen standen auf ihrer Stirn und der Oberlippe. Zwischen ihren weit geöffneten Schenkeln lag Ben und knabberte an ihrer Klitoris. Das sah nicht nach einer familiären Umarmung aus.

Lauren stand unbewegt da und wartete darauf, dass sie die Szene endlich begriff. Schließlich hob Ben den Kopf.

»Wo kommst du eigentlich her, Lauren?«

»Toronto.«

»Okay, die Stadt streichen wir auf unserer Liste.«

Cass kicherte und stieß Bens Kopf wieder nach unten. Erst jetzt fiel Lauren die tätowierte Inschrift auf Cass' Hüfte auf.

INCONCESSUS AMOR stand auch da. Verbotene Liebe.

Still wie das Grab

Fiona Locke

Ein rauer Oktoberwind brauste vom Hafen herüber und verfing sich in den hohen Ruinenbögen des alten Klosters. Vom Wind zerzaust und kühl, schaute Aspen den rotbraunen und goldenen Blättern nach, die zu ihren Füßen tanzten. Sie trieben in die Schatten auf dem Rasen, als die untergehende Sonne die Spitzbögen der Fenster durchbohrte und die Dunkelheit vom Licht trennte.

Sie zog den blauen Velvetumhang enger um die Schultern. Ihre Beine, in den zerrissenen Fischnetzstrümpfen fast nackt, fühlten sich an, als wären sie in Eis gepackt. Und der schwarze Tüllrock bedeckte kaum ihren Po. Nun, es war die Mode, die einen leiden ließ.

Der Mann in dem Dreiviertelmantel hatte das Kloster schon mehr als einmal umrundet und beäugte sie neugierig. Aspen tat so, als bemerkte sie das nicht. Sie war es gewohnt, dass Leute sie anstarrten; sie genoss die Aufmerksamkeit.

»Ein bisschen früh fürs Festival, meine Liebe«, sagte ein älterer Tourist zu ihr, als er vorbeiging. Er zwinkerte ihr anzüglich zu, bevor er im Besucherzentrum des alten Klosters verschwand.

Aspen lächelte und sah ihm kopfschüttelnd hinterher. Sie war keines dieser Goth-Girls, die sich zweimal im Jahr zum Festival verkleiden. Sie war immer so gekleidet.

Zweimal im Jahr fiel die Goth-Gemeinde in das kleine Fischerstädtchen ein. Dann waren die schmalen Kopfsteinpflasterstraßen gefüllt mit Menschen in Operncapes und Zylindern, Frauen in Miedern und Hauben. Finster aussehende Teenager als Vampire in Samt und Spitze. Fetischisten in Latex und PVC. Und natürlich Touristen. Das Goth-Wochenende bot den ultimativen Freizeitspaß, sich Menschen anzusehen, die anders waren.

Die Normalos kriegten Stielaugen, wenn die dunkle Prozession auflief. Aber sie ließen sich von der Stimmung mitnehmen; sie bissen in die gefüllten Schokoladensärge, die es in Justins Süßem Laden gab, sie fielen über die berühmten Whitby Scampi her und vertilgten mit Heißhunger die besten Fish und Chip im ganzen Land. Und zur Erinnerung kauften sie Ammoniten und schwarzen Bernstein.

Sie nahmen es sogar auf sich, hinauf zum Kloster zu pilgern, einhundertneunundneunzig steile und gewundene Treppenstufen bis zu St. Mary's Kirchhof. Aspen hörte sie oft zählen, während sie sich auf dem Anstieg befanden.

Aus den Augenwinkeln sah sie den Mann im Dreiviertelmantel, der wiederholt seinen Fotoapparat auf sie gerichtet hatte. Sie hatte nichts dagegen und ermutigte ihn, indem sie der Kälte trotzte und ihren Umhang ablegte. Ihre Wespentaille wurde von einem engen, schwarzen Satinkorsett betont. Die langen, scharlachroten Haare, die über ihren Rücken flossen, bildeten einen scharfen Kontrast zu ihrer zum Erbarmen bleichen Haut. Sie hob ihr Kinn, wie die Ballettlehrerin es ihr beigebracht hatte, und zeigte das Spitzenband um ihren Hals.

Der Fotograf knipste mit einem bewundernden Grinsen drauflos, er kam immer näher, um die Posen einzufangen, die sie ihm anbot. Ihre Eitelkeit verlangte von ihr, dass sie sich mit den Händen an der Mauer abstützte, den Rücken krümmte und den Po hinausstreckte.

Eine kleine Gruppe von Touristen beobachtete, wie sie sich zur Schau stellte. Wahrscheinlich glaubte man, dass sie ein

Model war, dabei war sie nur eine Exhibitionistin. Wenn der Fotograf den Mut gehabt und sie gefragt hätte, ob sie sich ausziehen wollte, wäre das für sie auch kein Problem gewesen. Aspen ließ sich nicht schnell in Verlegenheit bringen.

Sie musste an den schönen Jungen vom Friedhof denken. Er war der Fahrer des Leichenwagens. Er stand immer am Leichenwagen, wenn die Trauergäste zum Grab gingen. Er schaute dann ernst zu und wartete. Und wenn die Trauernden zurückkamen, schlüpfte er hinter das Lenkrad des langen, schwarzen Wagens und fuhr davon. Aspen schaute ihm nach, bis er hinter dem Friedhof verschwand.

Falls er neugierig war, warum sie sich auf so vielen Beerdigungen sehen ließ, zeigte er das nie. Dabei konnte sie kaum ihre Blicke von ihm lassen. Sie würde den Kopf senken und vorgeben, ins Grab zu schauen, aber dann hob sie den Blick, bis sie ihn gefunden hatte. Und er sah sie immer an.

Sie stellte sich vor, dass er sie jetzt auch beobachtete, als sie sich vor einem Fremden lüstern präsentierte. Wäre er geschockt? Eifersüchtig? Sie hatte keine Ahnung. Er war ein komplettes Geheimnis für sie. Aber mit einem einzigen Blick schaffte er es, dass sie errötete.

Aspen hatte sich auf Kirchhöfen immer wohl gefühlt. Die feinen, verschnörkelten Buchstaben, die Steinmetze in den Grabstein meißelten, und auch die schwermütigen Nachrufe führten sie in eine andere Zeit. Die kleinen, uralten Gedenktafeln an den Rändern der Grabstätten faszinierten sie; sie waren so verwittert, dass man nichts mehr lesen konnte. Als Kind hatte sie Grabsteine geputzt. Als Teenager hatte sie anspruchsvolle Schwarz-Weiß-Fotos von Grabsteinen geschossen, und heute ging sie nur noch wegen der schönen, schaurigen Atmosphäre auf die Friedhöfe.

Eines Tages hatte sie an ihrer ersten Beerdigung teilgenommen. In Schwarz gekleidet hatte sie sich unauffällig den Trauergästen angeschlossen. Niemand nahm Notiz von ihr – nur der junge Fahrer des Leichenwagens.

Er sah großartig aus. Herrlich blasse Haut und kantige, hagere Gesichtszüge. Lange, dunkle Haare, streng nach hinten gekämmt, was seine hohen Wangenknochen betonte. Er hatte was von Christopher Lees *Dracula* an sich; er strahlte eine ungewöhnliche Ruhe aus, und nichts verriet die Leidenschaft, die in ihm brodelte. Er beobachtete sie, aber er kam nie auf sie zu.

Aspen war sicher, dass die Etikette ein Flirten bei Beerdigungen nicht erlaubte.

Als sie ihn das zweite Mal sah, bedachte sie ihn mit einem schelmischen Lächeln und war sicher, dass ihre Verwegenheit ihn dazu verleiten würde, nach der Beisetzung auf sie zu warten. Ihre Blicke trafen sich noch einige Male, aber er blieb teilnahmslos und reagierte nicht. Sie nahm seinen strengen Ausdruck als Zurückweisung.

Aspen war es nicht gewohnt, zurückgewiesen zu werden. Sein finsterer Blick führte dazu, dass sie sich prickelnd schuldbewusst fühlte, als hätte sie mit einem Priester geflirtet, der dann durch das Gitter im Beichtstuhl griff und ihr auf die Hand klopfte. Ihre Pussy pulsierte hungrig, und sie fühlte sich noch schamloser, sodass sie errötete und sich während der ganzen Beerdigung auf die Lippe biss.

Sie stellte ihm nach. Sie fand den Namen des Bestattungsunternehmens heraus und notierte sich die Liste anstehender Beisetzungen dieses Bestatters. Jedes Mal, wenn sie den Jungen sah, versuchte sie es mit einer anderen Masche. Jetzt hatte sie ihre Haare neu gefärbt – Roter Tod hieß die Farbtönung; ein schamloses Heischen um seine Aufmerksamkeit.

Die neue Farbe fiel ihm auf, aber er blieb stumm und hielt sich weiter auf Distanz. Oh verdammt. Wenn er sie doch jetzt sehen könnte, wie sie sich für den Fotografen in Pose warf.

Sie kreuzte die Handgelenke und hob die Arme über den

Kopf, als wäre sie mit unsichtbaren Stricken gefesselt. Sie stand auf den Zehenspitzen ihrer viktorianischen Reitstiefel, lehnte sich zurück an die Mauer und verzog das Gesicht, weil es so kalt war. Aber das Eis wurde in ihrem Kopf zu Feuer, als sie sich vorstellte, dass sie wegen ihrer Schamlosigkeit mit Peitschenschlägen auf den Rücken bestraft wurde; ein Spektakel für die Dorfbewohner, die heimlich nach ihr gierten.

Schließlich hatte der Fotograf seine Arbeit beendet. Er zögerte einen Moment, bevor er sich abwandte. Ein letztes Mal schaute er über seine Schulter. Aber er bot ihr nur ein verschwörerisches Grinsen an und ein verlegenes Winken als Dankeschön.

Verheiratet, dachte Aspen.

Zitternd griff sie nach ihrem Umhang und blickte zu den bröckelnden Spitzen der Klostertürme hoch, die sich gegen den dunkler werdenden Himmel stark abhoben. Die Dunkelheit brach schnell herein, und die Nächte wurden im Winter lang und bitterkalt.

Es dauerte nicht lange, und die letzten Besucher waren gegangen. Aspen hatte das Terrain wieder für sich. Sie bewunderte die Silhouette des Rosenfensters im schauerlichen Schimmer des Mondes. So musste es ausgesehen haben, als Dracula in Whitby eingetroffen war.

Als der Mond stieg, wurde der Wind stärker. Durch das Heulen fühlte sie die Schritte mehr, als sie sie hören konnte. Sie starrte in die Finsternis des Chorabschnitts und erwartete, eine Gestalt zu sehen, die sich aus den Schatten löste, vielleicht der Geist eines ermordeten Mönchs oder so.

Es ist nur der Wind, dachte Aspen. Aber sagten sie das nicht immer in den Horrorfilmen, kurz bevor das Unheil hereinbrach? Sie fragte sich, ob Bram Stoker sich auch so schnell hatte erschrecken lassen. Inzwischen glaubte sie, dass ihre überanstrengte Phantasie ihr diese Streiche spielte.

Sie folgte dem Pfad um den Klosterteich und beobachtete die kräuselnden Reflektionen der Ruinen im unruhigen Wasser. Noch etwas spiegelte sich im Wasser – Scheinwerfer auf dem Parkplatz. Also war sie gar nicht allein. Vielleicht war es der Fotograf, der sie auffordern wollte, mehr Haut zu zeigen, weil ja jetzt keine Touris mehr da waren.

Die Scheinwerfer machten sie nervös, aber sie ging weiter. Sie wollte sich nicht einschüchtern lassen, weder von einem Vampir noch von einem Geist. Nicht einmal von einem Zombie, der einem Grab auf dem angelsächsischen Kirchhof von St. Mary's entstiegen war.

Sie ging den Hügel hinauf und konnte auf dem Parkplatz den langen Umriss eines Autos erkennen. Es kam ihr seltsam vertraut vor. Sie ging weiter darauf zu, und dann stockte ihr der Atem. Es war der Leichenwagen.

Der Junge stieg aus und stellte sich neben das Auto. Sie sah nur seine Silhouette, aber sie erkannte ihn trotzdem. Der schöne Junge. Eine heiße Röte legte sich über ihr Gesicht und den Hals, und sie spürte eine Hitze, die sich in ihrem Innern ausbreitete. Wie lange hatte er sie beobachtet?

Aspen hätte nicht stehen bleiben können, selbst wenn sie gewollt hätte. Es war, als stünde sie unter Zwang. Ihre Füße schienen magisch angezogen, und so ging sie direkt auf den Leichenwagen zu. Es war ein alter, glänzend polierter Daimler. Das Dach war höher, und die länglichen Fenster waren mit roten Samtvorhängen verhangen.

Der Junge trug nicht seinen üblichen schwarzen Anzug, sondern einen viktorianischen Frack mit weißer Spitze am Hals und an den Manschetten. Sein Anblick warf Aspen um hundert Jahre zurück.

Sie bemühte sich um die richtigen Worte, aber sie fand keine. Es brauchte auch keine. Der Fahrer schritt auf die Rückseite des Leichenwagens und öffnete die Hecktür. Aspen spürte, wie ein

Anflug von Furcht sie erfasste. Aber kein mit Seide ausgeschlagener Sarg wartete auf sie – der Leichenwagen war leer. Auf dem Boden lag ein dicker Teppich zwischen den Metallschienen, auf denen sonst eine Bahre oder ein Sarg geschoben wurden.

Ihr Begleiter sagte kein Wort. Ihre Blicke trafen sich. Seine Augen waren skandinavisch blau und schauten durchdringend. Seine langen Haare hingen ihm bis auf die Schultern. Sein Ausdruck verriet Kompetenz und Autorität. Immer noch hatte er kein Wort gesprochen. Ihre Beine wurden schwach.

Er bedeutete ihr mit einer Geste, hineinzuklettern, und sie gehorchte gebannt. Aber statt zu ihr zu kommen, schloss er die Tür. Ihr Herz klopfte. Sie fürchtete, dass ihr Schicksal besiegelt war.

Aspen hatte viele Leichenwagen gesehen, aber noch nie von innen. Sie hatte gedacht, in ihnen müsste es kalt sein, aber das Innere kam ihr warm und gemütlich vor. Sie besah sich ihre Umgebung, während der junge Fahrer sich hinter das Lenkrad setzte.

An den Seiten entlang der verhangenen Fenster waren Leisten angebracht, und an ihnen waren Kerzenhalter in Messing befestigt. Die roten Kerzen brannten nicht, aber wenn, dann würden sie das fast perfekte Ambiente bringen.

Roter Samt verdeckte das Rückfenster. Sie zog den Vorhang zur Seite und schaute hoch zum trüben Mond, während der Wagen in die Nacht fuhr. Sie hatte keine Ahnung, wohin die Fahrt ging; woher sollte sie es auch wissen? Sie hatte nicht das Sagen.

Sie nahm den Umhang ab und legte ihn gefaltet neben sich, während sie durchs Rückfenster sah, wie das Kloster immer kleiner wurde. Der Wagen fuhr langsam die gewundene Anhöhe hinauf, weg aus Whitby.

»Wer bist du?«, flüsterte Aspen. Sie konnte die Stille nicht länger ertragen. Er war wahrscheinlich nicht gewöhnt, dass jemand ihn von hier hinten ansprach, es sei denn, dass er öfter solche Touren unternahm.

Er antwortete nicht, aber sie meinte im Rückspiegel zu sehen, wie sich seine Mundwinkel leicht hoben. Er würde ihr noch sagen, was sie wissen musste, wenn die Zeit reif dafür war.

Sie konnte dem Schauer nicht widerstehen und legte sich auf den Teppichboden, die Hände über der Brust wie zum Gebet zusammengelegt. Die Fläche war lang genug, dass sie sich ausstrecken konnte. Ja, was denn sonst? Sie schloss die Augen und lauschte dem Sirren der Reifen auf der Straße. Der Fahrer erhöhte die Geschwindigkeit.

Er war also doch ein Goth-Boy. Sie konnte nicht glauben, dass sie ihn noch nie auf dem Festival gesehen hatte. Warum hatte er sich die ganze Zeit so distanziert verhalten? Bei all den Beerdigungen! Er hätte ihr irgendein Zeichen der Ermutigung geben können. Aber das hätte nicht halb soviel Spaß gebracht. Offenbar liebte er Geheimnisse so sehr wie sie.

Es dauerte nicht lange, und die Fahrt verlangsamte sich. Sie fühlte das sanfte Schaukeln der Räder über Gras. Sie setzte sich auf und schaute aus dem Rückfenster. Das Mondlicht warf eine unwirkliche Bleiche über die Landschaft des Moors von Nord-York. In der Ferne konnte sie so gerade noch die schwachen Umrisse des Klosters auf dem vom Wind gebeutelten Hügel erkennen, ein dramatisches Testament dafür, dass Stein das Fleisch überdauert.

Schließlich schaltete er den Motor aus, und der Fahrer trat ins Freie. Ihr Herz begann wieder schneller zu pochen, als sie seine Gestalt durch das Rückfenster betrachtete. Die Hecktür schwang auf, und Aspen spürte, wie ihr Atem rasselte.

Ohne ein Wort stieg er zu ihr und schloss die Tür. Sie war allein mit ihm in der Dunkelheit. Draußen heulte immer noch der Wind; er war so stark, dass sogar der große Leichenwagen leicht schaukelte.

Ihre erste Frage war unbeantwortet geblieben, deshalb hatte Aspen keine Lust, noch eine zweite zu stellen. Sie beschloss, ihm zu folgen und auf Instruktionen zu warten.

Ein Streichholz flammte auf, und sie konnte wieder sein Gesicht sehen. Er hielt das Streichholz an jede Kerze, und in den flackernden Flammen im Innern des Leichenwagens tanzten die Schatten.

Im Kerzenschein war er eine Vision aus einer anderen Zeit. Er zog seinen Frack aus, faltete ihn ordentlich und legte ihn umsichtig auf den Boden. Das bauschige, weiße Hemd wurde zur Leinwand für die wandernden Schatten, als er sich setzte und sie nachdenklich anschaute.

Aspen war es gewohnt, selbst die Kontrolle zu übernehmen, und sein Schweigen warf sie aus dem Gleichgewicht. Sie wusste nicht, wie sie sich verhalten sollte. Beunruhigt starrte sie auf die Kerzen. Sie verströmten ein starkes Zimtaroma. Während sie zuschaute, rann ein Wachstropfen die ganze Kerze entlang. Sie sah, dass eine dicke Wachskruste auf der Leiste lag. Nervös spielte sie mit ihrem Finger, den sie über die züngelnde Flamme hielt. Das Gefühl, sich unterzuordnen, war unvertraut und aufregend zugleich.

Ihr Begleiter musterte sie von oben bis unten, als schätzte er ein Sklavenmädchen auf dem Auktionsblock ab. Langsam drehte er einen Finger in der Luft, mit dem er sie wortlos anwies, sich umzudrehen. Ihr kam gar nicht der Gedanke, ihm nicht zu gehorchen. Sie drehte sich auf ihren Knien und wandte ihm den Rücken zu.

Er tupfte auf die Leiste vor ihr, und sie legte ihre Hände darauf. Sein Schatten überragte sie.

Ihr stockte der Atem, als er sie berührte. Nur mit einem Finger, der sinnlich über die Spitze ihres Korsetts glitt, dann hinunter zu den gesteiften Tülllagen ihres Rocks, der kaum etwas der Phantasie überließ. Er hatte einen ungehinderten Blick auf ihren Po, der mit einem Höschen aus schwarzer Spitze bedeckt war.

Aspen drehte sich um, weil sie sehen wollte, was er tat. Aber er hinderte sie daran, indem er mit einer Hand in ihre Haare griff und ihren Kopf nach vorn hielt. Sie resignierte vor seiner Autorität und fing an zu zittern. Er strich über ihre Haare und ließ es über eine Schulter schwingen, damit er mehr von ihrem Rücken sehen konnte.

Etwas knarrte und quietschte, als er eine andere Position einnahm. Sie musste ihren ganzen Willen einsetzen, um sich nicht umzudrehen. Plötzlich brannte es auf ihrem Rücken, und fast zeitgleich hörte sie das Klatschen von Leder.

Sie war völlig desorientiert; sie konnte nicht einmal sicher sein, ob das Klatschen schmerzte oder nicht. Aber dann setzte sich das Brennen auf ihrer Haut durch. Mit einem Stöhnen krümmte sie den Rücken noch mehr, als wollte sie den Mann zu einem weiteren Klatscher einladen.

Der nächste war härter, und ihr Aufschrei entsprang dem Schmerz. Sie knirschte mit den Zähnen und bereitete sich auf den dritten Schlag vor. Sie sah, wie sich der Schatten hob und mit ihm die Peitsche, die er in beiden Händen hielt. Die Lederriemen bohrten sich in die Haut ihrer Schulterblätter.

Aspen ahnte, dass er sie bei den Beerdigungen nicht nur beobachtet, sondern auch abgeschätzt hatte. Er wollte sehen, wie sie auf seine strenge Missachtung reagierte. Sie ahnte auch, dass er absolutes Schweigen von ihr erwartete, als Zeichen ihrer Unterwerfung.

Wieder sauste die Peitsche auf sie nieder, und sie wand sich vor den Schmerzen auf ihrer kalten Haut. Als Sekunden verstrichen, ohne dass weitere Klatscher folgten, seufzte sie vor Erleichterung und Enttäuschung.

Sie zuckte überrascht, als sie Finger an der Spitze ihres Korsetts spürte. Ein rasches Zupfen, und die Schleife war offen. Die einzelnen Teile gingen auseinander, und Aspen entspannte sich dankbar, als er ihre Taille befreite. Mit geschickten Händen öffnete er die Metallhaken. Sie schloss die Augen, als er die kleinen Brüste aus den Körbchen holte.

Dann zog er den Rock bis auf ihre Knie. Er hob ihren rechten Fuß und schob den Rock hinunter, dann wiederholte er die Prozedur mit dem linken Fuß. Aspen wimmerte leise, als er sie wie ein Kind auszog.

Noch in Höschen, Strümpfen und Stiefeln fühlte Aspen sich nackter, als hätte er sie ganz entblößt. Es war anders, als wenn sie sich zeigte und ihre exhibitionistische Neigung auslebte. Dann fühlte sie sich nie verletzlich. Dies hier war anders. Dies jagte ihr Angst ein.

Als er seine Finger unter den Bund ihres Höschens zwängte, widersetzte sie sich.

»Nein«, stöhnte sie leise, drehte sich um und hielt seine Hand fest.

Das Schweigen vertiefte sich auf eine unerträgliche Weise.

Sie fühlte sein Missfallen wie einen Faustschlag. Langsam und mit Bestimmtheit legte er ihre Hand wieder auf die Leiste. Aspen senkte den Kopf, eine wortlose Entschuldigung.

Als er sie wieder anfasste, geschah das in dieser unheimlichen Stille, die sie schon eingefangen hatte, als er ihr das erste Mal aufgefallen war. Sie wusste, dass er sie wieder bestrafen würde. Ihre Haut prickelte vor Furcht und Verlangen, als er ihr Höschen abstreifte. Sie wusste, dass es durchnässt sein würde, und so kam zu allem köstlichen Elend auch noch die Verlegenheit ihrer Scham hinzu.

Nacheinander legte er ihre Hände auf den Teppichboden des Leichenwagens, dann drückte er ihren Kopf nach unten, bis ihre Stirn den Teppich berührte. In dieser Position war ihr

Po hinausgestreckt, er bot ein perfektes Ziel, und sie stöhnte leise vor sich hin und schämte sich.

Er ließ sie warten. Die Sekunden kamen ihr wie Stunden vor. Sie sah verdrießlich der Bestrafung entgegen, und doch lechzte sie danach. Draußen hatte es zu regnen begonnen. Das Wasser trommelte wie bei einem Stammesritual laut auf das Dach des Daimlers, primitiv und von der Lust getrieben.

Sie hörte das leise Knacken von Leder und hielt die Luft an. Jeden Moment würde sie wieder die Peitsche spüren. Er klatschte auf ihre Backen, härter als zuvor auf den Rücken. Aspen schrie auf und presste ihre Hände flach auf den Boden, damit sie die Position beibehielt. Bei jedem weiteren Schlag auf ihre zarte Haut schrie sie wieder auf und sank immer tiefer in die Unterwürfigkeit.

Er peitschte sie gründlich und weckte unvertraute Gefühle in ihr. Sie wollte ihm zu Gefallen sein. Er sollte stolz sein auf das, was er bei ihr erreichte. Mehr als einmal drangen die Peitschenriemen zwischen ihre Beine, und die Spitzen verbissen sich in ihr Geschlecht.

Ob absichtlich oder nicht, der sengende Schmerz rüttelte sie auf. Sie bedauerte ihren Ungehorsam von Herzen und nahm sich vor, von nun an alles zu tun, was er verlangte, damit sie sich eine Belohnung verdiente.

Sie atmete schwer, als er aufhörte. Sie wusste, dass ihr Po nur noch aus weißen und roten Streifen bestand.

Mit einem leichten Klaps hieß er sie aufrichten und umdrehen. Bei jeder Bewegung flackerten die Kerzen stärker, als wollten sie ihre Erregung reflektieren. Sie kniete vor ihm, ihre Fersen auf die bestrafte Haut ihres Pos gedrückt.

Wieder packte er ihre Haare, aber diesmal schob er sie nach hinten, um ihre Brüste zu entblößen. Sie musste die Hände auf ihren Kopf legen. Er packte ihre Handgelenke und drückte sie ein paar Sekunden lang sehr hart. Ein Befehl. Eine Warnung. Aber sie hatte ihre Lektion gelernt; sie protestierte nicht mehr.

Sie presste ihre Schenkel zusammen und errötete, als sie den warmen Puls dazwischen spürte. Bestrafungen boten eine seltsame Sicherheit an. Sie brauchte keine Entscheidung zu treffen. Sie brauchte nur zu gehorchen. Diese Erkenntnis löste eine fiebrige Vorfreude in ihr aus.

Er lächelte mit den Augen, aber seine Lippen bewegten sich nicht. Er hatte gewusst, wie sie reagieren würde.

Atemlos vor Spannung schaute Aspen zu, wie er eine Kerze aus dem Halter löste. Jetzt endlich lächelte er und zeigte seine Zähne. Ein wölfisches Grinsen. Er hielt Aspen eine Hand hin, den Rücken nach oben. Er hob die Kerze über seine Hand und ließ einen einzigen Wachstropfen auf sie fallen. Gebannt sah sie zu, wie das Wachs sich in einen dünnen Film ausbreitete, ehe es zu härten begann. Die rote Farbe wurde vor ihren Augen immer schwächer, bis nur noch ein wolkiges Weiß zu sehen war.

Zitternd hielt Aspen den Atem an.

Die Kerze befand sich etwa dreißig Zentimeter über ihrer rechten Brustwarze. Mit weit aufgerissenen Augen starrte sie auf die Flüssigkeit um den Docht herum. Der junge Mann hielt die Kerze etwas schief und ließ einige Tropfen rinnen. Sie landeten genau dort, wo er sie haben wollte.

Aspen schrie laut auf, als die heißen Tropfen wie schmelzende Lava auf ihrer Haut kleben blieben, dann viel zu langsam hart und kühl wurden.

Weitere Tropfen fanden die andere Brustwarze, und wieder keuchte sie ihren Schmerz heraus. Das erste Brennen war überwältigend, aber bald ging es in eine angenehme Wärme über, unter der die Haut noch mächtig pochte.

Die Luft zwischen ihnen war geladen vor Elektrizität, während sie ihn verdutzt anschaute. Sie konnte nicht glauben, dass ihr das geschehen war. Nie war sie so verletzlich gewesen. *Sie* war es, die angriff und eroberte. Sie lockte die Jungs an wie eine Sirene. Sie benutzte sie und ließ sie später wieder fallen, verwirrt und ausgelaugt.

Sie sah an sich hinunter, als erneut ein paar Tropfen von der Kerze auf sie fielen, diesmal auf ihre nach oben gereckten Brüste. Sie stieß zischend die Luft zwischen den Zähnen aus und wand sich hin und her, bis das brennende Gefühl wich.

Er legte ihren Kopf schief, um ihr in die Augen zu sehen, als wollte er herausfinden, wie viel er ihr noch zumuten konnte. Er arrangierte die Arme so, dass sie hinter ihr lagen, die Hände auf dem Boden. Er gab ihr zu verstehen, dass sie den Rücken weiter krümmen sollte. Sie gehorchte und bot ihm ihren flachen, blassen Bauch dar.

Wieder kippte er die Kerze leicht, und das Wachs bildete eine heiße Lache um ihren Nabel. Sie knirschte mit den Zähnen, stöhnte tief in der Kehle und wand sich hilflos in ihren unsichtbaren Fesseln.

Immer mehr Wachs tropfte auf Brüste und Bauch. Die Folter geschah symmetrisch, erst eine Brust, dann die andere, und von dort zu ihrem Bauch.

Der Schmerz dominierte ihre Gefühle und schloss alles andere aus: den Regen, den Wind, das würzige Aroma der Kerzen. Nichts existierte bis auf den Schmerz und den Verursacher.

Als sie glaubte, es nicht mehr ertragen zu können, hielt er die Kerze über ihr Gesicht. Ängstlich starrte sie auf die Flamme. Zu ihrer Erleichterung blies er die Kerze aus, aber Aspen war fasziniert davon, wie sehr sich die Flamme wehrte, wie sie sich wand, um dem Atem zu entkommen. Beinahe war es so, als wollte sie weiter flüssiges Wachs produzieren, um Aspens glatte Haut zu foltern.

Mit einem Finger stieß er sie auf den Rücken. Sie wehrte

sich nicht. Sie lag devot auf dem Teppichboden und wartete. Draußen peitschte ein unerbittlicher Wind gegen das Auto, und die verbliebenen Kerzen warfen dramatische Schatten ins Innere des Leichenwagens.

Er öffnete ein kleines Fach in der Seitenwand neben ihr und holte vier Stricke heraus, die er gewissenhaft doppelte. Ihr Magen sackte, als wäre sie von einer hohen Klippe gesprungen. Er schlang die Stricke um ihre Hand- und Fußgelenke und sicherte sie in großen Chromringen, die ihr bisher in den vier Ecken nicht aufgefallen waren.

Jetzt lag sie gespreizt da und schüttelte sich in gespannter Erwartung. Er schaute sie ein paar Sekunden an, bevor er seine Hände über ihre Brüste legte und kräftig drückte. Das Wachs zerkrümelte unter seinen Fingern, ein seltsam angenehmes Gefühl.

Mit den Fingern strich er über ihren nackten, gefesselten Körper, ehe er sein Hemd auszog. Darunter wurde sein hagerer Oberkörper sichtbar. Kräftig, aber nicht zu muskulös.

Die Stricke wären nicht nötig gewesen. Auch wenn sie sich hätte wehren wollen, wäre ihr das gar nicht möglich, denn sie stand völlig in seinem Bann. Er hatte sie ihrer Macht beraubt, und das war nicht schwieriger gewesen, als sie ihrer Kleider zu berauben.

Die körperliche Erfahrung, gefesselt und hilflos zu sein, war ungeheuer aufregend für sie. Sie war einem Fremden ausgeliefert, und sie konnte sich ihrer Phantasie hingeben, mit Gewalt genommen zu werden. Entführt und ins einsame Moor gebracht. Bestraft und geschändet. Er würde sie nehmen und dann zurück in seine Höhle bringen. Dort blieb sie seine Gefangene, die nur seiner Lust zu dienen hatte.

In ihrem Hunger nach ihm wand sie sich in ihren Fesseln, als er seine Hose auszog und sich über Aspen kniete. Sie spürte seine Eichel, die an ihre Pussy klopfte. Sie rutschte ihm entgegen, weil sie es nicht erwarten konnte, von ihm gefüllt zu werden. Er grinste brutal und tat ihr den Gefallen nicht.

Frustriert zerrte sie an ihren Fesseln, aber sie widerstand der Versuchung, ihn mit Worten aufzufordern, sie endlich zu nehmen. Sie wusste, dass er sie wieder bestrafen würde, wenn sie ungefragt sprach. Nicht, dass ihr das unangenehm gewesen wäre. Sie ahnte, dass er der Herr vieler sexueller Folterungen war.

Endlich stieß er in sie hinein. Nur ein paar Zentimeter tief, aber es genügte, um sie aufstöhnen zu lassen. Seine Zurückhaltung war sagenhaft. Er verharrte in dieser Stellung, und es kam ihr wie eine Ewigkeit vor.

Aspen biss sich auf die Lippe, um ihn nicht anzubetteln. Noch nie war sie in ihrem Leben so verzweifelt gewesen. Sie flehte ihn mit den Augen an und pumpte frustriert mit den Hüften.

Ohne Vorwarnung stieß er im nächsten Moment bis zum Anschlag in sie hinein.

Aspen schrie vor Schmerz und Überraschung auf, dann gab sie sich dankbar seiner Penetration hin. Die Reibung war zunächst noch schlimmer als das Brennen des heißen Wachses. Mit jedem Stoß rieb ihr Po über den Teppich, wodurch die Schmerzen der Striemen wieder belebt wurden. Lust und Schmerz schmolzen zusammen.

Ihre Schreie verhallten im peitschenden Regen und im heulenden Wind. Sie zerrte so heftig an den Stricken, dass sie fürchtete, sie könnten reißen. Ah, aber sie hatte die Freiheit, sich ihm auszuliefern, sie konnte wild sein und ihre Urinstinkte ausleben. Er konnte alles mit ihr anstellen, und sie würde es gern ertragen. Sie würde es lieben.

Als sie spürte, wie der Höhepunkt bei ihr einsetzte, riss sie für einen Moment die Augen auf und starrte durch das Heckfenster auf die Ruinen. Sie fühlte sich genauso verwüstet.

Während sie an den Stricken zerrte, setzte sich ihr Orgasmus durch. Noch nie hatte sie ihn so total und voller Hingabe erlebt. Der Fahrer des Leichenwagens hatte ihr eine neue Welt eröffnet. Er hatte sie verwandelt. Sie war seine Sklavin.

Das erste Mal in ihrem Leben hatte sie die Kontrolle aufgegeben, und als der Orgasmus sie schüttelte, weinte Aspen vor Glück.

Sie kuschelte sich in ihren samtenen Umhang und schaute in seine Augen. Er lächelte sie an und massierte sanft und liebevoll ihre Handgelenke. Sie seufzte, als das Blut zurückfloss. Die Stricke hatten tiefe Schneisen in ihre Haut geschnitten, aber sie wusste, sie würde traurig sein, wenn die Rötungen verblassten.

Völlig ausgelaugt kauerte sie sich wie ein Ball zusammen und legte den Kopf in seinen Schoß. Als er über ihre Haare strich, murmelte sie: »Ich weiß nicht einmal, wie du heißt.«

Als er seinen Namen sagte, war sie schon unterwegs in die Welt ihrer Träume.

Der Brinks-Job

Sophie Mouette

Meine Handflächen schwitzten und rutschten glitschig um das Lenkrad. Ich schaute in den Rückspiegel. Die dunkle Limousine war mir schon seit einigen Meilen gefolgt, auch als ich die U-Kurve auf der Slater genommen hatte und an der Kingston in den Park eingebogen war, um sie abzuschütteln.

Nein, es bestand kein Zweifel mehr; der Fahrer verfolgte mich. An einem Samstagabend hatte kaum jemand etwas in diesem Industriegebiet zu suchen, es sei denn, er wohnte in der neuen Siedlung auf der anderen Seite.

Oder es war jemand, der einen Brinks-Transporter anhalten und überfallen wollte – so einen, wie ich ihn fuhr. Brinks ist die größte Geldtransportfirma der Staaten.

Die Tatsache, dass ich von dem bevorstehenden Überfall wusste, dass ich sogar die Identität des Mannes in der Limousine kannte, weil ich den Clou mit ihm zusammen ausgeheckt hatte, spielte im Moment keine Rolle. Er drückte das Gaspedal durch. Dreck und Kieselsteine spritzten gegen meine Windschutzscheibe, als er mich überholte und mich eiskalt schnitt.

Ich stemmte mich auf die Bremse. Der Adrenalinstoß ließ es in meinen Ohren rauschen, und für einen Moment war meine Sicht getrübt. Ich war für solche Situationen ausgebildet, und meine Hand ging automatisch zu meiner Kanone, bevor mir einfiel, dass ich zur Sicherheit die Munition herausgeholt hatte.

Es war nicht nur das Adrenalin, das durch meinen Körper pulsierte. Meine Brustwarzen hatten sich schon hart aufgerichtet, als ich vor einer halben Stunde in den Transporter gestiegen war, und während der Fahrt war ich unruhig auf dem Sitz hin und her gerutscht. Meine Klitoris pochte im Takt des Motors.

Mein Verfolger stand an meiner Tür, das Gesicht mit einer schwarzen Skimaske vermummt. Seinen Revolver drückte er durch den Fensterspalt, den ich geöffnet hatte, um Frischluft zu tanken. Ich wusste nicht, was ich tun sollte, also legte ich meine Hände gut sichtbar aufs Lenkrad.

»Steig aus, Kay.«

Als ich meinen Namen hörte, wäre meine Phantasie beinahe geplatzt. Aber seine Stimme klang tief und leise und daher unvertraut. Ich hörte die Drohung und schüttelte mich angesichts der Gefahr, in der ich steckte. Wenn ich nicht tat, was er von mir verlangte ...

Widerwillig legte ich meine Hand auf den Türgriff. Wenn ich die Tür abrupt aufstieß, könnte der Revolver losgehen, und weil er nah an meinem Kopf war, wollte ich kein Risiko eingehen. Ich zog am Griff. Es klickte dumpf, und dieses Geräusch war noch lauter als das Rauschen des Blutes in meinen Ohren.

Donny – ich weiß nicht, wie ich ihn in Gedanken nennen soll, vielleicht mein Angreifer? – trat einen Schritt zurück, damit ich die Tür aufstoßen konnte.

Der Revolver blieb starr auf meinen Kopf gerichtet. Ich war beeindruckt.

Ich schob langsam die Tür auf.

Wir waren beide so gebannt in diesem Moment, dass wir das Knirschen auf dem Kies nicht hörten und auch das Fahrzeug nicht sahen, das hinter dem Transporter anhielt.

Scheinwerfer eines Polizeiwagens flammten auf und durchdrangen die Dunkelheit. Ich war halb geblendet. Donny hielt einen Arm schützend vor seine Augen, und ich nutzte die günstige Gelegenheit. Ich hätte ihm auch die Tür voll ins Gesicht klatschen können, aber ich wollte ihn nicht verletzen. Stattdessen sprang ich von meiner höheren Position auf ihn und packte ihn von hinten, einen Arm um seinen Hals gelegt, während ich seinen Arm auf den Rücken drehte.

»Keine Bewegung!«, rief der Cop. »Und beide Hände hoch!«

»Ja, was denn nun?«, krächzte Donny. »Ohne Bewegung kann ich die Hände nicht heben.«

Verdammt. Ich konnte ein leises Glucksen nicht unterdrücken. Es half auch nicht, dass Marc seine große dunkle Cop-Brille mitten in der Nacht trug.

»Werd bloß nicht kiebig, Junge«, schnarrte Marc. Er schnallte die Handschellen von seinem Gürtel ab. Das Metall glitzerte im Scheinwerferlicht. Trotz allem fing ich an zu zittern – bis hinein in mein feuchtes Höschen.

Das Spiel konnte beginnen.

»Gute Arbeit, Ma'am«, sagte Marc. Er spielte seine Rolle durch, mal abgesehen von der Beule in seiner Cop-Hose. Er nahm Donny in seine Gewalt und legte ihm die Handschellen an.

Wie geplant lief ich zurück zum Transporter und schloss die Hecktür auf. Die Ladefläche war natürlich leer. Wenn ich außer Dienst war, gaben sie mir kein Geld mit.

Nun, ganz so leer war die Ladefläche nicht. Auf dem Boden lag eine stattliche Matratze, die die gesamte Breite des Vans einnahm, und auf der Matratze lag eine Anzahl von Kissen. An einer Seite befand sich ein Regal, deshalb hob sich die Matratze dort. Wir hatten Glück, dass es nur auf einer Seite ein Regal gab, sonst hätten wir Schwierigkeiten mit den Maßen unserer Liegestatt gehabt.

Marc befestigte die zweite Schelle am Regal. Ich kniete mich auf die Matratze neben Donny und flüsterte: »Du machst das großartig, Liebling. Kennst du noch das Wort, mit dem du alles abbrechen kannst?«

Er leckte sich die Lippen. »Narzissen.« Seine Stimme klang heiser.

Ich küsste ihn; es wurde ein tiefer Kuss mit dem Einsatz der Zungen, und ich zitterte schon wieder. Wir waren jetzt seit drei Jahren zusammen, und seine Küsse hielten immer noch das Versprechen auf mehr. Oh ja, in dieser Nacht würden wir Spaß haben. Ich legte meine Hand auf seinen Schenkel und schob sie langsam ein bisschen höher, bis ...

»Ich übernehme jetzt, Ma'am«, sagte Marc und kam zurück, nachdem er die Schweinwerfer seines Autos gelöscht hatte. Ich sah, dass er eine Tasche bei sich trug, die er aus dem Auto geholt hatte. »Es gehört zu meinen Aufgaben, den Kriminellen zu vernehmen.«

Ich drückte Donnys Hand und zog mich auf die andere Seite des Vans zurück. Ich öffnete meine Jeans und streckte mich bequem auf der Matratze aus, wobei ich mich mit dem Rücken gegen die metallene Wand lehnte. Ich überließ alles Marc, wie wir es vereinbart hatten.

Mein Freund hatte von Anfang an gesagt, dass er neugierig auf »bi« war, hatte aber nie eine Gelegenheit gefunden, näher darauf einzugehen. Marc hingegen gab offen zu, bi zu sein, was ich erfahren hatte, als ich mal mit ihm gegangen war, aber nur für kurze Zeit, als wir beide die Polizei-Akademie besucht hatten. Wir waren in Kontakt geblieben, auch als ich die Truppe verlassen hatte, um für eine private Sicherheitsfirma zu arbeiten. Er und Donny waren gute Freunde geworden, und gelegentlich unternahmen wir auch was zu dritt.

Natürlich kam irgendwann die Sprache auf Sex. Man hätte erwarten können, dass wir zu dritt im Bett gelandet wären, eine verschwitzte, kleine Orgie, nur durch die Pizza-Bestellung unterbrochen, aber wir haben alle einen Hang zum Dramatischen. Außerdem brauchte Donny einen zusätzlichen Antrieb, um seine Neugier in die Realität umzusetzen. Er war nicht der geborene Sklave, aber er war bereit, einem anderen die Kontrolle zu überlassen. Vielleicht auch, um für das, was sich daraus ergab, nicht verantwortlich zu sein.

Was als eine von der Trunkenheit gesteuerte Schnapsidee – im wahrsten Sinne des Wortes – nach einem sonntäglichen Footballspiel begonnen hatte, wurde als minutiöser Plan fortgesetzt, einschließlich eines örtlichen Lageplans, der Terminabstimmung und einer umfangreichen Einkaufsliste. Ich schwöre, wir haben vorher sogar die Uhren verglichen.

Bisher war alles wunderbar gelaufen.

Das Licht im Laderaum des Transporters warf einen trüben, anämischen Schimmer auf die beiden Jungs. Es verwischte die Farben und einige Konturen, aber ich kannte beide gut genug, deshalb stellte ich mir Marcs warme, gebräunte Haut vor und die dunklen Augen.

Donnys Haut war heller, und vor Aufregung würde sie jetzt einen leichten, rötlichen Glanz haben. Seine sandfarbenen Haare wurden von der Skimaske versteckt.

Als Marc sich neben Donny kniete, packte er dieses sandfarbene Haar und presste seinen Mund fest auf Donnys Lippen. Plötzlich hatte ich alles im Fokus, trotz der trüben Beleuchtung.

Donny war auf den Knien und konnte sich nicht ernsthaft zur Wehr setzen, weil seine linke Hand an das Regal gefesselt war. (Die Handschellen der Polizei beißen ins Fleisch, wenn man zu heftig an ihnen zerrt. Wir hatten Donny instruiert, sich relativ still zu verhalten; später konnten wir ihm vielleicht gefütterte Handschellen anlegen, die eher für experimentierfreudige Pärchen gedacht waren als für Menschen unter polizeilichem Verdacht, aber zu Beginn mochten wir auf den Schock des eiskalten Metalls um die Handgelenke nicht verzichten.)

Einen Moment lang wusste Donny nicht, was er tun sollte. Er erstarrte. Sein freier Arm blieb an der Seite, aber ich sah, wie er zuckte, als ob er Marc noch fester an sich ziehen wollte.

Sein Körper jedoch wusste genau, wie er reagieren sollte. Er richtete sich auf den Knien auf, um sich mehr in den Kuss legen zu können. Seine Hüften ruckten nach vorn und suchten Marcs Körper.

Ich stellte mir vor, wie sich ihre beiden Erektionen durch den Stoff berührten. Es war leicht, sich auszumalen, wie Donny immer härter wurde, wie die Hitze in ihm stieg. Ich hatte es oft genug gesehen, und ich war oft genug der Anlass gewesen.

Aber diesmal würde es anders sein. Zum ersten Mal drückte er seinen Schaft gegen einen harten Männerkörper. Auch wenn Marc und ich keine Romantik ausgelebt hatten, so erinnerte ich mich noch gut an seinen Körper. Ich fragte mich, was Donny gerade dachte. Wahrscheinlich würde er gern wissen, wo seine Erektion in dieser Nacht landen würde.

Und, Himmel, daran dachte ich auch gerade, und dieser Gedanke geilte mich auf. Ich schob eine Hand in meine Jeans und strich zärtlich über meine Klitoris.

Donny hatte mir von seinen Phantasien erzählt, hatte sie im Schutz der Dunkelheit in mein Ohr geflüstert. Ich hatte ihn ermutigt und ihm Dinge erzählt, die Marc mir berichtet hatte, wenn zwei Männer zusammen waren. Nachdem er eingeschlafen war, stand ich auf und schrieb die Geschichten auf, die Donny am besten gefallen hatten. Später gab ich Marc meinen Zettel.

Aber in dieser Nacht sollten sich nicht nur Donnys Phantasien erfüllen. Lange bevor ich Marc kennen gelernt hatte, masturbierte ich zu der Vorstellung, dass ich zwei heiße Männer bei mir hatte. Ich bin gierig, ich weiß. Nachdem Marc mir von seinen Abenteuern berichtet hatte, baute ich meine Phantasien noch aus. Ich wollte Männer zusammen sehen, wie sie sich küssten und saugten, herrliche Männerkörper, die sich selbst und dann mich zum Höhepunkt führten.

Und jetzt erhielt ich meine Chance.

Donny schlang seinen freien Arm um Marcs Rücken, dann ließ er ihn weiter sinken bis auf den Hintern. Ich wusste genau, wie sich der Stoff der Polizeiuniform anfühlt, das grobe Material törnte einen eher ab.

Sie küssten sich weiter, so blieb mir Zeit, meine Jeans und das Hemd auszuziehen, weil sie mich beim Zuschauen störten. Mein Höschen war schon ganz nass.

Es war verlockend, mir jetzt einen Orgasmus zu besorgen, aber dann dachte ich, es könnte noch viel erregender sein, die Schau der Männer zu verfolgen, während ich mich langsam und genüsslich streichelte.

Marc löste seinen Mund von Donnys. Er murmelte etwas, was ich nicht verstehen konnte, deshalb kroch ich näher zu den beiden.

Donny hatte die Augen weit aufgerissen.

»Ich habe dich gefragt, ob es dir gefallen hat«, sagte Marc.

Donny antwortete nicht. Ich fragte mich, ob er in einer Art Trance war und deshalb die Frage nicht gehört hatte.

»Zieh dich aus«, sagte Marc, die Stimme heiser und bestimmend.

»Das geht nicht.« Donnys Stimme klang zittrig. Er tat mir fast leid, aber ich wusste, dass seine Stimme schon mal brechen konnte, wenn die Lust ihn übermannte. Er atmete tief durch. »Das geht nicht«, wiederholte er. »Nicht, wenn ich diese Handschellen trage.«

»Wir halten fürs Protokoll fest, dass der Gefangene die Kooperation verweigert, deshalb müssen wir die Verhörmethoden ein wenig anheben.« Marc grinste auf eine köstlich teuflische Weise. Ich hatte einige Male dieses Grinsen gesehen, und was danach folgte, ließ mich noch viel härter kommen. Er war nicht durch und durch pervers, aber er war ein Meister darin, die Lust im Kopf auszulösen.

Was er jetzt auch wieder bewies, indem er an seinen Gürtel griff, und dann lag ein Schnappmesser in seiner Hand. Geschickt ließ er die Klinge springen.

Ich dachte, Donny hätte schon vorher die Augen weit aufgerissen.

Marc begann am Saum des alten, schwarzen T-Shirts und schnitt es auf, aber nicht mit einem einzigen Ratsch, sondern mit kleinen, kontrollierten Schnitten.

Donny hielt den Atem an. Ich glaube, ich auch. In der Stille hörte ich das Reißen von Stoff.

Marc zog den Halsausschnitt auf sich zu und setzte wieder das Messer an. Das T-Shirt fiel auseinander, und Donny stieß geräuschvoll den Atem aus.

Der nächste Messerschnitt zerlegte das Gummiband im Bund seiner Jogginghose. Sie rutschte langsam von den Hüften und wollte zu Boden, aber seine Erektion hielt sie auf.

Donny wollte mit seiner freien Hand nach der Hose greifen, um sie endgültig abzustreifen, aber Marc kam ihm zuvor. Er berührte den zuckenden Schaft nur oberflächlich, als er die störende Hose nach unten zog. Oh ja, mein Freund genoss diese Vorstellung.

Marc steckte das Messer weg und richtete sich auf. Mit einer Hand hielt er sich an Donnys Brustkorb fest.

»Könnten Sie mir mal behilflich sein, Ma'am?«, fragte er, wobei er das »Ma'am« besonders ironisch aussprach. »Fesseln Sie die Handgelenke des Gefangenen. In meiner Tasche da drüben habe ich noch ein Paar Handschellen.«

Er warf mir den Schlüssel der Polizeihandschellen zu, aber bevor ich sie aufschloss, wühlte ich in Marcs Tasche. Zwischen einer Schachtel mit Kondomen und einem kurzen Strick fand ich, was ich suchte.

Marc war zwar nicht völlig pervers, aber er hatte seine Freude an süßem Spielzeug. Die Handschellen waren dick und bestanden aus kobaltblauem Leder, innen mit Schafsfell gefüttert.

Ich schlang eine Schelle um Donnys freies Handgelenk, dann griff ich hinter ihn und schloss die Metallschelle auf, die ihn an das Regal fesselte. Er schmiegte seinen Körper an mich, und ich spürte die Hitze, die er verströmte.

»Ist alles in Ordnung, Geliebter?«, fragte ich und strich mit den Händen über seine Hüften. Ich drückte seine Hoden und wusste, dass es ihm körperlich gut ging. Ich wollte nur hören, ob er auch mit dem Kopf dabei war.

»Himmel, ja.« Er verrenkte den Hals und suchte meinen Mund. Ich küsste ihn.

Ich bildete mir ein, Marc in seinem Atem zu schmecken, deshalb verschlang ich ihn. Aber unsere Positionen waren unbequem, deshalb musste ich ihn nach einer Weile loslassen und erlöste ihn endgültig von der Fessel am Regal.

Ihm die neuen Handschellen anzulegen, dauerte länger, als Marc erwartet hatte, aber nicht, weil Donny sich zur Wehr setzte. Als ich auf den Knien vor ihn rutschte, musste ich ihn wieder küssen. Ich fühlte, wie er seine gebundenen Hände um mich legte, und ich spürte die Wärme seiner Erektion, mit der er in meine glitschige Grotte eindringen wollte. Weil das in dieser Position nicht möglich war, rieb er sie gegen meine Pussy.

Zum Teil ließ ich das wegen der puren Lust geschehen, zum Teil aber auch, weil ich ein bisschen eifersüchtig geworden war, als ich gesehen hatte, wie stark Donny auf Marcs Küsse reagierte. Ich war froh, als ich feststellte, dass er auf mich ebenso lüstern reagierte.

Dann, als ich ihm die neuen Handschellen angelegt hatte, nutzte ich die Gelegenheit seiner relativen Hilflosigkeit und leckte seine Nippel. Wann immer ich das tue, beginnt er zu stöhnen und zu keuchen. Aber dann übergab ich ihn wieder an Marc und setzte mich wieder auf meinen Platz. Die metallene

Wand fühlte sich kühl auf meiner bloßen Haut an, aber ich dachte mir, dass die bevorstehende *action* mich bald so heiß machen würde, dass ich von der Kälte abgelenkt wäre.

Marc hatte die Zeit genutzt, sich auszuziehen.

Ein netter Anblick. Seit über sechs Jahren hatte ich Marc nicht mehr nackt gesehen. Seit er die Akademie verlassen hatte, war sein gestählter Körper geblieben, was nicht auf alle Cops zutrifft. Sein Brustkorb war sehr muskulös, und Arme und Schenkel waren sogar noch kräftiger geworden.

Neu war, dass er sich an bestimmten Stellen rasierte. Ich sah gleich, warum er das tat: Sein Schaft, den ich als ganz ordentlich, aber nicht gigantisch in Erinnerung hatte, sah immens aus; er sprang steil von seinem Körper ab und wirkte länger, weil die Wurzel nicht mehr durch Haare verdeckt war.

Ich wandte den Blick von diesem schönen Bild und sah zu Donny. Nun, der Speichel floss noch nicht aus seinen Mundwinkeln, war er war nicht weit entfernt davon. In seinem Blick lag aber auch noch etwas anderes, nicht nur Erregung. Wahrscheinlich waren es die Nerven. Ich streckte meine Hand aus und legte sie auf seinen Arm, als wollte ich ihm gut zureden. Aber er schien kaum von mir Notiz zu nehmen, so sehr war er vom anderen Mann fasziniert.

(Das fand ich schon ein wenig seltsam, denn ich wusste, dass er Marc einige Male nackt gesehen hatte, meistens unter der Dusche, aber ich schätze, da die ganze Basketballmannschaft dort duschte, hatte er nicht auffällig auf die Genitalien starren wollen.)

Im Innern des Transporters schien die Zeit stillzustehen. Niemand von uns bewegte sich. Ich glaube, wir haben auch nicht geatmet. In der Ferne hörten wir eine Sirene. Ich wurde noch stiller und stellte mir vor, dass ein braver Bürger vielleicht bei der Polizei angerufen hatte, weil er annahm, dass ein Geldtransporter von Brinks in Schwierigkeiten stecken könnte.

Aber dann identifizierte ich die Sirene. »Das ist ein Krankenwagen, nicht die Polizei.«

Marc atmete hörbar auf.

Er trat einen Schritt vor und bedeutete Donny mit einem kurzen Nicken des Kopfs, sich hinzulegen. Donny gehorchte und hob die gefesselten Hände über den Kopf, als wollte er Marc ungehinderten Zugang zu seinem Körper bieten.

Ich war nicht sicher, wie es nun weitergehen sollte. Ich stellte mir vor, dass Marc ein wenig rau mit Donny umspringen würde, um sich das zu holen, was Donny ihm auch freiwillig gegeben hätte.

Aber stattdessen legte Marc sich auf ihn und begann wieder einen dieser unglaublichen Küsse.

Ein Mädchen kann nur soviel aushalten. Ich legte mich auch hin und wälzte mich herum, bis ich beide Gesichter sehen konnte und dazu auch noch Marcs knackigen Arsch. Dann fing ich alles an zu streicheln und zu küssen, was ich mit den Händen erreichen konnte.

Marc hob den Kopf und küsste sich Donnys Körper hinunter. Er verweilte eine Zeit an der Brustwarze, die weiter von mir entfernt war.

Nun, was sollte ich tun? Wenn ein Mund auf einem Nippel Donny schon zur Ekstase brachte, dann musste ein zweiter Mund auf der anderen Warze doch noch viel stärker wirken.

Und so war es auch. Donny bäumte sich auf und ruckte hin und her. Marc setzte seinen Zug nach Süden fort und küsste den nackten Körper meines Freundes. Ich blieb an den Brustwarzen dran und genoss den Anblick der Szene.

Marc leckte und küsste und blies gegen den strotzenden Schaft, ohne ihn anzufassen. Er leckte über den Hüftknochen, und ich sah, wie der Schaft gegen seine Wange pochte.

Ich kannte diese Taktik: Die Erwartung so lange aufbauen, bis beide es nicht mehr aushielten. Den intimen, animalischen

Geruch einatmen, den der Partner verströmte. Aber ich glaube, ich habe mich noch nie so lange beherrschen können wie Marc. Und jetzt war auch Marc am Ende.

Ich hielt den Atem an, als ich sah, dass seine Hand sich um die Wurzel von Donnys Schwanz schloss.

Donny stöhnte und zerrte an seinen Handschellen.

Marcs Mund öffnete sich. Bevor er ihn füllte, sah er jedoch zu mir. »Setz dich auf sein Gesicht oder so etwas, Kay. Was ist der Sinn eines Dreiers, wenn nicht alle etwas davon haben?«

Das Geräusch, das Donny ausstieß, war nicht zu deuten, und so ließen wir ihn dreimal wiederholen, bis wir ihn verstanden: »Narzissen«, sagte er.

Wir erstarrten. »Du willst aufhören?«, fragte Marc und nahm seine Hand weg.

»Bitte, nein, nicht aufhören. Nimm deine Hand nicht da weg. Sie ist wunderbar.« Die Worte klangen wieder wie Worte, aber nach jeder Silbe folgte eine kleine Pause. »Aber die Handschellen ... Ich will Kay ... ich will euch beide anfassen.«

Marc grinste. »Kay, Liebling, ich glaube, unser Krimineller hat seine Zeit abgesessen. Befreie ihn, dann sehen wir ja, ob er uns attackiert.«

»Wir können nur hoffen.«

Nachdem ich Donnys Handschellen gelöst hatte, wollte ich mich zuerst auf sein Gesicht setzen, aber dann dachte ich noch einmal darüber nach. Dies war sein erstes Mal mit einem Mann, und das sollte er ungestört genießen, einschließlich der visuellen Reize. Also legte ich mich neben ihn, nahm seine Hand und brachte sie an die Stelle, wo ich sie am dringendsten brauchte: auf meine pochende Klitoris.

Als Marcs Mund seinen Schaft umschloss, drehte sich Donny auf die Seite und biss mir in die Schulter. Und das bei meiner Großzügigkeit, ihn alles sehen zu lassen.

»Ist es gut?«, fragte ich ihn, eine alberne Frage, ich weiß, aber *dirty talk* ist eben *dirty talk*, und ich wusste, dass es Donny gefiel. »Fühlt es sich anders an, von einem Mann geblasen zu werden? Wie gefällt dir Marcs Mund?« Ich erwartete keine vernünftige Antwort, und ich erhielt auch keine.

Marc sah so aus, als wäre er gut bei dieser Beschäftigung, aber daran hatte ich nie gezweifelt. Trotz der Ablenkung verrichtete Donny einen guten Job bei mir. Seine Finger umschlossen meine Klitoris, und ich spürte, wie sich langsam der Höhepunkt in mir aufbaute. Die beiden Kerle zu beobachten war genauso erregend wie Donnys Finger. Ich konnte Donnys Gesicht nie richtig sehen, wenn ich ihn blies, deshalb konnte ich jetzt richtige Studien betreiben. Verzog er auch bei mir sein Gesicht, als hätte er Schmerzen?

Ich sollte mich mehr auf das konzentrieren, was Marc tat; vielleicht konnte ich ja noch etwas lernen. Die Geräusche, die Donny von sich gab, waren kaum noch als menschliche Laute zu erkennen.

Ich dachte, weil Donny so sehr mit seiner eigenen Lust beschäftigt war, dass er mich darüber vergessen hätte. (Ich nahm ihm das nicht übel. In solchen Fällen verlor ich auch sehr schnell meine Koordination.) Ich wollte gerade anfangen, meine Klitoris selbst zu reiben, um mich über den Rand zu bringen, als ich Donny keuchen hörte: »Ich will dich lecken.« In Rekordzeit kletterte ich auf sein Gesicht.

Er wusste noch genau, was er tat. Während er mich saugte, wand sich sein Körper voller Lust. Ja, Marc musste ihn anständig vornehmen, denn ich hörte Donny schreien, auch wenn diese Schreie in mich hineingingen und für Marc wahrscheinlich nur sehr gedämpft zu hören waren.

Ich liebte seinen heißen Mund, liebte die Wellen der Gefühle, die sich in mir hochschaukelten, und ich liebte den Anblick des attraktiven nackten Mannes, der dem Mann Lust bereitete, der mir die Ekstase brachte. Donny zitterte, sein ganzer Körper wurde geschüttelt.

Dann bäumte Donny sich auf. Ich konnte seinen Orgasmus nicht sehen, aber ich fühlte, wie er durch seinen Körper raste, und ich sah das Aufleuchten in Marcs Augen, als Donny seinen Mund überschwemmte.

Diese Anblicke brachten es mir. Es ist schon ganz gut, dass die Transporter von Brinks gepanzert sind, sonst hätte man meine Schreie noch drüben in der neuen Siedlung gehört. Und die ganze Zeit hörte mein lieber Donny nicht auf, mich zu lecken.

Wir kollabierten übereinander in der Mitte der Matratze. Ich blieb mit dem Kopf auf Donnys Brustkorb liegen und fühlte sein Herz gegen meine Wange schlagen. Zu dritt keuchten wir um die Wette.

Schließlich richtete ich mich auf und warf mein Hemd über (es erreichte gerade das Ende meines Pos), ehe ich die Hecktür öffnete und ein paar Flaschen Wasser aus der Kühltasche in der Fahrerkabine holte.

Die Nachtluft war angenehm erfrischend. In einigen der Lagerhäuser brannten ein paar trübe Lichter, nicht hell genug, um das Glitzern der Sterne über uns zu beeinflussen. Ich hielt kurz an und blickte lächelnd hinauf.

Als ich zur Ladefläche zurückkehrte, schlugen mir die heiße Luft und der Geruch von Schweiß und Sex entgegen. Donny lag mit dem Kopf auf Marcs Schoß, die Augen halb geschlossen, und streichelte Marcs harten Schaft mit sinnlichen Bewegungen.

So ein süßes Bild, aber es erinnerte mich auch daran, dass Marc noch nicht gekommen war.

Donny und ich sahen uns an. Okay, darum würden wir uns gemeinsam kümmern ...

Die Schöne und der Bulle

Heather Towne

Der Schaffner drängte sich durch die Verbindungstür in das Abteil, gebügelter blauer Anzug und Walrossschnurrbart, dadurch sah er streng und offiziös aus. Sylvia stand aus ihrem gemütlichen Sitz auf und schritt auf den hinteren Teil des Wagens zu, als der Mann die Fahrkarten verlangte und knipste. Der Zug wurde durchgeschüttelt, und Sylvia wurde gegen einen Mann in einem Nadelstreifenanzug geworfen.

»Entschuldigung, Sir«, flüsterte sie.

Er entfaltete gerade seine Zeitung und knurrte um eine lange grüne Zigarre herum: »Passen Sie doch auf ...« Er brach den Satz ab, als er zu Sylvia aufsah und sie ausgiebig musterte. Er nahm die Zigarre aus dem Mund und schmatzte die Lippen.

Sylvia trug ein schlichtes, gelbes Sommerkleid. Der oft gewaschene Stoff spannte sich über ihren runden Po und über die Hügel ihrer Brüste. Ihre schlanken Arme und Beine glänzten gebräunt von der Sonne. Die glatten, schwarzen Haare hatte sie mit einem gelben Band gezähmt und streng nach hinten gekämmt. Die hohen Wangenknochen umrahmten ein hübsches, hungriges Gesicht mit blauen, eindringlichen Augen.

Der Geschäftsmann mit der Zeitung rutschte wie ein aufgeregtes Kind auf seinem Sitz herum und schätzte Sylvias Körper ab, als wäre sie ein Stück Vieh auf dem Rindermarkt von Kansas City. Fleisch war nicht billig in jenen Tagen der Depression, abgesehen von bestimmtem Fleisch von bestimmten verzweifelten Tieren.

Er starrte auf Sylvias volle Brüste und sagte: »Ist doch nichts passiert, meine Liebe. Ich hätte darauf achten sollen, wohin du gehst.« Er hustete ein Lachen heraus, und ein öliges Grinsen breitete sich auf seinem Gesicht aus. Dann steckte er die Zigarre wieder in den Mund und stand auf. Mit einer Geste seiner feisten Hand bot er ihr den Sitz neben ihm an.

Sie schüttelte den Kopf und versuchte, die schwankenden Bewegungen des Zuges vorauszuahnen. Der Mann paffte wie eine Lokomotive und blies ihr den Rauch ins Gesicht. Seine massige Gestalt versperrte ihr den Weg. Der Wagen wurde wieder kräftig geschüttelt, und diesmal verlor er das Gleichgewicht und kippte zur Seite. Sylvia schlüpfte an ihm vorbei und murmelte wieder: »Entschuldigen Sie, Sir.«

Er hielt sie am Handgelenk gepackt und drehte ihren Arm herum, seine Hand heiß und feucht auf ihrer Haut. »Was soll denn die Eile, meine Liebe? Die Nacht ist noch jung.«

Sylvia sah in die andere Richtung und wollte im Fenster erkennen, wie weit es der Schaffner bisher geschafft hatte. »Ich muss zur Toilette.«

»Ha, ha! Das kannst du doch auch hier besorgen.«

Sylvia sah ihn an, Ekel im Blick. Sie riss sich los und hastete zum Ende des Abteils. Ohne zu zögern öffnete sie die Tür und trat hinaus auf die Plattform. Als sie die Tür schloss, bemerkte sie, dass sie vom Schaffner und dem ekelhaften Geschäftsmann beobachtet wurde.

Die Nacht explodierte in Geräuschen: das Donnern des Zugs, das Heulen des Sturms und das Rattern der Räder. Sylvia wäre beinahe von der offenen Plattform geblasen worden, aber sie hielt sich am Geländer fest. Der kühle Wind blies den stinkenden Rauch aus dem Abteil aus ihrem Kleid und auch den Geruch von Angst, der an ihr klebte.

Lichter eines fernen Farmhauses huschten vorbei, sonst war sie von schier undurchdringlicher Schwärze umgeben, von einer finsteren Leere, in die man bei vierzig Meilen die Stunde treten konnte, um für immer verschluckt zu werden. Viele verzweifelte Männer und Frauen hatten genau das getan und damit für das Ende all ihrer Probleme gesorgt.

Sylvia zitterte in der Kälte, aber ihre Hände klammerten sich feucht um das Geländer. Sie biss sich auf die Zähne und rang sich zu einem Entschluss durch. Verzweifelte Zeiten erforderten verzweifelte Maßnahmen.

Sie kletterte über das Geländer, riskierte den gewagten Sprung auf die Kupplung, die zum ersten Frachtwagen hinter dem Personenwagen führte, und stieg die Eisenleiter hoch, bis sie das Dach erreicht hatte.

Die Windstöße waren da oben noch stärker, die Erschütterungen des Zuges noch gewaltiger. Ihr Kleid schlug über ihrem Kopf zusammen, und blitzschnell warf sie sich hin, auf die metallene Laufplanke, die über den ganzen Wagen führte. Sie hielt sich an den Enden fest. Der Güterwagen rumpelte, als wollte er sie abwerfen. Der Zug wollte Zeit bis Kansas City gutmachen, und der Lokführer war entschlossen, das zu schaffen.

Sylvia war nicht weniger entschlossen. Sie kroch jetzt auf Händen und Knien über den Laufweg, bis sie das Ende erreicht hatte. Dort griff sie wieder nach der Leiter, schwang ihren Körper herum und kletterte hinunter. Über die Kupplung erreichte sie den nächsten Güterwagen, kletterte die Leiter hoch, lief gebückt über das Dach, dessen Rundung ausgeprägter war als bei dem vorherigen Frachtwagen.

Sie legte sich flach auf den Bauch und kroch die Wölbung hinunter. Sie wollte sehen, um welchen Wagen es sich handelte. Mit einer Hand befühlte sie die Seite des Güterwagens, aber sie schlug ins Leere: Da musste eine Tür sein. Sie umklammerte die Seitenstreben des Dachs und schwang sich hinunter.

Der Wind schüttelte sie gefährlich, wie sie da frei in der Luft schwang, die klammen Hände immer kälter. Lange würde sie das nicht durchhalten, deshalb nahm sie einen letzten Schwung und sprang in den Wagen hinein. Sie landete wie eine Katze auf den Füßen.

Sie richtete sich auf, wischte ihre Hände am Kleid ab und versuchte, im schwarzen Innern des Wagens etwas zu erkennen. Gab es menschliches Leben in ihrer Umgebung? Ein Streichholz wurde angerissen, wodurch ihre Frage beantwortet war.

»He, Leute, nu' schaut euch dat mal an.« Eine Männerstimme bestätigte Sylvias ärgste Befürchtungen.

Ein neues Streichholz flammte auf, dann noch eins, und im gelben Schein erkannte Sylvia drei Männer, die auf dem Boden hockten und sich mit dem Rücken an die geschlossene Tür lehnten. Hungrige Männer.

»Schau dir dies Meisterwerk vom lieben Gott an«, juchzte einer der Männer, streckte seine Arme aus und kicherte irre.

Jemand warf ein Streichholz in eine Kaffeekanne, die auf dem Boden stand, und ein kleines Feuer entstand.

Die orangefarbene Flamme gab Sylvia ein klareres Bild von der Gefahr, in der sie schwebte, aber sie gab den drei Männern, in deren verlorenes Leben sie gerade gesprungen war, auch ein klareres Bild von der attraktiven Frau. Eine Frau als blinder Passagier war selten und sehr willkommen. Die Männer starrten Sylvia an.

»Hal... hallo«, sagte sie und suchte das Innere des Güterwagens ab. Bis zur Decke waren Ballen von Baumwolle, mit dickem Papier geschützt, gestapelt. Den einzigen freien Raum bildete der Korridor zwischen den beiden Türen.

Einer der Männer kam plötzlich auf die Füße und trat auf Sylvia zu. Die beiden anderen folgten sofort. Einer von ihnen hinkte schwer. Ihre Kleidung war dreckig und zerrissen;

Hosen und Jacken waren mit zahlreichen Flicken versehen und wiesen trotzdem noch Löcher auf. Zwei von ihnen hatten Glatzen, während der Dritte, größer als seine Kumpane, derjenige, der zuerst aufgesprungen war, einen verlausten Filzhut trug, den er tief in die Stirn gezogen hatte.

»Willkommen an Bord, kleine Lady. Dies hier ist der Zug, mit dem man ans große Geld kommt. Wir wollten das gerade mit allem Pipapo feiern.«

Die Männer lachten, wischten sich die Hände an ihren schmierigen Hosen ab und leckten sich über die rauen Lippen. Der größere Mann streckte eine Hand aus und strich über Sylvias nackten Arm. Sie wich zurück, ein bisschen zu weit, und um ein Haar hätte sie das Gleichgewicht verloren und wäre aus dem Zug gekippt.

Sie fing sich im letzten Augenblick und hob eine Hand, um die Männer zurückzuhalten. Sie wusste, was diese Kerle mit ihr anstellen würden, wenn sie es zuließ, dass sie sie anfassten. Sie musste Zeit gewinnen.

»Wie wäre es, wenn ich euch Jungs ein bisschen unterhalte? Würde das zu eurer kleinen Feier passen?«

Sie sahen sich an. »An was hast du denn gedacht?«, fragte der Große.

»Habt ihr schon mal eine Varieté-Show gesehen?«

»Ja, klar, einmal hab ich eine gesehen«, rief der Kicherer begeistert und klatschte aufgeregt in die Hände.

»Ich fange damit an, sobald ihr euch wieder hingesetzt habt«, sagte Sylvia. Da sie jetzt die Oberhand hatte, fühlte sie sich selbstsicherer.

Der Kicherer packte seine Kumpane und zog sie zurück bis zur geschlossenen Tür. Sie setzten sich wieder hin, aber vorher riss der Große ein Stück Papier von einem Ballen ab und fütterte damit das Feuer.

Sylvia lehnte sich gegen die gestapelte Baumwolle, während der Zug besonders arg schlingerte. Sie schloss die Augen, schmiegte sich an die weichen, warmen Ballen und ließ den Körper im Rhythmus des Zuges schwingen.

Sie zwang ihre Gedanken an einen Ort, weit entfernt vom kalten Elend des ratternden Güterwagens. Eine lebhafte Phantasie hatte sie in der Vergangenheit durch manch einen trüben Tag gebracht.

Sylvia hatte noch nie eine Show im Varieté gesehen, aber sie hatte Geschichten darüber gehört, und einmal hatte sie durch die offenen Türen im Innern die Musik gehört. Als die Männer jetzt zu johlen und zu pfeifen begannen, trat sie in die Mitte des Korridors, streckte die Arme über den Kopf und bewegte kreisend die Hüften.

Sie ruckte vor und zurück, und sie nahm einen Rhythmus auf, den alle hören konnten. Was sie jetzt zeigte, hatte sie schon als junges Mädchen vor dem Spiegel ihres Schlafzimmers geübt. Die Männer johlten und klatschten, und voller Bewunderung zog der Große seinen Hut.

Sie zog das gelbe Band aus den Haaren, hielt die Augen geschlossen und ließ den Körper weiter kreisen, während ihre schwarzen Locken flogen. Sie bedeckten ihr Gesicht, und als sie den Kopf rotieren ließ und die Haare zurück über Schultern und Rücken fielen, gab es wieder dankbaren Beifall von ihren Zuschauern. Sie lächelte, strich über ihr Kleid und spielte mit den Knöpfen.

Die Männer wurden still und verfolgten atemlos, mit leuchtenden Augen und offenen Mündern, wie Sylvia die beiden oberen Knöpfe ihres Kleids öffnete. Kühle Luft fegte über den teilweise entblößten Oberkörper, aber ihr Zittern hatte nicht nur etwas mit der Kälte zu tun.

Sie wusste nicht, was eine Lady im Varieté mit sich anstellte und wie weit sie ging, um ihr Publikum zu unterhalten, aber sie wusste, was ihr selbst Spaß bereitete. Sie glitt mit einer

Hand unter ihr Kleid, unter den seidenen Stoff des Unterkleids und schloss sie dann um ihre Brust.

Sylvia spürte, wie ihr Körper von einer tiefen, sinnlichen Hitze erfasst wurde, und als sie mit den Fingerspitzen über einen steifen Nippel strich, prickelte die Haut am ganzen Körper. Sie schob die Kleiderträger von den Schultern, und das Kleid rutschte bis zu den Ellenbogen und entblößte ihre Brüste.

Sie strich mit den Handrücken über die schwellenden Hügel, dann umfasste sie die vollen Kugeln und drückte sie. Sinnlichkeit durchströmte sie. Sie nahm einen Nippel zwischen Daumen und Zeigefinger und quetschte fest zu. Ihr schmachtender Körper wand sich vor Lust.

Die Temperatur im schaukelnden Güterwagen schoss um dreißig Grad in die Höhe. Die drei Männer keuchten vor Spannung und Erregung. Sylvia wimmerte vor ungehemmter Leidenschaft. Sie zog ihren geschwollenen Nippel in die Länge, und eine sexuelle Elektrizität schoss durch sie hindurch, eine Mischung aus Gefahr und Lust.

Sie hätte in diesem Moment an jedem anderen Ort sein können – entweder in einem Güterwagen, vollgestopft mit Baumwollballen, wo sie schmutzigen Männern eine schmutzige Schau bot, oder in einem plüschigen Boudoir, wo sie sich auf dem feinen Linnen eines Himmelbetts ausstreckte und nur für sich selbst eine Schau inszenierte, bei der ihre Leidenschaft zu einem tobenden Inferno geriet.

Der Zug fuhr langsamer, als er durch einen Bahnhof fuhr, und durch die verlangsamte Fahrt wurde es einem stämmigen Mann in einer blauen Uniform ermöglicht, sich an Bord des Dienstwagens zu schwingen. Aber niemand im Güterwagen 10445 des Missouri Pacific nahm weder die reduzierte Geschwindigkeit noch den zugestiegenen Mann wahr.

Sylvia schob die Träger von Kleid und Unterkleid von der rechten Schulter, und erst jetzt konnten die starrenden Männer genau sehen, wie sich der Busen hob und senkte. Sie stöhnten ihre Bewunderung für die Brüste und die steifen Nippel heraus. Die vollen Brüste schwangen mit den ruckenden Bewegungen des Zuges.

Sie legte beide Hände unter ihre Brüste und bearbeitete sie mit den Fingern; sie zwirbelte die Nippel und fing an, am ganzen Körper zu zittern. Ihr war ganz schwindlig; ihr Kopf schien in den Wolken zu schweben, und ihre Gedanken schienen offen für alles zu sein.

Sie hielt eine Hand auf einer Brust, während die andere Hand in ihren Slip tauchte und über die schwimmende Pussy streichelte. »Ja«, stöhnte sie. »Oh ja ...«

Etwas wie ein dumpfer Schlag war auf dem Dach ihres Güterwagens zu hören. Die drei Männer sprangen sofort auf, sie ließen ihre Träume platzen und wurden in die brutale Wirklichkeit zurückgeholt.

Sie stürmten achtlos an Sylvia vorbei, auf die offene Tür zu und hörten die schweren Schritte auf dem Dach. Sie wussten, was diese Schritte bedeuteten, und ohne einen Blick zurück sprangen sie aus dem fahrenden Zug.

Die Männer landeten hart auf einer mit Gras bewachsenen Böschung, federten den Sturz mit den Schultern ab und rollten quer zur Böschung aus. Es war eine Überlebenstechnik, die sie viele hunderte Male geübt hatten. Nach zehn Sekunden waren sie von der Dunkelheit verschluckt.

Sylvia hatte den Männern verwirrt hinterhergeschaut, und jetzt zuckte sie zusammen, als plötzlich ein Kopf in der Tür sichtbar wurde. Mit seinen glänzenden, dunklen Augen starrte er auf Sylvias halbnackten Körper. Er musste wie sie vom Dach kommen, denn sie sah den Kopf verkehrt herum. Im nächsten Moment verschwand das Gesicht, und Sekunden später sprang ein stämmiger Mann durch die Tür genau in den Korridor zwischen den Baumwollballen.

Der Mann richtete sich zu seiner vollen Größe auf, langte dann durch die offene Tür aufs Dach und holte die Laterne herein, die er offenbar mitgebracht hatte. Er hielt sie hoch und richtete den Schein auf Sylvia.

»Der Wagen für die zahlenden Reisenden befindet sich weiter vorn«, knurrte er.

Er trug eine blaue Kappe und eine blaue Uniform mit Messingknöpfen, dazu einen glänzenden, schwarzen Ledergürtel und schwarze Stiefel. Ein kurzer, dicker Stab baumelte von seinem Gürtel hinunter. Auf der Brust seiner Uniform steckte ein Schild mit seinem Namen. Cole Jansen.

Das Schild auf seiner Kappe identifizierte ihn als Eisenbahnpolizist, ein Bulle, dessen Job es war, die Züge frei von Tramps und anderen blinden Passagieren zu halten. Um das zu erreichen, konnte er alle erdenklichen Maßnahmen ergreifen, die nötig waren.

Sylvia studierte das zerklüftete Gesicht des Mannes, die glitzernden Augen, die dicken, geschwungenen Lippen und die kräftige römische Nase. Ihr Blick war nicht ängstlich, eher kühn und direkt, eine Herausforderung an den Mann in Blau. Sie traf keine Anstalten, ihre Brüste zu bedecken.

»Ich bin durchaus bereit, für meine Fahrt zu zahlen, Officer Jansen«, hauchte sie.

Der Zug hatte wieder seine vorherige Geschwindigkeit erreicht. Sylvia überkreuzte die Arme unter ihren Brüsten und drückte sie dabei auch ein wenig höher. Sie neigte den Kopf, und dann leckte sie mit der Zunge über die geschwollene Brustwarze.

Sie hörte Jansen laut schlucken. Die erhobene Laterne schwankte kräftiger als der Güterwagen. Sylvia strich mit der Zunge hin und her über den Nippel, dann nahm sie ihn zwischen die Lippen und saugte daran.

»Ja«, stöhnte Jansen.

Sylvia speichelte den Nippel ein, der kirschrot geworden war. Ein wissendes Lächeln hob ihre Mundwinkel, als sie zuschaute, wie Jansen seinen schweren Gürtel aufschnallte und die Uniformhose sowie die Unterhose nach unten schob. Seine Erektion wies anklagend auf Sylvia.

Sie gehorchte dem stummen Befehl des Eisenbahnbullen, gab ihre Brust frei und sank auf ihre Knie. Sie rutschte über die schmutzigen Holzplanken des Korridors auf Jansen zu. Der Güterwagen ruckte, und sie streckte eine Hand aus und hielt sich an seinem Schaft fest.

»Ja«, knurrte er wieder, stellte die Beine etwas weiter auseinander und versuchte, die Bewegungen des Zuges abzufangen.

Sylvia strich an der Stange langsam auf und ab. Sie schaute zu ihm hoch und spürte, wie er in ihrer Hand wuchs. Immer schneller wurde die Hand, bis sie ihn zur Steinhärte poliert hatte. Sie rieb ihn bis an den Rand der Ekstase, dann, als die ersten Sehnsuchtstropfen kamen, hörte sie abrupt auf.

Jansen knirschte mit den Zähnen, und sein harter Schaft zuckte in Sylvias warmem Atem. Er stieß ungeduldig die Hüften vor. Sylvia lächelte und nahm seine schweren Hoden in die Hand, während sie die aufgeblähte Eichel mit Daumen und Zeigefinger umfasste und gegen seinen Uniformrock drückte. Ein paar neckende Momente lang betrachtete sie die Unterseite des Schafts, bevor sie mit der Zunge über die Eichel strich. Sein Körper zuckte und zuckte gleich noch einmal, als sie am ganzen Schaft mit der Zunge entlangglitt.

»Habe Mitleid«, keuchte er.

Sie leckte weiter über den Schaft und bemalte ihn mit ihrem warmen Speichel. Sie wusste, dass sie den Bullen zum Bersten brachte.

Jansen ließ die Laterne auf den Boden fallen und strich mit den Händen durch Sylvias Haare. Sein Körper vibrierte. Er schob ihren Kopf zurück, ehe er ganz die Kontrolle verlor, und murmelte: »Leck meine Hoden.«

Sie gehorchte, nahm sie abwechselnd in den Mund und saugte sie tief ein. Er stolperte einen Schritt nach vorn und drückte den Schwanz gegen ihr Gesicht. Sylvia spielte mit seinen gefüllten Bällen, stieß sie mit der Zungenspitze an und nagte behutsam an ihnen.

Er hielt es nicht mehr aus, packte sie unter den Armen und zog sie hoch. Er hob ihr Kleid bis zur Taille an und wollte es in seiner heißen Gier zerreißen, aber sie hinderte ihn daran. Gute Kleider waren selten in diesen Tagen; sie wollte keins verlieren.

Sie schob ihr Kleid über die Hüften, dann wandte sie sich ihm zu und zog ihr Höschen über die gerundeten Backen, was er mit heißen Blicken verfolgte. Sie hob ihre wertvollen Kleidungsstücke auf und legte sie auf einen der Ballen.

Jansen packte sie und zog sie an sich. Er presste seinen Mund voller Leidenschaft auf ihre Lippen und fiel wild über ihren Mund her, während er ihre Brüste gegen seinen derben Uniformstoff quetschte.

Sie erwiderte sein Feuer, schlang die Arme um seinen Nacken und begegnete seiner Zunge mit ihrer.

Wieder fuhren sie an einem Ein-Pferd-Dorf vorbei, und der Lokführer musste seine Fahrt erneut verlangsamen, als sie über die Straßenkreuzung fuhren. Die paar Lichter der Farmgemeinde huschten vorbei, und niemand sah das Paar im Güterwagen, die Frau völlig nackt und der Mann mit seiner Hose auf den Stiefeln, vereint in einem heißen Kuss.

Die Schönheit und der Bulle sahen auch nichts von den Lichtern des Dorfes, sie fühlten auch nicht die Veränderung im Rhythmus des Zuges; sie waren verloren in der Intensität ihres sündigen Verlangens.

Ihre Zungen fochten miteinander, Jansen quetschte Sylvias

nackte Backen, und Sylvia schmiegte sich voller Inbrunst an Jansens harten Körper. Der hechelnde Atem von ihnen beiden hörte sich so an, als käme er aus einem Mund.

Viele Meilen später nahm Jansen den Kopf zurück und sah grinsend auf Sylvia. Sie hatte die Augen geschlossen und den Mund geöffnet.

»Niemand soll sagen, ich hätte einem blinden Passagier nicht eine faire Chance gegeben«, sagte er, dann ging er auf die Knie, drückte ihre Beine auseinander und stieß mit der Zunge in ihr Geschlecht.

»Oh Mann«, stöhnte Sylvia und ruckte den Unterleib vor und zurück, als sie Jansens Zunge spürte. Sie wischte seine Kappe vom Kopf und wühlte in seinen sandblonden Haaren, während er tiefer in die tropfende Spalte eindrang.

Er hielt sich an ihren zusammengepressten Backen fest und pumpte seine Zunge in sie hinein. Sylvias Beine schwankten, und in ihrem Kopf drehte sich alles. Jetzt spreizte er ihre Lippen mit den Fingern, damit seine Zungenspitze leichter gegen ihre Klitoris tippen konnte. Sylvia wäre unter der sexuellen Lust beinahe zusammengebrochen.

Er leckte und saugte ihre Klitoris so lange, bis ihr Körper so stark schwankte, dass er sie nicht mehr halten konnte. Außerdem wollte er nicht, dass es ihr jetzt schon kam. Er zog den Kopf zurück, leckte sich über die Lippen und erhob sich. Er legte ein paar Ballen in den Korridor, dann nahm er Sylvia bei der Hand und legte sie darauf.

Sie lehnte sich zurück und spreizte die Schenkel. Er packte ihre Beine und stemmte sie gegen seine Brust, ehe er die Füße über seine Schultern legte. Sie lag jetzt flach auf dem Rücken, und er attackierte sie mit seinem Schaft. Ein kurzer Ansatz, dann versenkte er sich bis zu den Haaren in ihr.

Sylvia schwelgte in dem Gefühl, völlig ausgefüllt zu werden. Seine Hoden schlugen gegen ihren Po. Sie wartete darauf, dass er mit dem Pumpen begann, und um ihn anzuheizen, presste sie ihre vollen Brüste zusammen.

Aber er neckte sie noch eine Weile, blieb tief in ihr versunken und wartete noch einige Sekunden, ehe er sich zu ihrem Entsetzen langsam aus ihr zurückzog.

Wieder vergingen Sekunden, ehe er mit ebenso quälender Langsamkeit tief in sie eindrang. Sie schrie ihn an, es ihr schneller zu besorgen, aber er grinste nur und behielt seine gemächliche Gangart bei.

Sylvia konnte es nicht mehr ertragen. Sie richtete sich ein wenig auf, griff an seine von Härchen umgebenen Nippel und zwickte sie hart.

Er grunzte, als ob ihm das gefiele, und dann begann er, mit etwas mehr Dampf zu fahren. Er zog sich nicht mehr ganz aus ihr zurück und stieß nun kurz und heftig zu. Seine kräftigen Finger bohrten sich in das Fleisch ihrer Oberschenkel, während er sein Tempo verstärkte. Schweißtropfen perlten von seiner Stirn auf ihre geschüttelten Brüste.

»Das ist wie das Knipsen einer Fahrkarte, was, Baby?«, keuchte der Bulle.

Sylvia stöhnte ihre Zustimmung, und so endeten sie in ihrem eigenen Rhythmus, dem der Zug nicht länger folgen konnte. Die kühle, ebene Landschaft draußen stand in einem kolossalen Gegensatz zu der heißblütigen Veranstaltung im Güterwagen Nr. 10445.

»Ich komme, Baby«, brüllte Jansen, und seine letzten Stöße hätten sie beinahe vom Ballen geworfen.

Sylvia blickte hoch zu dem Mann, der bald in ihr explodieren würde. Ihr durchgerüttelter Körper glänzte von der Elektrizität, die sie unter Strom setzte. Der Orgasmus brach wie eine Schockwelle in ihr aus.

Ihr Mund öffnete sich zu einem stummen Schrei. Ihre Ekstase kannte keine Grenze, und noch bevor sie ihren ersten

Orgasmus ausgekostet hatte, wurde sie von einem zweiten geschüttelt und dann von einem dritten, der sie an den Rand einer Ohnmacht brachte.

Jansen pumpte immer noch in kurzen, heftigen Stößen in sie hinein, dann brüllte er seinen eigenen Höhepunkt hinaus in die Nacht. Sein harter Körper vibrierte auf ihrem, und ihre packende Pussy melkte mit zuckenden, klammernden Bewegungen alles aus ihm heraus, was er zu geben hatte.

Sylvia, die immer noch unter dem Nachglühen der multiplen Orgasmen die letzten Zuckungen abreagierte, spürte das Schwanken des Mannes über ihr, und so war sie darauf vorbereitet, dass er sich nicht mehr halten konnte und bei der nächsten Biegung des Zuges auf sie fiel.

Sie hatte gerade noch genug Kraft, um ihm ins Ohr zu flüstern: »Danke für die freie Fahrt, Liebster.«

Sie stand auf der Plattform des Personenwagens und bemühte sich, ihr Kleid in der starken Brise zu glätten. Gesicht und Körper kühlten in der eisigen Nachtluft rasch ab, und jetzt begann sie sogar zu zittern. Das metallische Rattern des Zuges ängstigte sie auf einmal. Sie atmete tief durch, öffnete die Tür und betrat das Wageninnere.

Der Geschäftsmann im Nadelstreifenanzug faltete seine Zeitung zusammen und beobachtete sie, wie sie auf steifen Beinen den Gang hinunterschritt, raschelnde Seide im Gefolge. Er nahm den grünen Stumpen aus dem Mund und schnüffelte die Luft. Eine seltsame Mischung aus Parfum, getrocknetem Schweiß und – Baumwolle.

Sie blieb stehen, als sie die Mitte des Abteils erreicht hatte, dann setzte sie sich auf eine leere Bank und glitt hinüber ans Fenster. Sie hatte es sich gerade gemütlich in ihrem neuen Sitz gemacht, als ein gedrungener Mann mit rotem Gesicht und einer Brille mit dunklem Drahtgestell durch die Verbindungstür des Wagens kam und sich neben sie setzte.

»Hast du diesmal gewonnen, Schatz?«, fragte Sylvia und bedeckte die kleine Hand des Mannes mit ihrer eigenen.

»Deine Hand ist kalt«, sagte der Mann und zog eine Grimasse. Er zog seine Hand zurück und schaute Sylvia nicht an. »Nee, wieder nicht. Die Jungs haben mich wieder ausgenommen. Am besten rechnen wir jedes Mal, wenn wir nach Kansas City fahren, zum Fahrgeld noch einmal fünfundzwanzig Bucks hinzu. Nun ja, dann müssen wir eben zu Hause ein bisschen mehr sparen.« Er zog eine Zeitung aus der Tasche seines Jacketts und schlug die Seite mit den Finanzmärkten auf. »Es vertreibt einem jedenfalls die Zeit. Was hast du denn so gemacht?«

»Ich habe auf dich gewartet, Schatz.«

»Wie die brave Ehefrau, was?«, sagte er, ohne den Blick von den Aktienkursen zu nehmen.

Sylvia schaute aufs Fenster, wo sie das Spiegelbild einer hübschen jungen Frau mit einem befriedigenden Lächeln um die leicht verschmierten Lippen sah.

Sie dachte schon an die Rückreise durch das nächtliche Missouri und an eine weitere Gelegenheit, ihren langjährigen Geliebten, den Bullen von der Eisenbahn, zu genießen, während der ratternde Rhythmus des Zuges in ihren Lenden nachhallte.

Après Ski

Candy Wong

»Der letzte Schweizer Internats-Schliff! Wenn ich das schon höre«, schnaufte Sheryl und zog an ihrer filterlosen Gauloise. »Eine Straßenhure hat mehr Schliff als sie!«

Sie blickte zu mir hoch und zwinkerte mir zu. Sie hob ihr Glas an die Lippen, und die winzigen blonden Härchen auf dem gebräunten Arm schimmerten im Zwielicht. Wir saßen auf dem Boden in einem der Schlafräume und bildeten einen Kreis um einen Aschenbecher, einen Teller mit Brezeln und einen Tonkrug mit Glühwein.

An diesem Abend waren wir zu fünft, aber oft zwängten sich zehn von uns auf dem engen Raum, doch einige von uns Chalet-Girls waren übers Wochenende nach Paris geflogen, und zu ihnen zählte auch Rebecca Jane, über die Sheryl eben so schön gelästert hatte.

Die Fenster des Raums waren geöffnet und ließen die frische Nachtluft herein, und dahinter sah man den Himmel als riesigen, dunkelblauen Baldachin, mit funkelnden Diamanten besetzt. Wir arbeiteten hart und viel und verdienten wenig, aber in solchen Momenten war das Leben gut. Besser als gut.

Aus einer Laune heraus hatte ich meinen Job in London aufgegeben. Ich war der langen U-Bahn-Fahrten müde, hatte genug von der Anmache meines Bosses in der Redaktion eines Männermagazins, für das ich die Bildrecherche führte. Ich war auch meiner schon lange schalen Beziehung überdrüssig; ich hatte den Typen in einem Yogakurs kennen gelernt.

Ich war überzeugt, dass ich überall Geld verdienen und halbwegs ordentlich leben konnte, deshalb war ich ausgestiegen, ohne weiter darüber nachzudenken.

Ich hatte es noch nicht bereut, besonders nicht an solchen Abenden, wenn Sheryl zur Höchstform auflief, dann war sie köstlich und heftig. Es war nicht so, dass sie wahllos lästerte, aber sie konnte ihren Zorn nicht zurückhalten, wenn es um Leute ging, die andere Menschen als Fußabtreter behandelten. Und das traf auf Rebecca Jane zu.

Sheryl war so ein Mädchen, wie ich es zur Schulzeit gern als beste Freundin gehabt hätte oder auch später in London. Ein Mädchen, das deine Laune in jeder Situation aufheitern konnte. Seit ich hier war, hatte ich einmal erlebt, wie sie ein Mädchen zu einem Drink eingeladen hatte, nur weil ihr Freund in Manchester per SMS Schluss mit ihr gemacht hatte. Dabei hatte Sheryl selbst nur noch zehn Euro in der Tasche. Und wenn ich mich nach einem unserer langen Abende mit viel zu viel Alkohol mal übergeben musste, war es Sheryl, die hinter mir alles gesäubert hatte und darauf bestand, dass ich noch in der Nacht viel Wasser und Tee trank.

Ich mochte auch die meisten der anderen Mädchen, aber Sheryl war mir die Liebste, und ich wusste, dass sie mich auch mochte. Es gab nur eins, was mich auf die Palme brachte, und das war die vergebliche, hoffnungslose Aufmerksamkeit, mit der Serge sie überschüttete.

Serge war einer der Skilehrer in unserem Ort. Die meisten Mädchen hätten dafür getötet, dass Serge auch nur einen Blick in ihre Richtung warf. Diese meeresgrünen Augen, zum Teil verdeckt von einem kastanienbraunen Pony, hatten die Kraft, dass Menschen auf der Straße stehen blieben. Aber seine schmachtenden Blicke prallten an Sheryl ab: Sie weigerte sich, seine amourösen Absichten wahrzunehmen. Und das machte mich fuchsteufelswild.

Okay, ich gebe zu, ich war eifersüchtig. Serge war wunderbar. Sheryl war auch wunderbar, aber nicht so sehr, dass sie das Recht gehabt hätte, ihn völlig zu ignorieren. Das zeugte von einer Arroganz, die ich nur schwer verdauen konnte und die sie kaum besser machte als Rebecca Jane.

Ich hatte oft daran gedacht, sie darauf anzusprechen, wie sie angesichts solcher Schönheit so teilnahmslos sein konnte, aber in letzter Minute schreckte ich davor zurück. Ein Blick in diese ironischen blassblauen Augen in diesem herzförmigen Gesicht zwang mich zu Ehrfurcht und Angst. Trotz ihrer Bereitschaft, anderen Menschen zu helfen, hatte sie etwas von einer eiskalten Frau an sich, und ich fürchtete mich davor, in ihrer Gegenwart zu erfrieren.

An diesem Abend, angefeuert vom Glühwein und bei Kerzenschein, der in ihren Augen tanzte, war sie die Flamme, um die alle anderen schwirrten. Sie beugte sich vor, die Arme verschränkt und auf die gehobenen Knie gelegt, und erzählte über ihre Tage als Cheerleader in Pennsylvania und über ihre kurze Affäre mit einem bekannten französischen Rockstar.

Während sie erzählte, hatte sich der Baumwollrock langsam an den Schenkeln nach oben gekräuselt, wodurch sie einen flüchtigen Blick auf ein mit Spitze besetztes, pinkfarbenes Höschen gewährte. Es sah teuer aus, dachte ich, während ich an meiner Zigarette zog. Ich schloss für einen Moment die Augen und stellte mir den passenden BH vor, der ihre festen Brüste umschloss. Ich sah, dass sich die Nippel durch ihr Top drückten.

Ich ging zu Bett, und wie so oft wirbelte es in meinem Kopf, alles drehte sich; das traurige Ergebnis von zu viel Rotwein und zu vielen Zigaretten – und diesmal vielleicht auch von Sheryls Erzählungen. Jenny, die sich mit mir ein Hochbett teilte, stieg in das Bett über meinem, und eine Weile hielten mich ihr Schnaufen und Grunzen wach.

Ich musste an Sheryl denken und auch an Serge und an die vielen Frauen, die sich ihm nur zu bereitwillig zu Füßen geworfen hätten. Für ihn musste es ein Schock sein, dass Sheryl ihn derart ignorierte, und wahrscheinlich suchte er gerade jetzt Trost in den Armen eines Barmädchens oder einer Touristin.

Schlaf und Alkohol überwältigten mich. Sheryls Höschen, muschelpink, drängte sich wieder in mein Bewusstsein. Ich sah sie auf dem Boden liegen, die aschblonden Haare im Schnee, und eifrige Hände griffen nach ihr und rissen ihr die Kleider vom Leib. Schließlich lag sie nackt im Schnee, ihr Körper vom vollen Mond beschienen, und dann war Serge plötzlich da. Er legte sich auf sie, und sie arbeitete sich dem Orgasmus entgegen, während sich ihre langen, manikürten Nägel in das Fleisch seiner gebräunten Schultern krallten.

Unter dem Laken schlüpfte eine Hand zwischen meine Schenkel. Ich streichelte mich und kam ganz gewaltig. Ich biss auf meine andere Faust, um meine Schreie zu unterdrücken.

Im Nachhinein kommt es mir wie eine große Verschwendung vor, dass ich so lange damit gewartet habe, die freien Skikurse nicht wahrzunehmen, die uns als Teil des Vertrags zustanden. Aber anfangs hatte ich mich in das hektische soziale Leben gestürzt, und statt morgens um sechs Uhr aufzustehen und meine Skikunst auf verlassenen Pisten zu verbessern, bevor mein Dienst begann, schlief ich meinen Rausch aus.

Ich wurde erst richtig wach, als ich erfuhr, dass Serge den Unterricht eine Woche lang übernehmen würde. Die Skilehrer wechselten sich bei der ungeliebten Frühschicht ab, die nicht nur für die Chalet-Girls eingeführt wurde, sondern auch für die anderen Angestellten der Tourismusbranche, vom Management bis zum Hilfskellner. Nur wenige Leute nahmen das Angebot wahr; es würde ihnen wie mir gehen: Man hatte zwar die besten Vorsätze, aber morgens um sechs war es im Bett einfach zu kuschelig.

Zu Beginn der Woche schrieb ich mich in den Kurs ein und fühlte mich ein wenig schuldig, dass ich den anderen Chalet-Girls nichts davon gesagt hatte, auch Sheryl nicht. Ich weiß nicht, ob sie sich hätten aufraffen können, selbst wenn Serge der Lehrer war. Aber ich wollte auch meine Chancen nicht schmälern. Ich sagte nur Jenny Bescheid, denn sie würde bemerken, dass ich mich um sechs aus dem Zimmer verdrückte. Ich überredete sie sogar dazu, sich auch in den Kurs einzuschreiben, quasi als moralische Unterstützung.

Es kam mir zugute, dass Jenny von uns allen das am wenigsten attraktive Mädchen war.

Ich war besonders vorsichtig, was Sheryl betraf, obwohl sie ganz sicher nicht mitgemacht hätte. Mehr als jede andere von uns liebte sie ihre geselligen Nächte in den Bars oder, gegen Monatsende, wenn wir auf unseren Lohn warteten, in unseren Zimmern. Sie wurde regelmäßig abgemahnt, weil sie morgens zu spät ihren Dienst antrat.

Ich bin mir nicht sicher, ob ich mir bei Serge ernsthafte Chancen ausrechnete – er schien außerhalb meiner Reichweite zu sein. Aber der bloße Gedanke, in seiner Nähe und der Fokus dieser elektrisierenden grünen Augen zu sein und zu hören, wie er meinen Namen lang gezogen französisch aussprach, ließ mich feucht werden. Und erst, wenn er mich mit seinen Händen berührte!

Es war mein Glück, dass am Sonntag vor meinem ersten Unterricht der Zahltag gewesen und Sheryl in Stimmung war, in Joes Bar zu feiern. Ich wollte mich absetzen und gab vor, Krämpfe zu haben, weil ich meine Tage erwartete, und dass ich lieber mit einer Wärmflasche und einem Klatschmagazin ins Bett ginge, aber Sheryl ließ das alles nicht gelten.

Sie stürzte in ihrem tief ausgeschnittenen Mohair-Top auf mein Zimmer, begleitet von einer Wolke Chanel Cristalle, und verlangte unmissverständlich, dass ich mich in Partyschale werfen sollte. Ich sah auf ihren pinkfarbenen Mund, der wie eine Rosenknospe aussah, sah in ihre lächelnden Augen und auf den Ausschnitt, der vom Body Oil glänzte, und dann öffnete ich resigniert meinen dürftig ausgestatteten Kleiderschrank. Man konnte Sheryl nichts abschlagen.

»Wir sehen uns in fünf Minuten auf meinem Zimmer«, sagte sie über ihre Schulter, als sie zurück zur Tür ging. »Ich mixe uns einen scharfen Cocktail, bevor wir ausgehen.«

Ich folgte ihr zur Tür und sah ihr nach, wie sie den Flur hinunterschritt. Ihre Hüften schwangen sanft von einer Seite zur anderen. Unter der engen, schwarzen Hose hoben sich ihre runden Backen deutlich ab. Ich sah keine Sliplinie, deshalb trug sie entweder einen Tanga oder ging auf Angriff über. Kein Wunder, dass Serge jedes Mal den Schaum vorm Mund stehen hatte, wenn sie vorbeiging – ich war eine Närrin, dass ich mir eine Chance ausrechnete, solange Sheryl da war.

Das weite, malvenfarbene Kleid bewahrte ich für besondere Gelegenheiten auf. Ich war zufrieden mit meinem Aussehen und lief auf ihr Zimmer zu. Ich klopfte, obwohl sie die Tür einen Spalt offen gelassen hatte, und ging dann hinein.

Sheryl stand in ihrer Unterwäsche vor dem hohen Spiegel auf der Innenseite der Kleiderschranktür. Sie trug einen seidenen Tanga, der vorne herzförmig ausgeschnitten war. Ihr BH drückte die Brüste hoch.

Ich stand hinter ihr und bewunderte nicht nur ihren großartigen Po, sondern auch die makellosen Brüste, deren Haut so seiden schien wie das Material, das sie umfing. Die Hügel drohten herauszufallen wie zwei Äpfel aus einer überladenen Obstschale. Ich hatte keine schlechte Figur, aber ich konnte Sheryl das Wasser nicht reichen.

»Alles in Ordnung, Sonia?«, fragte sie, drehte sich zu mir um und schenkte mir ein breites Lächeln. »Du bist so still. Hast du immer noch die Krämpfe?«

»Ich habe nur deine Wäsche bewundert«, sagte ich und lachte nervös.

»Ja, ziemlich angeberisch, was? Dieser Arsch von Rockstar hat sie mir in Südfrankreich gekauft, kurz bevor ich herausfand, dass er eines seiner Groupies vögelte.« Sie verzog das Gesicht, und ein Grübchen bildete sich auf der rechten Wange. »Er hat mir eine Menge exklusiver Wäsche geschenkt, also war es nicht nur eine vergeudete Zeit.« Sie langte hinter sich.

»Ich habe es mir anders überlegt«, sagte sie.

Sie stieg in ein schwarzes Kleid, das sich ihrer Figur anpasste wie eine Schlangenhaut. Sie beugte sich zur Seite, um Zigaretten und Feuerzeug vom Schreibtisch zu holen, dann schaute sie zu mir herüber. »Ziehst du mir den Reißverschluss hoch, bitte?«

Sie wand mir den Rücken zu, und ich strich mit den Fingern ihre langen Haare zur Seite, damit ich den Reißverschluss fand. Ich zog ihn hoch und glitt mit den Knöcheln über ihr Rückgrat. Ich schloss die Augen und atmete wieder ihren Duft ein. Ihr Parfum vermischte sich mit einem Kokosnuss-Shampoo, und dazu nahm ich auch noch eine andere Note wahr, undefinierbar, süß und moschusartig zugleich und unwiderstehlich.

»Danke, Liebe.« Vom Schreibtisch aus reichte sie ein hohes Glas mit einer rosa Flüssigkeit. »Frage nicht«, sagte sie, als sie meine gehobenen Augenbrauen sah. »Meine eigene Kreation. Wohl bekomm's.«

Wir ließen die Gläser klingen und leerten sie. Wir fühlten, wie die Nacht ihre Fühler nach uns ausstreckte, während der Alkohol ins Blut ging. Sheryl schlüpfte in schwarze Schuhe mit hohen Absätzen. Bei einer anderen Frau hätten sie vielleicht nuttig ausgesehen, aber bei Sheryl und zu dem schlichten Kleid sahen sie einfach nur chic aus.

Als hätte sie meine Gedanken gelesen, sah sie mich an, musterte mich von oben bis unten und stieß einen Pfiff aus. »Wer sagt's denn? Du siehst großartig aus. Das Kleid passt gut zu dir. Die Farbe unterstreicht deine wunderschönen Augen. Versteh mich jetzt nicht falsch, aber du solltest in feine Wäsche investieren. Du wirst verblüfft sein, wenn du siehst, wie anders ein Kleid fällt. Was hältst du davon, wenn wir das nächste Mal, wenn wir ein bisschen Geld übrig haben, nach Genf fahren, um ein paar Sachen anzuprobieren?«

Ich kicherte scheu. Die Vorstellung, mich mit Sheryl in eine Umkleidekabine zu zwängen, um teure Unterwäsche anzuprobieren, klang absurd und gleichzeitig unwiderstehlich.

»Bis dahin solltest du diese mal versuchen«, sagte sie und drehte sich um. »Sie sind nicht ideal zu dem Kleid, aber wir haben mehr oder weniger dieselben Maße.« Sie hielt ein blütenreines weißes Höschen hoch und einen BH mit einem angedeuteten Laubmotiv.

»Ich habe sie nach einem Fototermin behalten«, erklärte sie. »Habe ich dir schon mal erzählt, dass ich eine kurze Zeit als Model gearbeitet habe? Meistens Bademode und Unterwäsche. Es wurde mir bald langweilig, aber ich habe viele Wäschestücke eingeheimst. He, wenn die Sachen passen, kannst du sie behalten.«

Ich nahm die Wäsche an mich und rieb den weichen Stoff zwischen meinen Fingern. »Danke«, sagte ich verlegen. »Ich bringe sie rasch auf mein Zimmer.«

»Okay, Schatz. Wir sehen uns unten in ein paar Minuten.«

Mein Wecker rasselte um Viertel vor sechs, und für meine in Alkohol getränkten Gehirnzellen hörte es sich so an, als würde Metall von einer gewaltigen Maschine gequetscht. Stöhnend und fluchend rappelte ich mich aus dem Bett hoch und sah gerade noch, wie Jenny über mir die behaarten Beine über den Bettrand schwang.

»Verdammte Scheiße«, hörte ich sie murmeln. »Mein Kopf bringt mich um. Ich kann nicht glauben, dass du mich um diese Zeit aus dem Bett holst. Dafür schuldest du mir was.«

Jenny teilte meine Bewunderung für Serge, aber ich nahm an, dass sie davon ausging, wenn ich schon glaubte, dass er außerhalb meiner Reichweite lag, dass sie erst gar nicht auf dem Radarschirm zu sehen war. Außerdem hatte sie schon einen Freund gefunden, Raphael, einen kleinen Restaurantkellner mit einem schmucken Schnäuzer.

Ich massierte meine schmerzenden Schläfen. »Warum müssen wir es immer übertreiben?«, murmelte ich. »Warum können wir es nicht bei einem Drink oder zwei belassen?«

»Das liegt an Sheryl«, sagte Jenny. »Sie ist eine böse Verführerin.«

»Wem sagst du das?«

»Sie hat uns alle mit einem Bann belegt«, fuhr sie fort. »Es ist, als hätten wir den Verstand verloren, sobald sie in unserer Nähe ist.«

Wir zogen uns im Dämmerlicht an, das durch die halb offenen Vorhänge fiel. Jenny hatte was Wahres gesagt, dachte ich dumpf. Zuerst hatte ich es geliebt, wie Sheryl das Kommando an sich gerissen hatte und unsere Abende organisierte, aber jetzt begann ich mich zu fragen, ob wir nicht zu ungesund und zu verschwenderisch lebten, wenn sie uns ermunterte, unser knapp bemessenes Geld für Drinks auszugeben.

»Ich bin fertig«, sagte Jenny und unterbrach meine Gedanken, und gemeinsam verließen wir unsere Unterkunft und gingen zum Hotel. In der Lobby würde Serge – mein Herz begann schneller zu schlagen – auf uns warten.

Ich trug einen pulverblauen Skianzug, den ich mir geliehen hatte. Er passte so gut, als wäre er mir auf den Leib geschneidert worden. Im frühen Morgenlicht leuchtete er in einer attraktiven Platinfarbe; ich hoffte, dass Serge dadurch von meinem aschfahlen Teint und den unterlaufenen Augen abgelenkt wurde. Ich hatte keine Zeit gehabt, mich zu schminken. Aber in dem Skianzug fühlte ich mich gut, und dankbar erinnerte ich mich an Sheryls Komplimente über meine Figur gestern Abend.

Serge stand an der Rezeption, attraktiv wie immer in seinem marineblauen Skianzug. Neben ihm stand ein Mann, den ich als Manager des Hotelrestaurants erkannte, und ich war ein wenig erleichtert, dass nicht nur Jenny und ich diesen Kurs belegt hatten. Als er uns durch die Drehtür eintreten sah, nickte Serge nur kurz, dann drückte er im Aschenbecher seine Zigarette aus und schulterte die Skier, die neben ihm standen.

»*On y va*«, sagte er und kam auf uns zu. Ich schluckte schwer an der Enttäuschung.

Er schien absolut nicht an uns interessiert zu sein, er hatte uns nicht einmal mit unseren Namen angesprochen. Ich wäre besser im Bett geblieben und hätte meinen Rausch ausgeschlafen. Nachdem er uns die Skier ausgehändigt hatte, scheuchte er uns hinaus ins harsche Licht.

Als wir auf den Sessellift zugingen, ahnte ich Jennys Blicke auf mir. Ich drehte mich zu ihr um.

»Morgen bist du allein«, zischte sie, noch bevor ich etwas hatte sagen können.

Ich hätte auch nichts dagegen gehabt, mich von meiner großartigen Idee zu verabschieden, aber gerade hatte ich einen Blick auf Serges Hintern geworfen, fest und knackig im Skianzug, und ich spürte, wie sich mein Puls beschleunigte. Okay, aus meinen romantischen Vorstellungen würde sich nichts ergeben, aber ein paar Tage lang so einen Vorzeigekörper aus nächster Nähe zu erleben, allein dafür hätte ich schon eine Menge Unannehmlichkeiten auf mich genommen.

Nachdem er uns befragt hatte, stellte er fest, dass wir keine Anfänger mehr waren, deshalb freute er sich, uns auf eine der höher gelegenen Pisten zu führen. Jeweils zu zweit gingen wir zum Sessellift. Von hinten sah ich, wie seine kastanienbraunen Locken flogen, als er sich an den anderen Mann wandte und dann die Landschaft betrachtete, und ich sagte mir, dass jemand mit dieser Arroganz meine Sympathie nicht verdient hatte, ganz egal, wie brutal Sheryl ihm die kalte Schulter zeigte.

Aber Himmel, ich war immer noch scharf auf ihn. Oben auf dem Hang, um uns herum Schnee, der in der Sonne glitzerte, und weit und breit eine Landschaft wie aus dem Märchen, lauschte ich seinen Tipps für eine reibungslose Abfahrt.

Ich gebe zu, dass ich mich dümmer anstellte, als ich war und übertrieb meine Techniklücken, damit ich seine kräftigen Hände auf meinen Schultern oder am Ellenbogen spüren konnte, und – oh Gott – auch an meinen Waden, wenn er mich lenkte und stützte. Aber wer hat nicht schon solche subtilen Tricks angewandt, um dem Objekt seiner Begierde näher zu sein?

Die Kursstunde war viel zu schnell vorbei, und Jenny und ich kehrten zu unserer Schlafstelle zurück, bevor unsere Arbeit begann.

Ich verbrachte den Tag wie unter einer Dunstglocke; durch den Schlafmangel und meinen noch nicht gebändigten Kater war ich benommen, und ich sah nur Serges Hintern vor mir, wie er sich bückte, um seine Skier festzuzurren.

Von dort war es kein weiter Weg, ihn vor meinem geistigen

Auge auszuziehen; ich trat hinter ihn und strich mit den Händen über seinen schön gerundeten Arsch, bevor ich in seine Kerbe griff und seine seidigen Hoden in der Hand hielt.

Das Erlebte gab mir einen zusätzlichen Anreiz, an diesem Abend früh ins Bett zu gehen, ganz egal, was Sheryl geplant hatte. Vor dem Essen begegnete ich ihr auf dem Flur, und sie sagte mir, dass sie alle mit Taxis zu einem Club in den Nachbarort fahren wollten.

»Heute Abend werde ich mal passen«, sagte ich und mied den Blick in ihre intensiven blauen Augen.

»Warum das denn?«, rief sie entsetzt. »Was machst du denn stattdessen?«

»Nichts«, antwortete ich. »Ich habe nur ... also, ich habe es in den letzten Tagen übertrieben und brauche mal eine lange Nacht zum Ausschlafen.«

»Ach, komm schon, Sonia, das hört sich doch lahm an. Man lebt nur einmal und ...«

»Und andere Klischees«, unterbrach ich sie. Zum ersten Mal begegnete ich Sheryl ein wenig reizbar, wahrscheinlich lag das daran, was Jenny gesagt hatte. Warum konnte sie es nicht ertragen, wenn ich ihr nicht folgte? War sie eine, die immer alles unter ihrer Kontrolle wissen wollte?

Sie starrte mich an, ganz offensichtlich erstaunt und sogar ein bisschen ungläubig.

»Tut mir leid«, sagte ich seufzend, »aber mein Leben wird nicht mehr lange dauern, wenn ich nicht auf die Bremse trete.«

»Ja, gut«, schnappte sie. »Dann bist du eben eine langweilige Kuh, wenn dir das mehr Spaß macht. Wir werden dich nicht vermissen. Schlaf gut.«

Ich sah, wie sie im Aufzug verschwand. Tiefe Falten störten die Harmonie ihres lieblichen Gesichts, und ich fühlte mich unsagbar traurig. Setzte ich wirklich die neue, aufregende

Freundschaft aufs Spiel, weil ich einem Mann nahe sein wollte, dessen Interesse an mir absolut zero war? Aber irgendwo in einer Hinterstube meines Gehirns sagte mir eine leise Stimme, dass Sheryls Verärgerung ungerecht war.

Unsere kurze Begegnung auf dem Flur spielte ich immer wieder in meinen Gedanken ab; kein Wunder, dass ich schlecht schlief. Ich kam nur mühsam aus dem Bett.

»Ich hätte genauso gut ausgehen können«, maulte ich zu Jenny, als wir zum Sessellift gingen. Ich hatte sie überredet, es wenigstens noch einmal zu versuchen. »Hast du einen schönen Abend verlebt?«

»Ganz okay«, antwortete sie. »Aber Sheryl war in einer seltsamen Stimmung.«

»Wie meinst du das?«

»Nun, anfangs war sie ungewöhnlich still, und dann schaute sie die ganze Zeit zur Tür, als erwartete sie noch jemanden. Es passt nicht zu ihr, dass sie sich ablenken lässt. Sehr seltsam. Den Rest des Abends knutschte sie mit einem der Skilehrer auf der Tanzfläche herum.«

»Nicht ...«

»Keine Panik, es war nicht Serge. Das ist eigentlich das seltsamste Ding von allen: Es war Woody, der hässlichste aller Skilehrer. Mit so einem hätte sie sich wirklich nicht abgeben müssen. Was hat sie sich dabei gedacht? Ich schätze, sie muss betrunkener gewesen sein, als es den Anschein hatte.«

Wir erreichten den Sessellift, wo Serge mit dem anderen Mann auf uns wartete. Wir folgten ihnen den Berg hoch und übten eine Stunde lang unsere Technik. Serge stand auf einer Seite und sah uns zu; ab und zu wandte er sich ab, um eine Zigarette zu rauchen. Es war diese Gleichgültigkeit, die mich wütend machte, denn an diesem Morgen fasste er mich überhaupt nicht an.

Je distanzierter er sich gab, desto verzweifelter wurde ich.

Als wir mit dem Lift wieder ins Tal fuhren, hätte ich fast alles darum gegeben, über sein Gesicht zu grätschen und seine wunderbaren Konturen mit meinen Säften zu beschmieren, die er in mir hervorgerufen hatte.

»Sonia?«

»Hm?«

»Du hast meine Frage nicht beantwortet.«

»Entschuldige, Jenny, ich war meilenweit weg.«

»Ich habe dich gefragt, ob du weißt, dass heute Abend die Eröffnungsparty stattfindet.«

»Welche Eröffnungsparty?«

»Die Nid d'Aigle.«

»Oh verdammt, das hatte ich vergessen.«

Im vergangenen Monat war bekannt geworden, dass ein hiesiger Millionär in einem früheren Kloster weiter oben auf dem Berg ein neues Restaurant eröffnen wollte. Zu unserer Überraschung waren wir alle zur Eröffnungsparty eingeladen. Vielleicht, vermuteten wir, weil es einen Mangel an vorzeigbaren jungen Frauen gab.

Ich hatte die Nase voll von Serge. Meine Enttäuschung hielt sich in Grenzen, denn ich hatte mir nicht wirklich große Chancen ausgerechnet. Dass ich mich über einen arroganten Schwanz aufregen sollte, der sich nicht einmal unsere Namen merken konnte, kam nicht in Frage.

Ärgerlich war nur, dass ich mich seinetwegen mit meiner Freundin Sheryl überworfen hatte. Das musste ich sofort wieder ins Lot bringen.

Sie saß auf dem Bett und trug einen knappen Body aus blauem Jersey, in dem sie auch geschlafen haben musste. Mit einer Hand lackierte sie ihre Zehennägel, in der anderen Hand hielt sie eine Zigarette.

»Hi«, sagte ich, nachdem ich den reizvollen Anblick eine Weile in mich aufgenommen hatte, während ich in der Tür stehen geblieben war.

Sie sah auf, und mir fiel ein ganz kurzes Lächeln auf, bevor sie die Brauen hob.

Sie deutete auf meinen geliehenen Skianzug. »Wo bist du gewesen?«

Ich wurde blass. Ich war so sehr darauf konzentriert gewesen, ihr Abbitte zu leisten, dass ich ganz vergessen hatte, wo ich gewesen war.

»Ich habe einen Skikurs belegt.«

Sie sah mich aus verengten Augen an. »Woher denn dieser plötzliche Eifer?«, fragte sie, und ich hörte die Schärfe in ihrer Stimme, vor der ich mich so sehr fürchtete.

»Nun ja, weißt du, ich fand es albern, die Gelegenheit nicht zu nutzen ...«

»Die Gelegenheit nicht zu nutzen! Ich fass es nicht!« Ihr Lachen war kälter als ein Gletscher. »Es ist dieser Schwanz Serge, nicht wahr? Woody hat mir gesagt, dass er diese Woche die Frühschicht übernommen hat. Oh, Himmel, Sonia, du fährst doch nicht auf diesen Wichser ab?«

Ich mied ihren Blick. »Ich weiß, ich weiß«, sagte ich schließlich. »Ich habe keine Chance.«

»Da wäre ich mir nicht so sicher.«

»Ach, hör auf, Sheryl. Er hat doch nur Augen für dich. Was hast du eigentlich gegen ihn?«

Sie räusperte sich, stieß die kleine Bürste in den engen Hals der Nagellackflasche und drehte sie. »Nichts«, sagte sie dann. »Er ist den Atem nicht wert, den wir über ihn verschwenden. Ich bin nur traurig, dass du uns wegen ihm im Stich gelassen hast.«

»Das sehe ich auch so«, sagte ich. »Mit dem Skikurs bin ich fertig.«

Sheryl lächelte. »Dann kommst du heute Abend mit zur Eröffnungsparty?«

»Zehn Pferde würden mich nicht davon abhalten können.«

Ich stand vor dem Spiegel und hielt verschiedene Kleider vor meine Figur. Ich überlegte, ob ich Sheryl fragen konnte, mir etwas zu borgen. Sie hatte selbst festgestellt, dass wir ähnliche Maße hatten. Mein Lieblingskleid hatte ich das letzte Mal getragen, und der Rest meiner Garderobe schien dem feierlichen Anlass nicht angemessen.

Nachdem ich mein zweitbestes Outfit, ein kirschrotes Wickelkleid, angewidert aufs Bett geworfen hatte, stemmte ich die Hände in die Hüften und versuchte mir vorzustellen, wie ich in Sheryls enger, schwarzer Hose und diesem tief ausgeschnittenen Mohair-Top aussehen würde.

Ich drückte meine Brüste hoch und strich dabei mit den Daumen über die Nippel, die unter meinen Berührungen gleich lebendig wurden. In diesem Moment erinnerte ich mich daran, dass ich schon einige Sachen von Sheryl besaß. Wie hatte ich das vergessen können?

Ich zog die Schublade mit meiner Unterwäsche auf und griff nach der mit Spitze besetzten Garnitur in jungfräulichem Weiß, die sie mir geliehen hatte. Ich spürte sofort die Erregung in meinem Schoß. Zuerst zog ich den BH an und hob die Hügel in die Körbchen. Um das Höschen anzuziehen, legte ich mich flach aufs Bett.

Das war zu viel – ich hatte das Höschen noch nicht mal über die Knöchel gezogen, als ich so etwas wie einen Stromstoß spürte. Meine Pussy stand in Flammen und pochte vor lauter Verlangen, berührt zu werden. Ich drückte eine Hand auf die Scham und wunderte mich über die Nässe und die

Gier, die mich verzehrte. Wie von selbst glitten die Finger in mich hinein, als würden sie von einer unsichtbaren Kraft angezogen.

Mit dem Daumen massierte ich den kleinen, harten Knopf meiner Klitoris. Wenn die Gefühle zu stark wurden, nahm ich den Druck weg, denn ich fürchtete, zu schnell die Kontrolle über mich zu verlieren.

Ich blickte auf meine Brüste, die durch meine heftigen Bewegungen zu schaukeln begannen. Ich fragte mich, ob Sheryl den BH schon mal getragen hatte – wahrscheinlich ja. Meine freie Hand schlüpfte in ein Körbchen. Ich zwickte in den erigierten Nippel und spürte, wie ich immer erregter wurde. Ich fühlte mich weit offen; die brennende Pussy klaffte weit auseinander und pulsierte wie verrückt.

Das neue Höschen stieß ich vom Fuß weg und hoch zu mir, und mit einem Schrei brachte ich mich zu einem völlig unerwarteten Höhepunkt. Ich drückte das Höschen auf mein Gesicht und inhalierte das süße Aroma – war es Lavendelwasser oder der Duft von Sheryls Pussy? Ich fand keine Antwort auf diese Frage, denn der Orgasmus setzte wieder ein, er überwältigte mich, und dann blieb ich schlaff und erschöpft wie eine Gliederpuppe auf dem Rücken liegen.

Ich kam zu spät zur Rezeption, und die anderen Mädchen waren schon alle weg – alle bis auf Sheryl, die besorgt war, als ich nicht aufkreuzte, und drauf und dran war, auf mein Zimmer zu gehen, um nachzuschauen, was aus mir geworden war.

»Jenny sagt, du wärst unter der Dusche gewesen, als sie aus dem Zimmer gegangen ist«, sagte sie. »Ich dachte, du wärst eingeschlafen oder so.«

Ich lächelte verlegen. Es schmeichelte mir, dass sie um mich besorgt war und auf mich gewartet hatte, aber was würde sie von mir denken, wenn sie wüsste, dass ich in ihrer Wäsche masturbiert hatte? Wenn sie sich früher entschlossen hätte, auf mein Zimmer zu kommen, hätte sie mich erwischt. Selbst jetzt, zehn Minuten danach, fühlte sich meine Pussy noch feucht an und rieb sich im Zwickel meines Höschens.

Wir gingen hinaus, und der Schnee knirschte unter unseren Füßen. Sheryl hatte ihre Handschuhe vergessen und blies in ihre Hände. Ich sah im hellen Mondschein, wie ihre Augen schelmisch lachten.

»Wer weiß«, sagte sie. »Vielleicht treffen wir heute den Millionär unserer Träume. Einen, der uns von hier wegholt.«

In meinem Bauch flatterten Schmetterlinge.

»Ich weiß«, flüsterte sie, als sie meinen unsicheren Ausdruck sah. »Man kann sich nur schwer vorstellen, dass dieses Leben je aufhören wird, aber irgendwann einmal wird es so sein, das weißt du so gut wie ich.«

Sie wühlte sich durch ihre Handtasche und suchte die Einladung zur Party, und als sie die Karte in den Händen hielt, sah sie mich an. Ihre Augen funkelten wie Amethyste, groß und kindlich.

»Wir bleiben auch danach noch in Verbindung«, sagte sie lächelnd. »Du und ich.«

In mir sprang etwas auf. Ich trat auf sie zu und streichelte mit der Hand über ihre Wange.

»*Salut!*«, rief eine Stimme hinter uns, und wir zuckten beide zusammen. Serge trat aus der Dunkelheit, makellos mit einem chicen Smoking bekleidet. Im Mundwinkel brannte eine Zigarette. Er starrte Sheryl an, ein seltsam amüsierter Ausdruck im Gesicht. Aha, jetzt habe ich dich, schien er sagen zu wollen.

Sheryl dagegen ignorierte ihn, aber ich sah an der verkrampften Art, wie sie Hals und Schultern hielt, dass sie mit sich rang, um ihm etwas zu sagen.

Sie hatten eine neue Kabinenbahn gebaut, um die Gäste zum Nid d'Aigle zu bringen. Ein Wachmann trat auf uns zu und verglich unsere Einladungen mit seiner Liste. »Ihr müsst die letzten Gäste sein«, sagte er. Er öffnete die Tür zu einer Kabine, und wir gingen an Bord. Sobald wir saßen, reichte er jedem von uns eine Champagnerflöte. »*Bon voyage*«, rief er und schlug krachend die Tür zu.

Erst jetzt nahm ich wahr, dass wir auf beigefarbenen Ledersitzen saßen. Erwartungsvoll schaute ich hinauf zum Berg. Ganz schwach sah ich einige Lichter, die andeuteten, wohin die Bahn uns bringen würde.

»Das wird bestimmt eine erinnerungswürdige Party«, sagte Serge.

Eigentlich hätte ich ihm gern eine patzige Antwort gegeben und ihm vorgeworfen, dass er seinen Skikurs besonders lasch durchgezogen hatte, aber ich sah, dass Sheryl nicht gewillt war, auch nur ein Wort an ihn zu verschwenden.

Ich konnte die frostige Atmosphäre nicht länger ertragen, vor allem nicht, wenn sie bis zu unserem Ziel anhalten sollte.

»Ich habe gehört, dass er ein Schweizer Zeitungsverleger ist«, sagte ich. »Der Eigentümer.«

Serge nickte, obwohl er noch immer aus dem Fenster ins Schwarze schaute. »Ein Multimillionär, sagt man. Er hat Küchenchefs aus New York mitgebracht.«

Die Kabine hatte den Berg erreicht und fuhr jetzt hoch, sanft und geschmeidig. Unter uns lag das Tal mit glitzernden Lichtern, es war, als blickten wir auf einen Korb voller Diamanten. Serge und ich standen auf, um besser sehen zu können. Dann setzte er sich wieder und klopfte seine Taschen nach Zigaretten und Feuerzeug ab.

Ich schaute zu Sheryl. Ihr Schweigen bereitete mir Unbehagen. Sie sah Serge an, und eine Hand – unbewusst, nehme ich an – rieb an ihrem Schenkel auf und ab.

Ich lächelte verbittert. Sie mochte ihn also doch. Sie hatte uns allen was vorgemacht und gab sich spröde, um sein Interesse noch zu erhöhen. Ich hoffte nur, dass sie bis nach der Party warten würde.

Sheryl blickte zu mir. Ihre Stirn glänzte von einem leichten Schweißfilm, und ihr Gesicht zeigte ein Lächeln, das ich nicht deuten konnte. Ihre Hand glitt zwischen ihre Schenkel. Ich warf einen Blick auf Serge.

Der Ausdruck »starr wie ein Kaninchen, das von Scheinwerfern erwischt wird« hätte für ihn in diesem Moment erfunden sein können. Ungläubig starrte er auf Sheryls Hand. Sein Mund ging auf und zu wie bei einem Fisch. Er sah wie benommen aus, absolut lächerlich.

Sheryl erwiderte seinen Blick, und diesmal umspielte wieder ein seltsames Lächeln ihre Lippen.

Im nächsten Moment fasste sie an den Saum ihres Kleids, und mit einer einzigen flüssigen Bewegung zog sie es hoch und über ihren Kopf. Sie hielt es kurz in den Händen wie ein Matador, der das Tuch vor dem Stier hin und her schwenkt.

Mir stockte der Atem, einmal wegen des Anblicks von Sheryls Körper und zum anderen wegen der Spannung, wie Serge darauf reagieren würde.

Es blieb still in unserer Kabine, dann streckte Sheryl eine Hand aus. Serge ging wie in Trance auf sie zu. In der Stille hörte es sich so an, als käme sein Atem keuchend.

»Nein«, sagte Sheryl. »Nicht du. Sie.«

Serge stolperte rückwärts, als hätte ihn ein Stromstoß erwischt.

»Aber ...«

»Aber nichts«, sagte Sheryl, stand auf und nahm meine Hände in ihre. Ihre Nippel, hoch und stolz auf ihren feinen, festen Brusten, schienen mich betören zu wollen.

»Komm, Sonia«, sagte sie und strich aufreizend über meine

Brüste. »Dieser Verlierer hat es weiß Gott nicht verdient, aber wir werden ihm die Show seines Lebens bieten.«

Die Leidenschaft zwischen uns, die ganze Zeit irgendwo verschlossen in unserem Innern, brach sich plötzlich frei. Nachdem sie mich mit fiebrigen Händen ausgezogen hatte, drückte Sheryl mich auf die mit Leder bezogene Bank, zog mir das weiße Höschen aus, das sie mir geschenkt hatte, und begann mit Mund und Zunge meine Pussy zu schlecken.

Alle paar Minuten stieß sie ein lang gezogenes Stöhnen aus, und als stünde sie irgendwie unter Zwang, schob sie immer mal wieder eine Hand zwischen ihre Schenkel und rieb sich ihre Pussy. Kurz danach widmete sie sich mir wieder, sie strich mit der Zunge an meinen Labien entlang, nahm die pochende Klitoris zwischen die Zähne und speichelte sie ein. Während sie zwei Finger in mich hineinschob, griff sie mit der anderen Hand an meine Brüste, auf denen ihre Finger so delikat flatterten wie die Flügel von Schmetterlingen.

Dann hatte sie für den Moment genug von mir; sie setzte sich abrupt auf, spreizte die Beine, legte die Füße auf die Bank gegenüber und bot mir ihre Muschi an. Sie war frisch gewachst und glänzte im Mondschein, der durch das Fenster der Kabine hereinfiel.

Ich war so sehr auf uns beide konzentriert, dass ich nicht einmal daran dachte, nach Serge zu schauen, obwohl, wenn ich heute an dieses Erlebnis denke, ich wahnsinnig gern seinen Gesichtsausdruck gesehen hätte, und ich hätte auch gern gewusst, wie er auf das lüsterne Geschehen reagierte.

Vielleicht befriedigte er sich selbst, erhitzt vom Anblick dieser Körper, die sich nicht scheuten, sich gegenseitig soviel Wonne zu bereiten. Aber so wie ich Serge kennen gelernt hatte, würde er nur leidenschaftslos dasitzen, eine Zigarette im Mundwinkel, und ungläubig auf die beiden Frauen starren.

Dass ich gar nicht auf die Idee kam, mich nach ihm umzudrehen, lag natürlich daran, dass für Sheryl und mich die Welt um uns herum nicht mehr zählte. Auf dem Weg hinauf zu den Sternen gab es nur uns.

Das Wildeste

Teresa Noelle Roberts

Das Wildeste, was ich je getan habe? Das muss auf der Nachtfähre von Nizza nach Korsika geschehen sein, damals, als ich auf dem College war.

Ich weiß, das sind fast zwanzig Jahre her, obwohl ich das gar nicht wahrhaben will. Ohne die Story zu kennen, muss ich mich anhören wie einer der bedauernswerten Verlierer, die sich nach ihrem Schulabschluss niederlassen und seither keinen Spaß mehr erlebt haben.

Aber ihr wisst beide, dass das nicht zutrifft. Joan vor allem, auch wenn es nur ein einziges Mal war, als wir beide gerade solo waren. Oh, Joan wird rot – wie süß.

Aber wenn es um die Überschrift geht »Ich kann nicht glauben, dass ich das getan habe, aber ich bereue nichts«, dann kommt nichts an das Erlebnis auf der Fähre heran. Schenkt euch nach, Mädchen und setzt euch bequem hin – hier kommt meine Geschichte.

Ich war neunzehn und studierte ein Jahr lang in Paris. Nun, ich nannte es studieren, um meine Eltern zu beruhigen, aber die Schule hatte mit dem, was ich lernte, nicht viel zu tun. Ich wollte Erfahrungen sammeln, alles sehen und überall hinreisen. Aber ich wollte nicht mit jedem schlafen, jedenfalls nicht mit so vielen, wie ihr vielleicht denkt.

Die französischen Jungs, die ich getroffen habe, schienen zu glauben, dass amerikanische Mädchen leicht rumzukriegen waren, und ich wollte ihnen nicht die Genugtuung geben, dass sie – zumindest in meinem Fall – Recht hatten. Ihr müsst also verstehen, dass ich ein bisschen überreizt war, als Nancy und ich beschlossen, ein paar Tage die Schule zu schwänzen und nach Korsika zu fahren.

Nancy war eine Freundin, die ich durch das Austauschprogramm kennen gelernt hatte, eine lange, schlanke, blonde Texanerin, die an ihrem Klischee festhielt und in einem Stetson und mit abgenutzten Cowboystiefeln durch Paris stapfte und mit einem übertrieben schleppenden Tonfall sprach. Sie war die Tochter einer Bibliothekarin und eines Drogisten in einer Kleinstadt, aber dies spielte sich ab, als die Fernsehserie *Dallas* populär war – Fiona, tu nicht so, als wärst du zu jung, um dich daran zu erinnern –, und unsere französischen Freunde glaubten, dass sie entweder steinreich wäre oder auf einer riesigen Ranch lebte.

Nancy und ich sahen gut zusammen aus. Ich tat alles, um mein eigenes Klischee zu leben: Kunststudentin mit wilden, uralten Klamotten und mit einer sich wöchentlich ändernden Haarfarbe. Wir bildeten einen hübschen Kontrast. Ich sah runder und abgefuckter aus als sie, sie hatte längere Beine und sah bodenständiger aus.

Ich erinnere mich nicht mehr, was uns nach Korsika zog – wir hatten etwas gehört oder gelesen oder geträumt. Vielleicht auch nur, dass noch keiner der Amerikaner, die wir in Paris getroffen hatten, da gewesen war. Eines Morgens standen wir im Morgengrauen auf und stiegen in den Zug nach Nizza, wo wir mit unseren Rucksäcken auf den Buckeln durch die Stadt schlenderten und die gut gekleideten Berühmtheiten anstarrten, die ihr verschwenderisches Mahl in einem Café am Ufer einnahmen. Am Abend dann besorgten wir uns Tickets dritter Klasse für die Nachtfähre nach Ajaccio, Korsika.

Ihr müsst wissen, dass die heutigen Fähren fast luxuriös ausgestattet sind im Vergleich zu den achtziger Jahren, aber auch damals gab es schon Kabinen auf den Nachtfähren und auch ein kleines Restaurant.

Aber nicht für Passagiere der dritten Klasse. Wir hatten knallig orangefarbene Sessel in unserer großen, nackten Kabine; nicht unbequem, aber kaum geeignet, den größten Teil der Nacht darin zu verbringen. Wir befanden uns auf einem der unteren Decks und mussten eine Menge Dieselqualm schlucken; das führt leicht zur peinlichen Seekrankheit, wenn man dazu neigt – ich glücklicherweise nicht.

Wir hatten uns Essen mit an Bord gebracht, Brot, Käse, Pfirsiche und eine Flasche eines billigen Weins, den wir »Château Clochard« tauften. Für die Zwei-Liter-Flasche haben wir soviel gezahlt wie zu Hause für ein Brot.

Ein paar Minuten dachten wir, dass wir die Gesellschaft eines schreienden Babys und eines greinenden Kleinkinds erhielten, zusammen mit Mutter, Vater und Oma, aber Oma warf einen Blick auf die Passagiere in der dritten Klasse und marschierte direkt wieder hinaus, wahrscheinlich, um ein Ticket für die zweite Klasse zu kaufen.

Zuerst dachte ich, dass ich der Grund für ihr Entsetzen war. Ich kann mich nicht mehr erinnern, was ich an dem Abend trug, aber meine Garderobe ließ zu dieser Zeit alle alten Damen zusammenzucken. Wahrscheinlich purpurne Haare und schwarzer Lippenstift oder umgekehrt, und ganz sicher zerrissene Fischnetzstrümpfe. Aber dann merkte ich, dass ich es diesmal nicht war.

Es waren die zehn jungen französischen Soldaten, die Grandmère nervös gemacht hatten. Die Kabine war in einem nervigen Graubraun gestrichen, und die grinsenden Gesichter brachten eine willkommene Abwechslung. Die jungen Kerle rochen nach starken französischen Zigaretten, nach Knoblauch und Brandy (genauso billig wie unser Wein). Sie alle starrten Nancy und mich an, wie ein Hund auf ein Steak starrt.

»Vielleicht hatte Oma die richtige Idee«, flüsterte Nancy. »Was sagst du?«

Ich dachte zwei Dinge. Erstens, wenn ich das teurere Ticket für die zweite Klasse kaufte, würde ich wenig Geld für Korsika haben. Unser Mittagessen in Nizza hatte mich ärmer gemacht, als ich geplant hatte.

Den anderen Gedanken sprach ich laut aus. »Ich finde, einige der Burschen sind süß. Das sage ich dazu. Und wenn wir unser Essen und Trinken mit ihren Schätzen zusammenwerfen, werden wir eine gute Party haben.«

Nancy sah sich die Typen der Reihe nach an und sagte schleppend: »Ich glaube, du hast Recht, Allison.«

Dann erstarrten wir alle. Zwei amerikanische Mädchen besahen sich zehn französische Soldaten, und die Soldaten besahen sich uns. Wenn dies ein Pornofilm wäre, hätte jemand was Anrüchiges gesagt, um das Eis zu brechen, aber da dies das reale Leben war, dauerte es eine Weile, bevor jemand was sagte.

»Hallo, ich bin Allison, und das ist meine Freundin Nancy«, ließ ich mich schließlich vernehmen. Auf Französisch natürlich. Aber verlangt nicht, dass ich die ganze Unterhaltung französisch wiedergebe, denn es ist eben schon lange her.) »Hat einer von euch eine Zigarette?«

Ich rauchte damals noch, aber ich bat nur deshalb um eine Zigarette, weil mir nichts anderes einfiel. Ihr habt noch nichts Komisches gesehen, wenn ihr nicht erlebt habt, wie zehn französische Jungs darum rangen, einem halbwegs hübschen Mädchen eine Zigarette anzubieten.

Derjenige, der das Rennen machte, war ein dunkler, drahtiger Junge mit braunen Augen, die mich zu durchschauen schienen und erkannten, dass ich gar keine Zigarette wollte. Er war eher klein, aber gut gebaut, nicht umwerfend, aber voller Tatendrang und einer Intelligenz, die man ihm in den Augen ansah. Ja, und sexy war er auch.

Als das Eis gebrochen war, stellte Gérard uns seinen Freunden vor. Bald kreisten die Flaschen mit billigem Fusel und auch ein paar Joints, die einer der Jungs bei sich hatte. Wir teilten unser Brot und den Käse mit ihnen, und wir aßen von ihren knusprigen Hähnchen, die nach Knoblauch schmeckten.

Alle redeten durcheinander. Einige Male mussten wir sie bitten, den Satz zu wiederholen, denn sie sprachen alle viel zu schnell, denn wir kannten die regionalen Dialekte nicht. Es stellte sich heraus, dass Gérard, wie Napoleon, aus Korsika stammte, ebenso wie noch ein paar andere Jungs.

Der Rest hatte sich ihnen angeschlossen, und sie nahmen sich vor, fischen und jagen zu gehen. Sie hatten ein paar Tage Ausgang, und den wollten sie nutzen. Sie waren nicht freiwillig beim Militär, sondern leisteten ihren nationalen Dienst ab. Oh Mann, wie sie das hassten!

Jean-Paul hatte blonde Haare und war zierlicher gebaut als die anderen. Aber er trank mehr als jeder andere, ohne dass man ihm irgendwelche Auswirkungen ansah. Claudel war ein zäher Bursche, sehnig und mit einigen Narben versehen. Sein ländlicher Dialekt war so stark, dass ich ihn kaum verstehen konnte. Ich schätzte, dass er in den Slums von Marseille aufgewachsen war, aber es stellte sich heraus, dass sein Vater Arzt war.

Der Junge hatte keinen Unsinn ausgelassen, und schließlich hatte man ihn von der Universität gewiesen. Also, wenn ich ein Junge wäre und man mich Claudel genannt hätte, würde ich auch durchdrehen.

Paul sah eher teutonisch aus, groß und blond. Er stammte aus dem Elsass, und wenn seine Militärzeit vorbei war, würde er zurückgehen und im Weinberg seiner Eltern arbeiten. Er war der Einzige, der über unseren billigen Wein die Nase rümpfte; stattdessen trank er aus einem Flachmann, den er an seinem

Gürtel trug. Später fand ich heraus, dass es ein Schnaps war, den sein Großvater hergestellt hatte.

Nancy flirtete heftig mit Paul. Ich weiß bis zum heutigen Tag nicht, ob es seine Größe war oder der Inhalt seines Flachmanns, wovon sie sich antörnen ließ, aber sie war die Einzige, die den Schnaps probieren durfte.

Aber es war Gérard, der die ersten Weichen stellte. Zuerst schien er uns beide für gleich begehrenswert zu halten, aber wie Napoleon hielt er sich streng an eine Strategie und fand heraus, wo die Verteidigung am schwächsten war – er schätzte wohl, dass das auf mich zutraf.

Küsste er gut? Verdammt, ich weiß es nicht mehr. Heute würde er mich wahrscheinlich nicht mehr beeindrucken, aber damals war ich neunzehn, angeheitert und sehr, sehr geil. Zuerst zierte ich mich noch ein wenig, jedenfalls so sehr, wie man sich zieren kann, wenn ein hubscher Junge über dir hängt und seine Zunge in deinen Mund schiebt und dir das sehr gefällt.

Dann schlingerte die Fähre, und er wurde in meinen Schoß geworfen. Ich konnte seine Erektion spüren, die gegen meinen Schamberg drückte. Von einer Sekunde zur nächsten verwandelte ich mich von dem Mädchen, das seinen Spaß hatte, zur heißen Katze. Ich brauchte das, was er hatte, und ich brauchte es dringend.

Das nächste, was ich weiß: Wir lagen auf dem Boden. Er hatte seinen Trenchcoat über uns gelegt, und wir zwei fummelten an Knöpfen und Reißverschlüssen. Seine Hände arbeiteten sich unter meinem Rock vor, und ich rieb seinen Schoß. Mir gefiel die dicke Beule, die ich da spürte. Ist euch schon mal aufgefallen, dass kurze Kerle manchmal überraschend groß bestückt sind?

Nun, ich habe auch nicht damit gerechnet, dass du diese Erfahrung bestätigst, Joan. Wir wissen doch, dass Schwänze nicht gerade dein Ding sind, es sei denn, sie kommen aus einer schönen neutralen Schachtel aus dem Sexshop. Aber ich will meine Geschichte weitererzählen.

Ich hatte gerade Gérards Hose geöffnet und hielt einen fetten, unbeschnittenen Schaft in der Hand, als jemand ihm auf die Schulter klopfte und uns unterbrach. Es war Claudel, der sehr betrunken war, betrunkener als sonst einer.

»He, Kamerad«, lallte er, »wie wär's denn, wenn wir uns das teilen könnten?«

Ich hatte zwei Sekunden Zeit für meine Entscheidung, ob ich ihm eine knallen sollte (oder Gérard auffordern, das für mich zu tun) oder die Schultern heben und murmeln: »Ach, was soll's.« In diesen zwei Sekunden schaute ich hinüber zu meiner Freundin Nancy.

Nancy befand sich in einem süßen Arrangement. Paul war auf der einen Seite von ihr, und ein anderer Junge – ich bin nicht sicher, ob ich seinen Namen je gewusst habe – auf der anderen Seite. Sie tauschten Küsse. Eine Hand von ihr lag jeweils auf einem Schenkel der Jungen, und wenn die Hände auch noch nicht zu den Schritten vorgedrungen waren, so war das nur eine Frage der Zeit. Die Jungs hatten Nancys T-Shirt zum Teil geöffnet, und ich konnte sehen, dass sie einen heißen pinkfarbenen und fast durchsichtigen BH trug.

Dieser Anblick ermutigte mich zu der Option »Ach, was soll's?« Ich fragte Gérard, ob er was dagegen hätte.

Er hob die Schultern auf die typisch gallische Weise. »Wenn du das aber anfängst, kannst du dir ausrechnen, dass die anderen Freunde auch mit dir spielen wollen.«

»Ist das ein Problem?«

Ich hatte eine ziemlich lange Trockenperiode hinter mir. Es war schon immer meine Phantasie gewesen, im Mittelpunkt einer größeren Ansammlung von Männern zu stehen – überall Männer, die mich nacheinander benutzten, bis ich von den vielen Orgasmen wund wurde und mein Kiefer zu schmerzen begann. In den Staaten hätte ich mich nie getraut, diese Phantasie jemandem zu erzählen oder gar auszuleben, da hätte ich um meinen Ruf fürchten müssen, denn eine solche Geschichte machte schnell die Runde.

Jetzt hatte ich also die Gelegenheit. Ich würde die Jungs nie wiedersehen. Nancy ging in Texas zur Schule, deshalb würde sie niemandem aus meinem New Yorker Bekanntenkreis die Geschichte erzählen können. Und jeder weiß doch, dass alles, was du während deines Auslandsjahrs erlebst, eigentlich gar nicht zählt.

Ja, wenn ich noch bei Sinnen gewesen wäre, hätte ich an die Übertragung hässlicher Krankheiten denken müssen oder auch daran, dass sich ein Kind auf der Suche nach der Toilette zu uns hätte verirren können. Aber wenn ihr mir sagt, dass ihr in dieser Situation und im Alter von neunzehn Jahren hättet logisch denken können, dann nenne ich euch Lügnerinnen.

Claudel hockte neben uns und rieb seinen Hosenstall praktisch in mein Gesicht. Ich hatte doch gesagt, dass er ein Tunichtgut ist, absichtlich brutal, aber wenn ich in einer gewissen Stimmung bin, finde ich das heiß.

Gérard sah verwirrt drein, fummelte aber immer noch zwischen meinen Beinen herum und traf ziemlich oft die richtigen Stellen für jemanden, der nicht so richtig bei der Sache war.

Nancy und ihre Jungs hatten einen Zahn zugelegt, und fünf der sechs anderen Kameraden standen entweder bei ihr oder bei mir und ergötzten sich an dem, was ihnen geboten wurde.

(Der sechste Junge nutzte die Ablenkung der anderen, um sich am Alkohol schadlos zu halten. Ich weiß nicht, ob er schwul, schüchtern oder ein Voyeur war, aber er verharrte den Rest der Nacht in seiner abgelegenen Position. Nein, er war nicht Jean-Paul, sondern ein muskulöser Nordafrikaner, der ein wenig älter als die anderen aussah.)

Ich half Claudel, seinen Hosenstall zu öffnen. Er war stark behaart und auch unbeschnitten, wie es die meisten Franzosen sind, und er roch nach Camembert. Schneid nicht solche Gesichter, Fiona. Ich weiß, das klingt nicht sehr appetitlich, aber stell dir die Situation vor. Du liegst im Bauch dieses Fährschiffs, wirst hin und her geschaukelt und hörst das Mittelmeer an die Seiten klatschen. Du bist jung und unterwegs zu einer Insel, die du nicht kennst, aber von der du gehört hast, dass sie voll von Banditen ist. Du bist dabei, eine deiner liebsten Phantasien auszuleben, und einer hat gerade deine Strumpfhose zerrissen und stößt seine Eichel zwischen deine Labien. Wisst ihr, die starke Behaarung und das Aroma, das war so echt französisch und deshalb erregend.

»*Arretez!*«, sagte ich. Das ist ein Wort, an das ich mich auch heute noch erinnere, obwohl ich es in dieser Nacht nicht oft benutzt habe. Ich drehte mich um und ließ mich auf Hände und Knie nieder. Die Jungs begriffen sofort.

Als hätten sie bis drei gezählt, ging es gleich los. Gérard drang in mich ein und füllte mich so exquisit, dass mein ganzer Körper in Schwingungen geriet, und Claudel zwängte sich in meinen Mund. Nun, er brauchte keinen Zwang auszuüben, ich bot mich ihm freiwillig an. Er stieß fast in dem Rhythmus in mich hinein, den auch Gérard angenommen hatte.

Also, dieser Gérard, der hatte Technik und Finesse. Er wusste seinen Umfang und die Länge richtig einzusetzen, und er erinnerte sich daran, dass Mädchen eine Klitoris haben, die gestreichelt werden will.

Mein Körper, der diese Wonnen so lange hatte entbehren müssen, nahm die Aufmerksamkeiten begeistert an. Ich schob mich Gérard entgegen, als wollte ich ihn noch tiefer in mir spüren, obwohl seine Hoden gegen meine Backen klatschten und ein tieferes Eindringen unmöglich war.

Ich hätte gern gestöhnt und geschrien, aber mein Mund war gefüllt. Es fiel mir schwer, an Claudel vorbei zu atmen, und der Speichel lief mir aus den Mundwinkeln und am Kinn hinunter. Ich war froh, dass er nicht die Maße von Gérard hatte, denn auch so war es schon ziemlich unbequem. Aber ich freute mich über seine Erregung, während ich ihn verschlang.

Er kam früher als Gérard, viel früher. Es schoss so tief in mich hinein, dass ich es zwar fühlte, aber nicht schmeckte. Er zog sich gleich zurück, und ein anderer Junge rückte nach Sekunden an seine Stelle. Ich kann euch seinen Namen nicht sagen, aber er hatte rötliche Haare, und er fragte höflich: »Darf ich?«, bevor er sich neben mich kniete.

Ich erwartete, dass auch er gleich zur Sache ging, aber stattdessen küsste er mich. Damit hatte ich nun wirklich nicht gerechnet, aber er gab mir einen süßen Kuss und streichelte mit den Händen über meine Brüste. Geschickt spielte er mit meinen Nippeln, und ich hielt den Atem an.

Dann zwickte er mich, und Gérard machte was besonders Raffiniertes mit meiner Klitoris, und zwischen den beiden fing ich Feuer und verbrannte. Gérard verlor auch die Kontrolle über sich selbst und stieß ächzend in mich hinein, und ich kam schon wieder, als er alles, was er hatte, in mich hineinpumpte.

Der rothaarige Junge lächelte. »Es hat funktioniert«, sagte er reizend. »Tut mir leid, mein Freund, aber für meinen Geschmack hast du schon zu lange gebraucht, deshalb wollte ich euch beiden nachhelfen. Wenn die Lady gestattet?«

Seine Höflichkeit hätte unter diesen Umständen albern klingen sollen, aber ich genoss sie, vielleicht auch, weil der Orgasmus in mir noch nachglühte, und ich lechzte danach, wieder gefüllt zu werden. Ich nickte.

Der Rothaarige kniete sich hinter mich, und ein anderer Junge beanspruchte meinen Mund.

In der kurzen Stille, während sie ihre Plätze einnahmen, hörte ich Stöhnen auf der anderen Seite des Raums.

»Möchtest du was sehen?«, fragte Gérard, und als ich nickte, half er mir, mich und die Jungs so zu platzieren, dass wir alle besser sehen konnten.

Nancy lag ausgestreckt in einem der hässlichen orangefarbenen Sessel, die langen Beine weit geöffnet. Der Junge aus dem Elsass, Paul, kniete zwischen ihren Schenkel und bearbeitete sie mit ein paar Fingern. Ich hatte mich immer schon gefragt, ob Nancy eine echte Blondine war. Wenn ich mich nicht ganz irrte, war sie eine. Sie erlebte eine gute Zeit, wenn ihr lautes Stöhnen ein Anhaltspunkt war.

(Ich glaube, das war der Moment, in dem ich beschloss, auch mal mit einem anderen Mädchen zu spielen. Ich hatte noch nie gesehen, wie es einer anderen Frau kam, und es war verdammt heiß. Joan errötet wieder. Aber ich habe doch Recht, nicht wahr, Joan? Wenn du es noch nie versucht hast, Fiona, solltest du es mal ausprobieren.)

Der andere Junge lehnte sich über Nancy, küsste sie und spielte mit ihren Brüsten. An der Art und Weise, wie sie sich ergänzten, glaubte ich zu erkennen, dass sie sich nicht das erste Mal eine Frau gemeinsam vornahmen, und vielleicht waren sie auch schon mal zusammen nackt gewesen, ohne dass sie eine Frau dabei hatten. Es sah nicht so aus, als wollte jemand in diesen so gut funktionierenden Dreier einbrechen.

Ausgezeichnet. Umso mehr blieben für mich.

Nun, Ladys, an das folgende Geschehen kann ich mich nicht mehr so genau erinnern. Ich weiß nur noch, dass ich meine Orgasmen nicht mehr zählen konnte, und irgendwann habe ich wie eine Banshee geschrien.

Der Rest ist schnell erzählt. Der Geruch von Diesel, Zigaretten und Sex erfüllte unser Deck und besonders unsere enge Gemeinschaftskabine.

Ihr habt nach meinem wildesten Erlebnis gefragt, nicht nach dem besten Sex. Ich weiß gar nicht mehr, ob die Jungs alle so gut waren, sicher nicht so gut wie Gérard; er war der Einzige, der in meiner Erinnerung deutlich haften geblieben ist.

Kurz bevor die Morgendämmerung einsetzte, als wir alle abgeschlafft waren und es keinen Alkohol mehr gab, schlenderten wir aufs Oberdeck. Die Luft war frisch, die Brise stark, und es roch nach Meer und sogar ein bisschen nach Kräutern.

Wir kuschelten uns nicht zusammen, obwohl es kalt genug war, dass ein bisschen Körperwärme gut getan hätte, aber wir standen nur da, hielten uns an der Reling fest und ließen uns vom frischen Wind den Rauch und den Alkohol austreiben. Wir schwiegen uns an, bis wir durch den Dunst die Umrisse von Korsika erkennen konnten.

Und was geschah dann? Nichts. Die Fähre legte an, und wir verabschiedeten uns ein wenig verlegen von den Jungs, die ihrer Wege gingen.

Nancy und ich fanden eine Jugendherberge in Ajaccio, duschten und schliefen, bis sie uns um die Mittagszeit aus den Betten holten.

Etwa einen Tag lang gingen wir ein bisschen verstört miteinander um, als hätten wir vom anderen zu viele Geheimnisse gesehen. Dann sprangen wir auf einen Bus, der hinauf in die Berge fuhr, neuen Abenteuern entgegen. Die fanden wir auch: Häuser, die tausend Jahre alt waren, wilde Ziegen und eine alte Frau, die uns die Zukunft voraussagte. Dann begegneten wir einem dänischen Künstler, der ein Haus in den Bergen gekauft hatte und Nancy verführen wollte.

Aber so was wie auf der Fähre haben wir nicht wieder erlebt. War wohl auch gut so

He, Ladys, wer ist jetzt dran? Was ist das Wildeste, was ihr mal erlebt habt?

Gestreckt

Severin Rosetti

Claire hatte die Anzeige so kurz und bündig formuliert, dass jeder Mann sie verstehen konnte: Gesucht wurde ein »stretched limo driver«, nur diese einfachen Worte, aber der Bewerber beharrte darauf, dass man vieles implizieren konnte.

War zum Beispiel die Limousine gestreckt, oder sollte der Fahrer gestreckt werden? Die erste Option war die nahe liegende, aber die zweite wäre eine amüsante Alternative gewesen, und als er um Aufklärung gebeten hatte, war ihre Antwort ein schwaches Lächeln gewesen.

»Was für eine kluge Frage«, sagte sie geduldig, und mit ihrem eisigen Blick forderte sie sein schiefes Grinsen heraus. Es war ein charmantes Grinsen, aber ein bisschen zu keck für ihren Geschmack.

»Und? Welche Möglichkeit ist richtig?«, beharrte der Mann, und sie reagierte darauf mit der Frage, ob er den Job haben wollte.

Er sagte ja, und sie sagte, dass er den Job hätte, und damit war das kürzeste Bewerbungsgespräch aller Zeiten beendet.

»Sie können heute Abend anfangen. Hier holen Sie die Limo ab.« Sie schrieb eine Adresse auf ein Stück Papier und reichte es ihm. »Punkt halb acht.«

Als er gegangen war, schrieb Claire hastig ein paar Informationen für ihre Partnerin auf. Der ausgewählte Kandidat war jung und präsentierte sich gut, er sah gut aus und wusste sich zu benehmen; er besaß die erforderliche Fahrerlaubnis und einen wachen Verstand. Dann fügte sie noch ein P.S. hinzu und überlegte, ob zum wachen Verstand auch Neugier gehörte. Sie mahnte ihre Partnerin, darauf zu achten.

Die Auffahrt zum Haus war so lang, dass eine kleine Flotte von Stretch-Limousinen dort Platz gefunden hätte, aber es parkte nur eine da. Das Taxi, mit dem Lenny gekommen war, sah wie ein Spielzeugauto neben der schnittigen, weißen Limousine mit den dunklen Scheiben aus.

»Das ist schon ein Kasten«, sagte der Taxifahrer und bewunderte das lang gestreckte Anwesen im Ranchhaus-Stil. Lenny reichte ihm Geld und sah, wie der Fahrer die Stirn krauszog, als hätte er gedacht, dass er bei einer solchen Adresse ein größeres Trinkgeld erwarten könnte.

»He, Mann, ich arbeite hier nur, mir gehört dieser Schuppen nicht«, sagte Lenny und ging vom Taxi zur imposanten Fassade.

Breite Doppeltüren, zu denen drei kleine Stufen führten, die Veranda, die von Laternen beleuchtet wurde, und so viele Fenster, dass sich ein Mosaik aus Licht ergab – ja, es war ein beeindruckendes Haus. Einen Moment lang überlegte er, ob er den Mut hatte, einfach anzuklopfen, aber je näher er der Doppeltür kam, desto zögerlicher wurden seine Schritte. Zum Glück wurde ihm die Entscheidung abgenommen, denn plötzlich schwangen die Doppeltüren auf.

»Sie müssen der Fahrer sein«, sagte die Frau, die aus dem Haus trat, und noch während er nickte, gab sie ihm schon weitere Instruktionen. »Hier sind die Adressen und die Wegbeschreibungen«, teilte sie ihm mit und reichte ihm ein Klemmbrett. »Es ist möglich, dass weitere Instruktionen über die Sprechanlage erteilt werden. Es ist zu keiner Zeit erforderlich, dass Sie Ihren Platz hinter dem Lenkrad verlassen. Haben Sie das verstanden?«

Lenny verstand, obwohl er in Wahrheit nur wenig von dem begriff, was die Frau ihm gesagt hatte. Ihre Art und ihr Auftreten hatten ihn zu sehr abgelenkt.

In ihren hohen Absätzen war sie so groß wie er, eine Idee über einsachtzig. Sie trug ein dunkles Nadelstreifenkostüm, ein eng geschneidertes Jackett und einen engen Rock, der gerade die Knie erreichte. Die schwarzen Haare waren streng nach hinten gebürstet. Die Brille mit der Stahlfassung und die Aktentasche aus Leder verliehen ihr das Aussehen einer erfolgreichen Geschäftsfrau.

Aber welchem Geschäft könnte eine solche Frau nachgehen? Sie war jung, hatte die Dreißig noch nicht überschritten, lebte in so einem Haus und reiste in so einem Fahrzeug. Er hatte kaum die Zeit, darüber weiter zu sinnieren, denn ihre brüske Art erlaubte kein Trödeln. Als er begriff, dass sie seine Passagierin sein würde, denn sie ging auf das Heck der Limousine zu, hastete er auf die Tür zu, aber sie scheuchte ihn zurück.

»Das ist nicht nötig. Sie fahren, Sie öffnen keine Türen«, teilte sie ihm mit, duckte sich, zeigte ihre seidigen, schlanken Schenkel und stieg ein.

Nun gut, dachte Lenny, setzte sich hinters Lenkrad, startete den Motor und legte einen Gang ein.

Die erste Adresse auf seinem Fahrplan lag etwa zehn Meilen entfernt und auf der anderen Seite der Stadt, ein Vorort, ebenso elitär wie die Gegend, in der er die Limousine abgeholt hatte. Wen würde er dort einladen? Ein ausgelassenes Kaffeekränzchen? Irgendeine Tochter eines reichen Mannes, die mit anderen reichen Töchtern ihren Geburtstag feiern wollte?

Offenbar nicht, denn als er vor einem Haus im nachgemachten Tudor-Stil anhielt, sah er nur einen Mann, der auf die Limousine zueilte, und im Außenspiegel sah er, wie die Tür aufschwang, damit er einsteigen konnte.

Und wohin sollte er gebracht werden?

Lenny überprüfte seinen Fahrplan. Überrascht nahm er zur Kenntnis, dass der Mann nirgendwo hingebracht werden sollte. Die Limousine hatte an Ort und Stelle zu verharren. Eine Stunde lang direkt vor dem Haus des Mannes.

Er hob die Schultern und setzte sich auf seinem Sitz zurück. Mit den Fingern trommelte er aufs Lenkrad, während er die verstreichenden Minuten auf seiner Armbanduhr verfolgte. Am Armaturenbrett war kein Radio eingelassen, obwohl er keinen Zweifel hatte, dass es hinten im Wagen alle möglichen Unterhaltungsgeräte gab.

Das Handschuhfach war gähnend leer, und auch in den Seitentaschen der Türen befand sich absolut nichts. Nichts, um sich abzulenken und die Zeit totzuschlagen, nicht einmal eine Bedienungsanleitung.

Er wünschte, er hätte sich eine Zeitung gekauft oder ein Buch mitgebracht. So aber konnte er nur warten und sich wundern. Natürlich fragte er sich, was die beiden Fahrgäste miteinander trieben. Hinter der schwarzen Scheibe, die ihn von ihnen trennte, gab es kein Geräusch, er spürte nur das gelegentliche Schaukeln des Fahrzeugs, weil die Federung zu sehr beansprucht wurde, aber das das waren nur leichte Bewegungen, als wenn schwerer Verkehr vorbeiführe.

Aber welcher Verkehr? In der Nachbarschaft war alles ruhig, und die Straße, in die er eingebogen war, lag verlassen da. Seine Fahrgäste würden in ihren Sitzen herumrutschen, bis sie die bequemste Stellung gefunden hatten. Schließlich hatte die Limousine die bestmögliche Federung, die auf die kleinste Bewegung reagierte.

Aber wozu mussten sie es sich gemütlich machen? Das war

Lennys nächster Gedanke. Allein schon, um seine Langeweile zu bekämpfen, malte er sich die Möglichkeiten aus. Er erinnerte sich an die Aktentasche, die seine Chefin mit ins Innere genommen hatte. Also diskutierten sie über ein Geschäft? Aber warum im Auto und nicht im Haus des Mannes?

Eine plötzliche Bewegung, die schon deutlich heftiger ausfiel, riss Lenny aus seinen Gedanken, und er gluckste leise in sich hinein. Natürlich! Die Schweinebande trieb es auf den Rücksitzen! Seine Chefin hatte sich einen Beschäler bestellt, der sie richtig durchzog, bevor das Geschäftliche begann.

Lenny schaute auf seine Uhr. Zwei Minuten vor acht. Jetzt zählte er die Sekunden mit und nicht mehr die Minuten. Punkt acht Uhr hörte er, wie die hintere Tür geöffnet wurde und wieder ins Schloss fiel. Dann sah er den Rücken des Mannes, der zurück in sein Haus ging.

»Zur nächsten Adresse.« Die Stimme der Frau knarrte aus der Sprechanlage, und Lenny fuhr behutsam an.

Die neue Adresse lag in der Stadt. Es gab ein paar enge Straßen, in denen er vorsichtig lenken musste, aber er schaffte es, rechtzeitig am Ziel zu sein.

Diesmal handelte es sich bei den neuen Fahrgästen um einen Mann und eine Frau. Er konnte nirgendwo parken, deshalb folgte er der Route, die auf dem Fahrplan genau vorgegeben war. Raus aus der Stadt.

Mann, was für ein Job war das denn? Wo blieben die Damenkränzchen, von denen er geträumt hatte? Die vorlauten Teenager, die betrunkenen Schlampen, die geilen alten Tanten, die irgendeinen runden Geburtstag gefeiert hatten?

Nachdem er das Paar zurück in die Stadt gebracht hatte, fiel ihm auf, dass die beiden viel langsamer aus dem Wagen stiegen und auf die Haustür zugingen als der Mann vorhin. Die Frau hatte den Kopf gesenkt, als schämte sie sich, und der Mann schaute zögernd und ein wenig reuevoll zurück.

Und so ging es weiter. In den fünf Stunden bis Mitternacht hatte er ein Dutzend Menschen chauffiert, manche einzeln, andere in Zweier- oder Dreiergruppen. Dabei hätten viel mehr Menschen in der Limousine Platz gefunden.

Einer, zwei oder drei – und immer seine Chefin dabei.

Welches Spiel trieb diese Frau?

Pennys Handy vibrierte ein paar Minuten nach der vollen Stunde, als sie von einem Termin zum nächsten fuhren. Sie klappte es auf und meldete sich.

»Hi! Penny, wie läuft es denn?«

»Fein, alles bestens.«

»Keine Probleme?«

»Das neue Paar war ein bisschen nervös. Ich glaube, die Frau war weniger bereit als der Mann, aber abgesehen davon ist alles in Ordnung.«

»Ich habe auch mehr an den neuen Fahrer gedacht und nicht an die Kunden. Keine Probleme mit ihm?«

»Der Fahrer?« Penny blickte auf die schwarze Scheibe, die ihn von ihr trennte. »Nein, keine Probleme. Er scheint kompetent zu sein und hat noch keine Schramme in den Lack gefahren.«

»Und er benimmt sich auch gut? Macht er das, was du ihm sagst? Keine unangenehmen Fragen oder Anzeichen von Neugier?«

»Diskret und dumm bisher«, antwortete Penny. »Und falls er zu neugierig sein sollte, nun, du weißt, wie wir damit umgehen.«

Über das Telefon drang ein perlendes Lachen an ihr Ohr, dann sagte sie: »Okay, wir sehen uns später.«

Boshafte Kuh, dachte Penny und lächelte in sich hinein. Sie wünscht sich, dass der Mann zu neugierig wird.

Das letzte Ziel auf Lennys Fahrplan war ein Country-Club, einige Meilen von der Stadt entfernt. Er kannte den Club, hatte es sich bisher aber nicht leisten können, ihn sich mal von innen anzusehen. Er sollte um Mitternacht dort eintreffen und bis kurz nach eins warten, und danach war sein Dienst für den heutigen Tag beendet.

»Lassen Sie mich am Eingang aussteigen, und Sie suchen sich dann einen Parkplatz«, lautete seine Anweisung, die er wieder über die Sprechanlage erhielt. Als er die Limousine anhielt, stieg sein einziger Fahrgast aus, lief leichtfüßig die Treppe hoch und verschwand im Club.

Diesmal nahm sie ihre Aktentasche nicht mit, registrierte Lenny, als er wieder anfuhr und mit einem weiten Bogen den hintersten freien Platz ansteuerte, so weit wie möglich von den Lampen des Eingangs entfernt.

Er schaltete den Motor ab und streckte sich, fühlte sich aber immer noch verkrampft in der Enge des Fahrersitzes. Nach fünf Stunden hinter dem Lenkrad brauchte er frische Luft, und nun, da er die letzte Adresse auf seinem Fahrplan angefahren war, hatte er sich eine Zigarette verdient. Er stieg aus, zündete eine Zigarette an und inhalierte tief.

Langsam ging er um die Limousine herum, strich über die glatten und polierten Flanken, wie er manchmal über eine Frau strich und lehnte sich dann dagegen, bis er die Zigarette aufgeraucht hatte.

Die Scheiben waren nicht nur getönt, sie waren schwarz wie Teer. Obwohl er sich bückte und eine Hand über die Augen legte, war es unmöglich, ins Innere zu sehen.

»Ich wüsste mal gern, wie es drinnen aussieht«, murmelte er vor sich hin, warf die Zigarette auf den Boden und trat sie mit dem Fuß aus. »Und ich wüsste auch gern, was das eiskalte Luder in ihrer Aktentasche aufbewahrt.«

Er gähnte und streckte sich und ging noch einmal um den

Wagen herum. Als er uninteressiert zum Eingang sah, kamen einige Leute heraus, aber deren Autos parkten näher am Gebäude, deshalb kümmerte sich niemand um ihn.

»Schauen wir doch mal kurz hinein, was? Will doch mal den ganzen Luxus einer Stretch-Limo sehen«, redete er sich zu, als es auf dem Parkplatz wieder ruhig geworden war. Er öffnete eine Seitentür.

Das Innenlicht war hell wie ein Leuchtfeuer, aber das war es nicht, was ihn verdutzte und ihm den Atem stocken ließ.

»Was, zur Hölle, ist das denn?«, murmelte er.

Die Rückbank war mit dunklem Leder bezogen, genau wie auch die Sitzbank in der Mitte, gleich hinter der schwarzen Scheibe, die seine Fahrerkabine vom Inneren der Limousine trennte. Aber dazwischen gab es eine Vorrichtung ...

Sollte das eine Rudermaschine sein? Es war eine Konstruktion aus Stahl und Leder. Das musste aus einem Fitness-Center stammen, dachte Lenny.

Er sah Teile, wo er sich Füße vorstellen konnte, und andere, wo Hände greifen konnten. Auf Kopfhöhe befand sich ein schwarzes Lederkissen, und dann gab es genug Ketten und Bänder, an denen man ziehen konnte.

»Ein fahrender Fitness-Club!« Er lachte laut auf. »Sie hat einen verdammten Fitness-Club in ihrer Limo!«

»Nein, du Dummkopf. Das hat nichts mit Fitness zu tun. Das ist unsere Folterbank. Eine Streckbank.« Im selben Moment spürte er einen Fuß auf seinem Hintern, dann versetzte der Fuß ihm einen kräftigen Stoß, und er torkelte ins Innere. »Ich wusste genau, dass deine Neugier dir keine Ruhe lässt. Du musstest es dir einfach ansehen, was?«

Lenny versuchte sich aufzurichten, aber der Fuß drückte auf seinen verlängerten Rücken und hielt ihn auf der Bank fest. Er konnte nur den Kopf drehen und über seine Schulter blinzeln, und da sah er eine zweite Frau neben derjenigen stehen, die er den ganzen Abend durch die Gegend gefahren hatte.

»Meine Kollegin und Partnerin Claire«, sagte sie ihm. »Sie hat das Bewerbungsgespräch mit dir geführt.«

»Ich freue mich, unsere Bekanntschaft zu vertiefen, Lenny«, sagte Claire spöttisch.

Auch sie war wie eine Geschäftsfrau gekleidet, ähnlich wie beim Bewerbungsgespräch. Das maßgeschneiderte Jackett schmiegte sich an ihre Taille, die weiße Seidenbluse war am Hals offen und ließ den Blick auf eine Perlenkette frei, und ihr Rock hatte genau die Länge, die auf eine subtile, diskrete Art verlockend war.

Die beiden Frauen sahen wie die Direktorinnen einer Gesellschaft aus. Claire hatte ihre Aktentasche auf den Boden zu ihren Füßen abgestellt.

»Nun, wie reagieren wir auf seine Neugier, Claire?«, fragte Penny.

»Wie wäre es, wenn Sie schon mal damit anfangen, mich aufstehen zu lassen«, schlug Lenny vor, und als sich der Fuß von seinem unteren Rücken hob, dachte er schon, dass sie das auch tun würden, aber Sekunden später blieb ihm die Luft weg, als ein Knie gegen ihn rammte.

»Halt den Mund! Wir entscheiden, wie wir mit dir umgehen«, wies Claire ihn zurecht. Sie belastete ihn mit ihrem Gewicht und wandte sich an ihre Kollegin. »Vielleicht sollten wir seine Neugier befriedigen.«

»Meinst du?«

»Ja. Das könnte Spaß bringen.«

Lenny spürte, wie sich die Federn leicht senkten, als Penny – nachdem sie Claires Aktentasche aufgehoben hatte – neben ihn kletterte. Er sah, wie ihr Rock die schwarzen Seidenstrümpfe hochrutschte, als sie weiter vorrückte, und dann machten sich beide Frauen an ihm zu schaffen. Sie bugsierten ihn auf den Rücken, hoben seine Arme über den Kopf und streckten sie.

»Wehr dich nicht, du fügst dir nur selbst Schmerzen zu«, riet ihm Penny und schlang Lederriemen um seine Handgelenke. Sie zog sie fest.

»Du solltest uns dankbar sein«, fügte Claire hinzu, die sich auf seinen Bauch gesetzt hatte, mit dem Gesicht zu seinen Füßen. Sie beugte sich hinunter und band weitere Lederriemen um seine Fußgelenke. »Männer zahlen viel Geld dafür«, sagte sie ihm und zurrte an den Riemen, bis sie zufrieden war. »Sie haben das den ganzen Abend schon gemacht. Manchmal bringen sie auch ihre Frauen mit.«

»Das gibt einer Stretch-Limo einen völlig neuen Sinn, findest du nicht auch?«, gluckste Penny. Die beiden Frauen setzten sich nun an seine Seiten.

»Liegst du bequem, mein Lieber?«, fragte Claire lächelnd und strich über seine Wange, aber als sie Lennys mürrisches Gesicht sah, das er dann auch noch abwandte, legte sich ihre Stirn in Falten. »Nun, das wird nicht lange anhalten.« Damit kratzte sie mit ihren langen Nägeln über seine Haut.

Er hob den Kopf, weil er sehen wollte, was sie angerichtet hatte, aber dann spürte er, dass die Riemen sich noch tiefer in seine Haut gruben und seine Arme weiter streckten.

»Siehst du? Es ist ein Streckgerät, keine öde Fitnessmaschine.« Claire sprach das Wort verächtlich aus, dann drehte sie an einem kleinen Chromrad, und davon wurde sein ganzer Körper gestreckt. Sie genoss den alarmierten Ausdruck seiner Augen, als seine Füße ebenfalls gestreckt wurden.

Eine weitere Vierteldrehung des Rads, und Lenny war bis zum Limit gestreckt. Die Muskeln in Armen und Beinen waren gespannt wie nie zuvor, sein Brustkorb schwoll an, und der Bauch spannte sich.

Penny fing an, sein Hemd aufzuknöpfen. Die lackierten

Nägel glitten über seine Brust, bis sie blank war. Dann wandte sie sich seiner Hose zu, sie schnallte den Gürtel auf, zog den Reißverschluss hinunter und zupfte die Hose über seine Backen und hinunter zu den gefesselten Füßen.

»Wir werfen eine Münze, wer fährt«, sagte Claire.

»Sollen wir eine Münze werfen, oder sollen wir ihn entscheiden lassen?«, fragte Penny und griff in den Schlitz seiner Shorts. Sie spielte einen Moment lang mit seinem Genitale.

Beide Frauen brachen in entzücktes Lachen aus, während Lenny versuchte, Pennys derber Handgreiflichkeit zu entkommen.

»Schöner Gedanke, aber das kommt später«, entschied Claire und wischte sich die Lachtränen aus den Augen. »Also, Kopf oder Zahl?«

»Kopf.«

»Zahl.«

»Verdammt.«

»Du fährst.«

Sie mussten sich neu arrangieren; Claire stieg aus und bewegte sich nach vorn, dann schwang Penny herum und stellte ihre Beine ins Freie.

Im nächsten Moment rief sie Claire zu: »Die Augenbinde! Wäre sie nicht besser?«

»Gute Idee.« Claire öffnete ihre Aktentasche und wühlte darin herum.

Sie setzte sich auf die Höhe von Lennys Kopf, die Beine gespreizt, ein Fuß jeweils auf einer Seite von ihm. Sie legte ein weiches Lederband über seine Augen. »Kopf hoch, Darling.«

Stattdessen ruckte Lenny den Kopf hin und her, um das Band von seinem Gesicht zu schütteln. Sie griff mit einer Hand in seine Haare und hob den Kopf an, bis sie das Band am Hinterkopf verknoten konnte.

Dunkelheit umgab Lenny, als er hörte, wie Türen geöffnet und geschlossen wurden. Der Motor sprang schnurrend an, dann wurde die Limousine sanft bewegt. Sie beschrieb einen weiten Bogen, den er mit dem Kopf nachvollzog, als müsste er den Bewegungen der Limousine folgen. Eine scharfe Linkskurve, dann eine ebenso scharfe Rechtskurve, und Lenny spürte, wie sich in seinem Kopf alles drehte. Bis auf das Sirren der Reifen auf dem Asphalt war seine Welt so still wie dunkel.

»Sind Sie noch da?«, fragte er und hörte ein doppeltes Glucksen. »Warum tun Sie mir das an? Reden Sie mit mir?«

Die Stille hielt an, aber dann hörte er Claire sagen: »Deine Arme werden bald zu schmerzen anfangen, deine Schenkel auch. Du wirst Krämpfe in den Waden haben und uns anbetteln, dich zu erlösen.«

»Warum?«, wollte Lenny wissen. »Warum?«

Du wirst die Schmerzen auch an anderen Stellen spüren«, fuhr Claire fort. »Die Dinge, die wir dir antun, werden dir solche Schmerzen und solche Wonnen bereiten, dass du schreien und schluchzen und betteln wirst.«

»Aber warum? Warum?«

»Sei still, oder soll ich dir auch noch einen Knebel in den Mund stecken?«, fragte Claire, und er fühlte, wie sie mit den Fingerspitzen leicht über seine Lippen strich, weniger eine Liebkosung als eine Drohung. »Wirst du endlich still sein? Ja? Gut.«

Während ihre Finger fortfuhren, über sein Gesicht zu streicheln, und die Kurven, die das Auto beschrieb, ihn schwindlig machten, weil er auf die Kehren nicht vorbereitet war, und während seine Glieder zu schmerzen begann, wie sie versprochen hatte, lauschte er ihrer hypnotischen Stimme.

»Dies hat nichts mit einem sensorischen Entzug zu tun, im Gegenteil, du wirst erleben, dass deine Sinne jetzt noch gesteigert werden. Gut, deine Bewegungen sind eingeschränkt, und deine Sicht ist für den Moment nicht mehr vorhanden, aber die anderen Sinne wirst du doppelt und dreifach so intensiv spüren. Diese Berührung zum Beispiel.«

Ihre Finger strichen leicht über seinen Bauch, und er glaubte, von kleinen Nadeln gestochen zu werden. Lennys Körper ruckte hoch, trotz des Schmerzes, der ihn durchzuckte.

»Siehst du? Und vielleicht nimmst du jetzt auch mein Parfum wahr? Und die Wärme meines Körpers?«

Ja, er nahm sie wahr. Ein moschusartiger Duft füllte seine Nase, und seine Wangen brannten, als wäre er einem Glutofen zu nahe gekommen.

Er hörte das Ratschen eines Reißverschlusses, dann das Rascheln von Stoff. Die Hitze nahm noch zu. Er musste nach Luft schnappen.

»Natürlich muss man sich solche Wonnen, die wir dir bringen können, verdienen. Deshalb lasse ich jetzt meinen Körper auf dein Gesicht nieder«, sagte Claire, und noch bevor er protestieren konnte, umgab ihr herrlich duftendes Fleisch sein Gesicht und erstickte seine Proteste.

Sie hatte sich den Rock ausgezogen und auch ihren Slip – falls sie einen getragen hatte. Ihre Backen schmiegten sich an sein Gesicht an, und die feuchten Labien ihrer Pussy schoben sich in seinen Mund.

»Jetzt kannst du mich lecken«, hörte er sie sagen. Es klang wie aus weiter Ferne. »Du musst mich verwöhnen, wenn du dir selbst irgendwelche Wonnen versprichst, du musst mich befriedigen, wenn du willst, dass deine Neugier gestillt wird, bediene mich, wenn du aus deiner misslichen Lage befreit werden willst.«

Lenny tat, wie ihm befohlen. Ihm blieb keine andere Wahl. Er leckte mit der Zunge über die weiche, nasse Vagina, und die letzten Worte, die er hörte, waren wieder Drohung und Versprechen zugleich.

»Und weißt du, was die wunderbarste Sache überhaupt ist?«, fuhr Claire fort, während ihre Schenkel fest gegen seinen Kopf drückten und sie sanft mit der Pussy über sein Gesicht strich. »Wenn wir dies hinter uns haben, wenn du die Erleichterung deiner Befreiung erlebst und die Gefühle in deine Glieder zurückkehren und die Augenbinde entfernt worden ist, dann wird deine Dankbarkeit so groß sein, dass du dich dem ersten Menschen, den du siehst, aus freien Stücken auslieferst. Du bist viel zu schwach, um zu widerstehen. Ich werde deinen geschundenen Körper in meinen Armen halten, du wirst hilflos sein und mir gehören.«

»Du ungeduldige Kuh! Konntest du nicht warten?«

Die Limousine hatte angehalten, und Penny war nach hinten gekommen und sah, wie Claire hinter geschlossenen Augen lächelte, die Wangen gerötet, die Backen tief auf Lennys Gesicht. Ihr Körper bewegte sich sanft vor und zurück.

»Tut mir leid, aber ich habe eben das Glück der Gewinnerin«, sagte Claire.

Penny trat tiefer in die Limousine und streckte eine Hand aus, mit der sie zwischen die Beine ihrer Kollegin fasste.

»Du bist ja triefnass! Steig ab, bevor du den armen Kerl ertränkst«, sagte sie und stieß Claire nach hinten.

Lennys Brustkorb hob und senkte sich schwer. Er schnappte verzweifelt nach Luft. Claire kippte zur Seite, und Penny trat neben Lenny.

»Sein Gesicht ist nass, als hätte er unter der Dusche gestanden«, stellte sie fest, als sie mit den Händen über das Gesicht strich. Auch das Leder, das seine Augen bedeckte, war durchnässt. Sie wollte die Augenbinde entfernen, schaute aber vorsichtshalber zur Freundin. »Ich weiß nicht, wie du dir das vorstellst. Ich dachte, wir würden das hier zusammen durchziehen.«

»Du bist doch gefahren«, wandte Claire ein. »Ich muss schließlich einen Fahrer haben.«

»Er gehört *uns*«, berichtigte Penny und ließ die Augenbinde da, wo sie war. »*Wir* müssen einen Fahrer haben.«

Nachdem er wieder Luft zum Atmen hatte, sagte Lenny: »Bitte, lassen Sie mich gehen. Ich habe Schmerzen.«

»Bald, Liebling, bald«, antwortete Penny, hockte sich an seine Seite und zog ihr Jackett aus und gleich auch die Bluse. Schließlich schlängelte sie sich aus ihrem Rock.

In BH und Höschen, Strümpfen und Schuhen legte sie sich rasch neben ihn. Ihre Brüste strichen über seine Wangen. Sie legte eine Hand flach auf seinen Bauch, die Finger zeigten auf seinen Schoß.

»Meine Schlampe von Freundin hat dich hart gemacht«, sagte sie, als sie den dunklen Fleck in seinen Shorts sah. Jetzt kam es ihr darauf an, seine Erektion zu erhalten.

Lennys Finger spannten sich, als er sagte: »Bitte, lassen Sie mich gehen.«

»Ohne deine Belohnung? Ohne eine Erleichterung?«, schnurrte Penny und fuhr mit einem Finger die Umrisse seines Schafts nach. Mit dem Nagel kratzte sie über die Eichel. »Ich weiß, dass du es brauchst, und ich weiß, dass du es willst«, sagte sie, während sie langsam seine Shorts hinunterschob.

»Oh! Oh ja«, stöhnte er, als ihre Finger seine Erektion umschlossen. Sie beugte sich hinunter und hielt den Schaft dicht an ihre Lippen.

Statt einen Kuss auf die Eichel zu hauchen oder sie mit den Lippen zu umschließen, blies sie nur dagegen.

Lenny wand sich vor Entzücken und vergaß seine missliche Lage. Er hob die Hüften an und versuchte, in ihren Mund einzudringen, aber da zog sie sich schon zurück, was er aber nicht bemerkte, deshalb hob er noch einmal die Hüften, bis er die Schmerzen nicht mehr ertragen konnte und jeder Muskel, jedes Gelenk zu protestieren begann.

»Das heißt also ja? Du willst deine Erleichterung haben?«, fragte sie und stieß mit einer Hand gegen Claire, die still vor seinem Kopf lag und vor sich hin döste. »Ich nehme ihn mir jetzt vor. Soll ich mit dir teilen?«

»Oh ja, bitte«, seufzte Claire, drehte sich herum und kuschelte sich an seine andere Seite. Mit einem Arm drückte sie ihn an sich, und der andere Arm glitt nach unten. Sie griff an seine Erektion, die sie Penny aus den Händen nahm.

Sie hielt sie aufrecht, während ihre Freundin sich über ihm in Position brachte. Claire klopfte mit dem harten Schaft gegen Pennys feuchtes Höschen. Die Spitze rieb gegen die geschwollene Eichel, und Lenny stieß lustvolle Geräusche aus.

»Ja, das ist gut«, lobte Penny, dann zog sie das Höschen auf eine Seite. »Und jetzt will ich nur den Kopf in mir spüren.«

Sie ließ sich ein wenig tiefer sinken. Claire hielt Lennys Schaft still, und Penny nahm nur die Eichel in sich auf, dann senkte sie sich um einen weiteren Zentimeter, und Claire wusste, dass sie den Schaft nicht mehr festhalten musste. Sie drückte seinen Leib jetzt mit beiden Armen und schmiegte ihre Brüste gegen sein Gesicht.

»Stoß von unten ein bisschen dagegen, Lenny«, ermunterte Penny ihn. »Ich weiß, dass du müde bist und alles schmerzt, aber gib dir noch etwas mehr Mühe, ja?«

Sie lächelte zu ihm hinunter, strich über seinen Brustkorb, streichelte die Nippel und zwickte sie. Als er keuchte, ließ sie die Muskeln ihrer Pussy spielen, sie umklammerte den Schaft und zog ihn tiefer in sich hinein.

»Ah, das fühlt sich so gut an. Jetzt stoße mich langsam und tief. Ich will fühlen, wie du in mir noch wächst und noch härter wirst, mein Schatz.«

Lenny stöhnte laut, obwohl es gedämpft klang, weil Claires

Brüste sein Gesicht bedeckten. Er versuchte sich aufzurichten, um dann tiefer in Penny einzudringen, aber Claire hielt ihn fest, und so konnte er kaum sein Becken heben.

»Bitte«, bettelte er.

»Ich weiß, du willst kommen«, sagte Penny, »und ich verspreche dir, dass es bald so weit sein wird. Aber stoße doch zu, so schnell du kannst. Sobald ich gekommen bin, kannst du auch kommen.«

Er schrie auf, als sie mit den Fingernägeln über seinen Brustkorb kratzte, und schluchzend gab er sein Bestes, um die Hüften zu heben und tiefer in Penny einzudringen. Sie erwiderte seine Stöße mit viel mehr Kraft, als er aufbringen konnte. Und als sie spürte, wie die Spannung in ihm wuchs, umklammerte sie ihn wieder mit ihren inneren Muskeln.

»Es kann sich nur noch um Sekunden handeln«, stieß sie keuchend hervor. »Ich komme bald ...«

»Ach? So ist das also? Du darfst kommen, und ich nicht?« Claire war wütend. Sie rieb ihren Schoß gegen Lennys Hüfte und spürte, wie ihre Klitoris immer stärker pochte.

»Ja, ja, und du kannst auch kommen«, rief Penny, und ihr Lachen wurde von Schluchzern unterbrochen, als sie erschöpft von seinem Körper fiel. Es sprühte dick und weiß aus dem Schaft, aber das fiel ihr gar nicht mehr auf.

Sie fiel in Claires Arme. Die beiden Frauen küssten sich, dann griffen sie nach seinem nassen Schaft und spielten mit ihm, als wollten sie seine Lust in die Länge ziehen.

Claire drehte mit ihrer freien Hand das Chromrad zurück, während Penny das Lederband von seinen Augen nahm. Ein letztes Zucken verriet den Abschluss seiner Ejakulation.

Lennys Höhepunkt war so stark und die Erleichterung so süß, dass er in sich zusammensank, schwach wie ein Kind. Durch seine Tränen blinzelte er die beiden schönen Frauen an, die ihn in ihre Arme geschlossen hatten.

Es schien, als wäre sein Vertrag mit ihnen endgültig besiegelt: Er war nicht nur bei ihnen beschäftigt; er gehörte ihnen auch.

Pick-up-Girl

A. D. R. Forte

Es ist dieser Truck, den er hat. Dieses große Monstrum aus glänzendem Metall und Chrom, dessen Diesel so wunderbar wie ein Kontrabass schnurrt. Es ist ein Cowboy-Truck; Geländereifen, Werkzeugkasten, sogar Scheinwerfer, die man auf der Jagd einsetzen kann. Ich habe schon einige dieser Monster in unserer Gegend gesehen, und ich kenne die Typen, die sie fahren. Aber die Sache ist die: Er ist kein Cowboy, absolut nicht. Aber vielleicht fährt er ihn ja deshalb.

Und ich will, dass er mich mal in eine warme Nacht im texanischen Sommer mitnimmt. Mit durchgetretenem Gaspedal die einsame Landstraße entlang und dann abbiegen in ein verlassenes Feld, wo uns nur die Sterne zuschauen. Und dort unter dem Sternenzelt, nur von der Nacht und der freien Natur umgeben, soll er es mir im Bett des Trucks ordentlich besorgen, wie es sich für einen richtigen Cowboy gehört.

Das Problem ist, er traut sich nicht.

Ich kenne nur wenige Menschen, die sich so an Regeln und Vorschriften halten wie Nathaniel David Marble. Er ist stets pünktlich. Er weiß immer, was er zu sagen hat. Und seine Khakis sind immer makellos gebügelt. Manchmal glaube ich, dass seine Hosen verhext sind. Nur der liebe Gott weiß, wie oft ich sie schon angestarrt und mir gewünscht habe, dass sie sich einfach in Luft auflösen.

Ich weiß, es wird seine Meinung von mir nicht verbessern, wenn ich jetzt einem Lachanfall nachgeben würde, aber es wäre noch viel schlimmer, wenn er wüsste, was meinen Lachreiz ausgelöst hat. Ich stellte mir nämlich einen Kranz glitzernder Sterne vor, der um seinen abrupt aufgerichteten prallen Schwanz kreiste.

Bevor ich vor ihm auf die Knie ging und ihn in den Mund nahm und zu saugen begann, ohne Rücksicht auf Zeit, Ort und mein eigenes Benehmen, ahnte ich schon, dass er meine kleine Phantasie kaum gutheißen konnte.

Oder irrte ich mich? Schließlich hatte er sich diesen verdammten Truck gekauft. Tony, mein Haarstylist und selbsternannter Experte für Männer aller Orientierungen, nannte es ein Kompensieren. Ein Mann, der seine Schwächen kompensieren muss, hat kein großes Selbstbewusstsein. Er geht nicht mit dieser hochnäsigen Miene herum, die anderen mitteilen soll, dass ihm die Welt gehört. Ein Mann ohne Selbstachtung, so mein Tony, verfügt auch nicht über eine übermenschliche Selbstbeherrschung.

Gut, Nate vögelt nicht mit flüchtigen Bekannten. Das Wort Flirten gehört nicht zu seinem Vokabular. Und doch habe ich schon mal einen heimlichen Blick gesehen oder ein verräterisches Lächeln. Und noch seltener hat er mal die Kontrolle verloren. Dabei würde ich mich so gern unter ihm winden und krümmen, würde ihn so gern anflehen, es mir härter und länger zu besorgen. Aber vielleicht braucht er ja nur ein bisschen Führung.

Ich parke meinen Truck neben seinem. Er weiß, dass es meiner ist, und er weiß auch, dass die schwarzen Sandalen und die Wildledertasche auf dem Beifahrersitz mir gehören. Ein Rand mit marineblauer Spitze und Seide lugen aus der Tasche hervor; Teil eines auf Anhieb nicht identifizierbaren Wäschestücks. Die Sandalen haben acht Zentimeter hohe Absätze.

Soll er doch seine Phantasie spielen lassen, aus welchem Grund ich die Sachen so achtlos auf dem Sitz liegen ließ, wo er doch weiß, dass ich fanatisch ordnungsliebend bin. In seiner Phantasie soll er sich vorstellen, wie ich in der Wäsche mit Spitze und Seide aussehe. Ich wüsste gern, welche Wirkung ich damit auf ihn hätte. Während ich still vor mich hin grinse, schließe ich die Tür ab und gehe meiner Wege.

Am nächsten Tag erwische ich ihn dabei, wie er mich ansieht, obwohl er sich bemüht, so zu tun, als studierte er das Heft in seiner Hand. Ich gehe direkt auf ihn zu.

»He, Nate.«

»Hi«, antwortet er, schaut auf und sieht mir in die Augen. Frecher Kerl.

»Ich wusste gar nicht, dass du einen neuen Truck hast.«

Er fängt an, umständlich zu erklären, wie es dazu kam und warum und wann, lauter Dinge, die mich nicht interessieren.

»Er gefällt mir gut.«

Das stoppt seinen Redeschwall, und ich sehe, wie sich eine sanfte Röte auf seine Wangen legt.

Verlegenheit oder Freude?

»Danke.«

Er schlägt das Heft zu und lächelt. Nicht dieses höfliche Lächeln – dieses Lächeln erreicht auch seine wachen, dunklen Augen. Sie haben die Farbe von polierter Eiche. Diese Augen, die mich so oft schon gleichgültig angeschaut haben oder auch mit Ungeduld.

Heute kann oder will er nicht wegschauen, und das Funkeln in den Augen hat auch nichts mit Verachtung oder Verärgerung zu tun.

»Kann ich bei Gelegenheit mal mitfahren?«, frage ich, lächle ihn an und drücke ganz leicht seinen Arm. Dann gehe ich weiter, als ob die ganze Unterhaltung aus meiner Sicht nur ein Versuch wäre, höflich zu sein. Als ob er mich nicht wirklich interessierte. Oh, aber ich habe sein Gesicht gesehen, als ich seinen Arm freigab. Es war knallrot.

Er kommt zu mir, als die Nachmittagsschatten wie riesige, kohlschwarze Reifenspuren auf meinen Schreibtisch fallen. Er steht im Türrahmen und sieht mich an. Weiß er nicht, dass seine bloße Gegenwart sein Schicksal schon besiegelt?

Es geschieht vielleicht schon heute Nacht oder nächste Woche oder erst in sechs Monaten. Aber er ist schon so gut wie verpackt und verschnürt. Er fragt, wie mein letztes Treffen verlaufen ist, und ich antworte: »Gut.« Dann frage ich, was los sei. Warum ist er hier? Er versucht sich mit einer Antwort, fängt an zu stottern und bricht ab. Hebt die Schultern. Er ist nur gekommen, um hallo zu sagen.

Ich werfe den Kopf in den Nacken und lache, und er starrt mich an, schweigend und dann mit einem heimlichen Lächeln, als wolle er mir sagen, dass er etwas weiß und ich nicht.

Oh, Liebling, du weißt überhaupt nichts. Du bist zu mir gekommen. Du gehörst mir schon.

Wir haben beide eine Fahrt zu irgendeiner entlegenen Adresse. Es ist kein Zufall, dass wir in derselben Woche diesen Laden anfahren. Aber er kommt zweimal zu mir ins Büro, um mir zu sagen, was das doch für ein Zufall wäre. Nun, wenn es ihn glücklich macht, lasse ich ihn in diesem Glauben. Ich habe Zeit genug und kann warten, ganz egal, wie lange er dieses Spiel noch spielen will

Oh Liebling, weißt du nicht, dass ein langes Warten es nur noch heißer macht?

Verdammt heiß. Wüstenhitze, sobald wir durch die Glasschiebetüren des Flughafens auf den glühenden Beton und dann auf den dampfenden Asphalt treten. Hitze, die sich durch alle Ritzen drängt, auch in die Taxis und Stretch-Limos und erst recht in unseren Mietwagen.

Wir haben Platz genug. Ich schaue aus dem Fenster und versuche, die Luftzufuhr besser zu regeln. Mein Laptop liegt auf meinem Schoß, während er seinen Sitz verstellt und auf das Lenkrad abstimmt, ehe er die Klimaanlage auf eisigen Wind stellt. Meine Tasche auf dem Rücksitz kippt um. Ich lehne mich nach hinten, um sie aufzurichten, und dabei rutscht mein Rock über die Ränder meiner Strümpfe.

Der Streifen nackter Haut zwischen Rock und französischer Spitze verspricht, dass er ungehindert ans Ziel gelangen kann. Nichts, was seinen Fingern Widerstand leisten könnte.

Er dreht sich zu mir, eine Hand am Lenkrad, die andere am Schalthebel. Seine Lippen sind leicht geöffnet. Erst als er begreift, dass drei Sekunden vergangen sind und ich nichts tue, außer ihn anzuschauen, die Brauen leicht gehoben, schließt er den Mund. Er verweigert sich.

»Alles in Ordnung?«, fragt er.

Ich lächle. Solche Selbstbeherrschung, mein wunderbarer Nate.

»Bestens«, sage ich.

Ich setze mich wieder hin und tue so, als wollte ich meinen Rock zu den Knien ziehen. Es ist nicht meine Schuld, dass mir das nicht gelingt, ich bin schließlich angeschnallt.

Wie oft soll ich mich denn im Namen der Schicklichkeit noch winden? Aber er hat den Blick wieder auf die Straße gerichtet und schaut nicht noch einmal in meine Richtung. Eisenharte Selbstbeherrschung. Als wir auf den Freeway biegen, fährt er schon achtzig Meilen.

Ich weiß nicht, wie und wo wir uns verfahren haben. Aber nach einer Weile und nach einer meilenlangen Fahrt durch Sand und Felsland wird mir klar, dass wir weitab von der Zivilisation sind. Ich sehe, wie er auf die GPS-Konsole schielt, die uns versichert, dass wir fünfzig Meilen nördlich der Stadt fahren. Dabei haben wir vom Flughafen aus die südliche Umgehung genommen.

Mit einem irritierten Knurren stellt er die Konsole ab.

»Das macht Spaß«, sagt er.

»Glaubst du?« Ich schließe meinen Laptop und wende mich ihm zu. Ich stecke meinen Stift zwischen die Zähne und sehe Nate nachdenklich an. »Ich weiß nicht, wie du das siehst, aber ich kann mir viel größeren Spaß vorstellen, als hier in der Wüste herumzuirren.«

Ich tippe mit dem Stift auf meine Lippen, das macht sich gut und lässt mich gedankenschwer aussehen.

»Ich würde gern wissen, was du unter Spaß verstehst.« Er sieht mich aus den Augenwinkeln an, und ich gebe vor, dass ich seine Frage für ganz harmlos halte.

»Im Moment würde mir schon ein Drink genügen, am liebsten mit Alkohol, aber ich nehme, was ich kriegen kann.«

Ich zeige mit dem Stift nach vorn. Die beiden Spuren der Straße verengen sich, und wo bis vor zehn Meilen noch befestigte Randstreifen waren, liegt jetzt nur hart gefahrener Sand. Staub wirbelt hoch, hüllt die ganze Straße ein, und in der Ferne kann man die Hügel durch flimmernde Hitze erahnen, aber aus dem Dunst erhebt sich direkt am Straßenrand eine Tankstelle.

»Vielleicht kannst du auch nach dem Weg fragen.«

Er bedenkt mich mit einem Blick, der Leder schreddern könnte, und ich breche in Lachen aus. Die Polsterung des Autositzes reibt sich rau gegen die nackte Haut meiner Oberschenkel, und selbst die voll aufgedrehte Klimaanlage kann gegen die Hitze nichts ausrichten.

Mein Rock befindet sich immer noch oberhalb meiner Strümpfe. Mein erster Gedanke ist, dass ich froh bin, einen knitterfreien Stoff für den Rock gewählt zu haben, denn er muss schrecklich zerknautscht aussehen. Mein zweiter Gedanke ist, dass ich ihn gern noch viel zerknautschter haben würde. Am liebsten sofort. Der Klang seiner Stimme fühlt sich wie eine Hand an, die mich zwischen Haut und Höschen reibt.

»Dann kann ich auch gleich tanken, weil ...«

Es ist schwer, einen lässigen Gesichtsausdruck beizubehalten und sich auch noch eine freche Replik einfallen zu lassen. Ich unterbreche ihn mitten im Satz.

»Weil du nicht sicher bist, ob du je wieder den richtigen Weg erwischst?«

Wir parken an einer einzelnen Pumpe, die auf einem Stück steht, das zwar mal asphaltiert worden ist, das sich die Wüste aber wiederzuholen scheint, denn wir fahren zentimetertief durch den Sand. Ein handgeschriebener Zettel weist darauf hin: ERST MIT SCHECK ODER BARGELD AN DER KASSE ZAHLEN. Mit der Kasse ist vermutlich das früher mal weiß verputzte Gebäude gemeint, das etwa zehn Meter entfernt liegt. Nirgendwo ist eine Menschenseele zu sehen.

Nate will aussteigen, hält aber plötzlich inne und schaut zurück. Das hellblau und weiß gestreifte Hemd spannt sich über der Schulter. Ich sollte die Hand ausstrecken und über den Muskel streichen, der sich darunter wölbt, und dann sollte ich seinen Nacken kraulen.

»Du willst es haben«, sagt er lächelnd.

»Was will ich haben?« Ich will, dass er deutlicher wird und endlich mal seine Anständigkeit vergisst.

»Es.«

Dann ist er auch schon draußen.

Jetzt bin ich es, deren Wangen glühen. Okay, Liebling, ich habe dich also unterschätzt. Du spielst auch mit mir.

Damit habe ich kein Problem.

Grinsend steige ich aus und gehe auf die Neonreklame zu, die durch das schmutzige Fenster kaum zu sehen ist. Ich freue mich, dass Nate jetzt mitspielt. Ich habe allen Grund, mich zu freuen, denn ich werde gewinnen.

Die vier Wände des Kassengebäudes scheinen vom Wind schief geblasen zu werden, und das Dach wird nur durch Gedanken und Gebete gehalten. Eine verrostete Glocke über der Tür schlägt an, und so wird mein Eintritt von einer Dissonanz begleitet. Aber wenigstens gibt es einen Kühlschrank in einer Ecke des Ladens. Ich gehe darauf zu, nachdem ich dem uralten Mann, der hinter der Theke sitzt und über einem Pornomagazin fast eingeschlafen ist, zugenickt habe.

Unter der schmutzigen Glastheke gibt es noch eine Menge mehr davon. Während ich die wunderbar kalten Colaflaschen auf die Theke stelle, werfe ich einen Blick auf die Pornomagazine und überlege, ob ich eins mitnehmen soll. Ich könnte es mit ins Auto nehmen und Nate sagen, dass ich Lesefutter brauche, wenn ich im Hotel bin.

Ich muss laut lachen, und davon schreckt der alte Mann so abrupt hoch, dass sein Pornoheft von seinem Schoß rutscht. Es landet auf dem Boden und zeigt eine Doppelseite, auf der eine blonde Schönheit in einer faszinierenden Pose zwischen zwei Kissen zu sehen ist.

Ich frage mich, ob Nate mich auch gern so sehen möchte, pinkfarbene und weiße Spitze und Diamantenglitzer auf den Lippen. Ich kann fast schon spüren, wie die Kissen von meinem Körper rutschen und wie Nates Hände mich zu streicheln beginnen …

Der alte Mann grunzt und bedenkt mich mit einem verachtlichen Blick, dann bückt er sich und hebt das Magazin mit einer kaum verständlichen Entschuldigung vom Boden auf. Offenbar hat er meine starre Faszination für Verlegenheit oder gar Verärgerung gehalten.

»Nein, schon gut«, murmele ich und reiche ihm meine Kreditkarte. Ich wundere mich, dass sie hier Kreditkarten akzeptieren. Während ich lange darauf warten muss, dass der Mann die Nummer mit runzligen, braunen und silberberingten Fingern eingegeben hat, und dann noch einmal eine kleine Ewigkeit, bis die Bestätigung eintrifft, überschlagen sich meine Gedanken.

Ich könnte mich nach dem Weg erkundigen, aber ich will gar nicht wissen, wo wir sind. Ich will kein klares Konzept hören, wie wir mit achtzig Meilen die Stunde zurück in die Zivilisation rasen können. Ich bin genau da, wo ich sein möchte: mitten in der Wildnis.

Ich kritzle meinen Namen auf die Rechnung, nehme die Flaschen an mich und bedanke mich beim alten Mann. Er nickt und schlurft hinter einen Perlenvorhang. Es ist, als wollte er mir die Möglichkeit bieten, noch ein paar Sachen einzupacken.

Heiße Luft schlägt mir entgegen, als ich die Tür aufdrücke. Ich nehme die Flaschen in eine Hand und knöpfe mit der anderen mein Hemd auf. Nur zwei Knöpfe, damit ich nicht zu viel zeige. Ich schüttle meine schwarzen Haare nach hinten und gehe auf unser Auto zu.

Ich habe einen Entschluss gefasst. Hier. Und jetzt.

Der Zapfhahn steckt noch im Tank, und Nate lehnt sich gegen das Auto und studiert die Straßenkarte des Autoverleihs.

Er blickt auf und sieht mir in die Augen. Seine Brauen heben sich leicht.

»Ich glaube, ich weiß jetzt, wo wir sind«, sagt er.

»Ja? Das ist sehr gut«, sage ich mit einer Stimme, die ihm sagt, wie egal mir das ist.

Ich trete langsam über den Schlauch, bleibe ein paar Sekunden stehen, als ich das eine Bein schon auf der anderen Seite habe, und verharre ziemlich breitbeinig. Dann hebe ich das andere Bein an und bringe es über den Schlauch. Jetzt stehe ich dicht vor ihm. Er atmet langsam und regelmäßig und sieht mich mit diesen herrlichen Augen an.

Dunkle Haare, dunkle Augen. Seine Hemdsärmel hat er einmal umgeschlagen, und ich kann fast bis zu den Ellenbogen sehen. Ein paar Tage in dieser Wüstensonne, und seine golden getönte Haut wird eine kupferne Farbe angenommen haben.

Ich sehe ihn deutlich vor mir: Kein Hemd, keine Jeans, lehnt er gegen seinen Cowboy-Truck und starrt mich an, so wie er mich jetzt anstarrt. Als ob er mich auffordern will, den ersten Schritt zu tun.

Ich habe meine Flasche schon auf dem Weg zum Auto geöffnet und will nun einen kräftigen Schluck nehmen. Ich werfe den Kopf zurück und lasse das Kondenswasser auf mein weißes Leinenhemd tropfen. Ich höre, dass er leise Geräusche von sich gibt, dann greift er nach der Flasche in meiner linken Hand. Aber bevor er sie anfassen kann, wende ich mich ab.

Noch einen Schluck, denn drehe ich mich lächelnd zu ihm um, ich gehe einen Schritt auf ihn zu, und dann stehen wir da, Brust an Brust. Ich lange hinter ihn und stelle die zweite Flasche aufs Dach. Dazu muss ich näher an ihn heran, also stelle ich mich wieder breitbeinig hin, und diesmal ist es sein Schenkel, den ich zwischen meine Beine nehme. Ich halte ihn gefangen. Ich bringe meine Flasche an seinen Mund und lasse den Plastikrand über seine Lippen gleiten.

»Nicht so gierig«, sage ich und ziehe die Flasche ein wenig zurück. »Du musst sie dir verdienen.«

Er sieht mich an und schüttelt den Kopf, aber seine Wangen sind gerötet, und das liegt nicht nur an der Hitze. Dann erlebe ich, wie klug mein guter Junge Nate ist.

Seine Zunge gleitet über den Flaschenhals. Er nimmt den Verschluss zwischen die Zähne, dann dreht er ihn weiter mit der Zunge, bis die Flasche geöffnet ist. Sein Mund schmiegt sich um den Flaschenhals, den ich eben auch im Mund hatte. Als er die Augen schließt, fühle ich die Vibrationen seines Stöhnens, das tief aus seinem Innern kommt, durch die Flasche und in meiner Hand. Und von dort auf meiner ganzen Haut.

Ich starre verdutzt auf die Bewegungen seiner Zunge und der Lippen, und ich spüre, wie das Verlangen nach mir greift. Mein Puls pocht in Harmonie mit seinem Schlucken.

Immer noch bin ich ganz gebannt, hilflos wie eine verzauberte Schlange, als er den Mund von der Flasche nimmt und sich mir zuwendet. Und dann stellt er mit meinem Mund an, was er gerade mit der Flasche geübt hat. Aber ich stelle fest, dass man mit einem heißen, willigen Mund viel mehr anstellen kann als mit einer Plastikflasche. Ich lerne schnell.

Sei vorsichtig, wenn du eine Schlange verzauberst. Wenn der Bann verflogen ist, kann sie tausendmal gefährlicher sein.

Als wir den Kuss beenden, bin ich überrascht, dass wir nicht soviel statische Elektrizität geschaffen haben, um die Zapfsäule in Flammen aufgehen zu lassen. Seine Lippen sind nun geschwollen, und ich weiß, dass er mit seinem Truck nichts zu kompensieren brauchte.

Irgendwie habe ich es geschafft, die Flasche in der Hand zu halten. Das bemerke ich erst, als seine Hand sich um meine schließt und die Flasche hebt. Meine Finger gleiten über seine. Soll er doch die Flasche nehmen. Ich habe bessere Dinge mit meinen Händen zu tun, während er beschäftigt ist.

Es gibt da eine bestimmte Phantasie, der ich schon sehr, sehr lange nachhänge.

Ich schnalle seinen Gürtel auf und öffne dann die Knöpfe seiner gebügelten Khakis. Lächelnd streiche ich mit beiden Händen über seine Schenkel, während ich vor ihm auf die Knie gehe.

»Oh Hölle«, sagte er und stößt ein Lachen aus.

»Oh Hölle, ja.«

Er hat die Straßenkarte noch in der Hand. Ich schnappe danach und schiebe sie unter meine Knie, damit ich den harten Asphalt unter mir nicht spüre. Ideal ist das auch noch nicht, aber nachdem ich die Khakis und die Boxershorts nach unten gezogen habe, bin ich abgelenkt. Ich glaube, ich habe noch nie einen Mann erlebt, der es so entspannt hinnimmt, dass Hose und Unterhose auf seinen Füßen liegen. Er nuckelt an der Flasche und lächelt.

»Nun sage bloß nicht, dass du schüchtern bist.«

»Ich und schüchtern«, schnaufe ich.

Meine Stimme wird weicher, als meine Finger seinen Schaft umkreisen. »Nicht schüchtern, sondern beeindruckt«, sage ich. »Aber ...« Ich lasse die Zunge über die Unterseite spielen bis hinauf zur Spitze. Er hält den Atem an.

»Ich werde schon damit fertig«, quetsche ich heraus.

Wie eine Spirale lasse ich meine Zunge um seinen Schaft kreisen, ich umschließe ihn fest mit meinem Mund, und ich fühle, wie sich seine Haltung ändert, wie sich sein Körper versteift. Ich beuge mich zurück und blicke zu ihm hoch. Als ich die nackte Lust in seinem Gesicht sehe, hüpft mein Herz. Ich liebe es, diesen Schwanz zu betrachten, weil ich weiß, dass er mir gehört. Ich beiße in den Muskel seines Innenschenkels, langsam, dann immer fester, bis er laut aufstöhnt – ein kehliges, bettelndes Beiß-mich-härter-Stöhnen.

»... Cowboy.«

Ich liebe es, wie er schmeckt, wie er riecht, wie er sich in meinem Gaumen anfühlt. Nichts ist so sexy, wie einen geilen

Mann zu saugen, den man liebt. Und der Gedanke, dass man das eigentlich nicht tun soll und dass Grandma ohnmächtig würde, wenn sie es sehen könnte, macht es zum heißesten sexuellen Akt überhaupt.

Und das hier auf meinen Knien vor der Zapfsäule, wo ich die Straße im Blick habe und mich jeder sehen könnte. Mit dem Geruch des Straßenstaubs und des Benzins und des Motorenöls in der Nase und dem heißen Metall des Autos unter meinen Händen. Nate, mein zurückhaltender, freundlicher Möchtegerncowboy, stöhnt meinen Namen und stößt in meinen Mund, als wäre dies das Geilste, was er je erlebte.

Ich bin hin und her gerissen zwischen meinem spontanen Gedanken, ihn bis zum Ende zu saugen, und dem glitschigen, schmerzenden Gefühl zwischen meinen Beinen. Er trifft die Entscheidung für mich: Seine Finger krallen sich in meine Haare. Er stößt mich zurück. Ich lecke meine Lippen und starre hungrig zu ihm hoch, wenig erfreut darüber, dass mir der Lustbringer entzogen wurde.

»Steh auf.«

Ich stelle mich hin, und er tritt hinter mich, und ich bin die Sandwichfüllung zwischen ihm und dem Auto. Er hebt meine Arme und öffnet die restlichen Knöpfe meines Hemds. Sein Atem ist so heiß, als ob er mich damit branden will, aber seine Hände lassen sich Zeit, sie sind selbstsicher und sinnlich.

Er hakt meinen BH auf. Ich halte den Atem an. Er schiebt BH und Hemd von meinen Schultern. Ich atme endlich aus und schnappe nach Luft, während seine Handflächen über meine nackte Haut reiben. Als seine Knöchel meine Nippel streicheln, wird mir ganz schwindlig.

Seine Hände stehen nicht still. Jetzt finden sie einen Weg hinunter zu meinem Rock, der heute schon viel gelitten hat. Er hebt ihn noch weiter an und zerknüllt ihn in der Taille. Meine Brüste berühren das heiße Chrom, und ich keuche und krümme den Rücken und reibe meinen nackten Po gegen seinen zuckenden Schaft.

Er verharrt eine Weile still, und ich schaue über die Schulter und sehe in sein ernstes Gesicht.

»Bist du okay?«

Ich kann nicht antworten, ich nicke nur und flehe ihn mit den Augen an, nicht aufzuhören.

Impulsiv küsst er mich wieder, weicher als vorher, sogar so weich, dass man glauben könnte, dass wir Liebe machen und dies nicht ein spontanes Vögeln ist. Er schlingt seine Arme um mich und zieht mich wieder an sich, damit er mich nach Herzenslust küssen kann. Er küsst mich wie eine Geliebte und fingert mich wie eine Hure.

Aber als die ersten süßen Lustbläschen von meiner Klitoris aufsteigen und durch alle Muskeln von den Hüften bis in die Zehen fließen, da muss ich meinen Mund lösen, weil ich Luft holen muss. Meiner Lippen beraubt wendet er sich meinem Nacken und der Schulter zu. Seine Zähne nagen an meiner nackten Haut, und jeder Biss ist eine unglaublich feine, liebevolle Folter.

Aber es genügt mir nicht. Ich liebe große Trucks und die bösen Buben, die sie fahren. Schnell und hart. Ich will ihn ganz haben, auf jede erdenkliche Weise.

Ich lange hinter mich und achte darauf, mein Gleichgewicht nicht zu verlieren, weil mein Hemd um meinen Ellenbogen gewickelt ist. Aber ich finde ihn trotzdem. Ich greife an seinen Schaft und ziehe an der Eichel.

Er zögert einen Moment lang, aber dann überlässt er sich meiner Führung. Ich weiß, warum wir hier sind, tausend Meilen von unserer Welt entfernt. Er vertraut mir.

So bereit ich auch für ihn bin, er will mich noch ein wenig vorbereiten, und seine Finger treiben mich jetzt schon dem Orgasmus entgegen. Nein, nein, er braucht nichts zu kompensieren.

Er füllt mich ganz aus, als er langsam von hinten in mich eindringt, und dann packt er mich an den Hüften, während er es mir köstlich besorgt.

Er seufzt meinen Namen, er schreit ihn, und er stößt immer härter zu. Ich komme schon wieder, obwohl mein Verstand mir sagt, dass es Irrsinn ist, und ich sollte längst den höchsten Grad der Sättigung erreicht haben.

Der Verstand teilt mir auch mit, dass ich morgen wund sein werde, aber in solchen Momenten lausche ich nicht meinem Verstand.

Nach einem letzten Stoß verharrt er fast bewegungslos in mir, und ich fühle sein Herz gegen mein Schulterblatt hämmern, während er fast eine Minute lang in mir zuckt.

Wieder kann ich das Heulen des Windes und der Wüste hören und über uns das monotone Dröhnen eines Propellerflugzeugs und dann sogar das stete Summen des Kühlschranks im Ladenraum der Tankstelle.

Ich höre das Geräusch seines Atems, da sein Kopf neben meinem ruht. Als sich der Atem allmählich besänftigt hat, stützt er sich mit den Armen am Auto ab, und ich richte mich auch langsam auf.

Ein Gefühl der Prüderie veranlasst mich, mein Hemd wieder auf meine Schultern zu ziehen. Ich ziehe sogar den BH wieder an und hake ihn zu. Nur auf das Zuknöpfen des Hemds verzichte ich, und meine Strümpfe kann ich sowieso vergessen.

Ich glaube, ich werde mein Hemd nachher gegen ein T-Shirt mit langen Ärmeln aus meiner Tasche tauschen, denn in meinem jetzigen Zustand braucht man mich nur anzusehen, um zu wissen, was ich gemacht habe.

Oh nein, ich werde mein Hemd anbehalten. Mir gefällt die Vorstellung, dass ich mit Nate Marble in eine Hotelhalle schreite, und jeder, der uns ansieht, wird genau wissen, was wir getrieben haben.

Dieser Gedanke bringt ein Grinsen auf mein Gesicht, und Nate blickt hoch, während er den Gürtel zuzieht und grinst zurück. Feuchte Haarsträhnen fallen ihm in die Stirn. Die Stärke seines Hemds hat längst den Geist aufgegeben, und seine Wangen glühen rot. Er ist eine Schönheit.

»Erinnere mich daran, dass ich mich mit dir nicht mehr verfahre«, sagt er.

»Oh?«

»Ja. Ich glaube, du könntest mich so lange ablenken, dass ich den Rückweg überhaupt nicht mehr finden will.«

Ich lache und verdrehe die Augen. »Keine Bange, Cowboy. Ich zieh dir eins über die Rübe und zerre dich an den Haaren zurück, wo du hingehörst.«

»Das traue ich dir zu.«

Schließlich dreht er mir den Rücken zu und zieht den geduldigen Zapfhahn aus dem Tankstutzen. Er hängt ihn zurück auf den Haken.

Die Pumpe piepst ein oder zwei Sekunden lang, dann spuckt die Säule die Quittung aus. Ich knöpfe die Hälfte meiner Hemdknöpfe zu, sammle die leeren Flaschen vom Autodach ein und entsorge sie im Mülleimer neben der Zapfsäule. Dann ziehe ich nacheinander beide zerrissenen Strümpfe aus und entsorge sie ebenfalls.

»Bist du bereit?«, fragt er.

Ich nicke. »Aber Nate …?«

Er geht um das Auto herum, öffnet die Beifahrertür für mich und hebt seine Brauen. Ein Schatten von Unbehagen legt sich über sein Gesicht, wie bei einem kleinen Jungen, der sich auf eine Enttäuschung eingestellt hat und sein Bestes versucht, es nicht zu zeigen.

Ich lächle.

»Versprichst du mir, mich mal in deinem neuen Truck mitzunehmen?«

Der Schatten verschwindet. Er lächelt, und ich kann mir nicht helfen, aber bei mir juckt es schon wieder. Mein Herz flattert in lauter Vorfreude.

»Du kannst auf dem Bock reiten, so oft du willst, meine Schöne«, sagt er.

»Gut.« Ich berühre seinen Mund mit meinen Lippen ganz leicht, als ich ins Auto steige, und ich höre, wie er jappend die Luft anhält.

»Und ich verspreche auch, dass ich dich nicht oft in die Irre führe«, sage ich, als er sich hinter das Lenkrad setzt und die Tür schließt.

Er lacht und lässt den Motor an.

CC und ihre Maschine

A Colorado Woman

Sieben Meilen südlich vom Colorado River stieg sexgeschwängertes Stöhnen himmelwärts. Gierige Körper trafen mit der Wucht von Blitz und Donner aufeinander. Menschen, die sich nicht kannten, wollten an diesem Tag nicht auf die Liebe neben dem Wasserfall verzichten.

Christmas Candy Rider zog es vor, nur ihre Initialen zu benutzen statt ihren Namen, den sich ihre Eltern, die der Hippie-Zeit nachtrauerten, am Morgen ihrer Geburt ausgedacht hatten. CC liebte ihre Eltern, sie konnte sich nur nicht mit deren Lebensstil anfreunden und atmete erleichtert auf, als sie dem rustikalen Skidorf in den Rocky Mountains den Rücken kehrte, um das College in der Stadt zu besuchen.

Am ersten Morgen ihrer Frühlingssemesterferien packte sie ihre Satteltaschen und zog sich butterweiche Lederkluft an. Die Universität in Los Angeles hatte ihre Bewerbung für ein Theaterstudium grundsätzlich akzeptiert, aber in vier Tagen wurde sie zu einem Vorstellungsgespräch und zum Vortanzen erwartet. Die Fahrt nach Los Angeles markierte einen wichtigen Einschnitt in ihrem Leben: Vom selbst einstudierten Stepptanz, den sie zu Hause unermüdlich übte, bis zum Vortanzen, das über ihre Zukunft entscheiden könnte.

Sie wusste, dass sie sich mit Kostümen und Musik auskannte. Ihr Laptop war sicher aufgehoben in gefütterten, wasserdichten Taschen, die sie in ihrer gefütterten Satteltasche verstaut hatte. Sie schlängelte sich in die Lederjacke, die sich eng an ihren Körper schmiegte. In den verschiedenen Taschen bewahrte sie ihr Handy, Zigaretten und ein Zippo-Gasfeuerzeug auf. Eine Silberkette verband ihre Schlangenhautbörse mit einem Gürtel, der ihre nicht weniger enge Lederhose hielt, die eine Handbreit unter ihrem Nabel begann und die steinharten Bauchmuskeln nur zur Hälfte verdeckte.

Voller Erwartungen und in euphorischer Stimmung stand sie in der Zufahrt ihres Wohnblocks, in dem sie sich mit zwei anderen Studenten eine Wohnung teilte. Sie trugen lange Pullover und hatten noch den Schlaf in den Augen, als sie sich von CC verabschiedeten und ihr Glück wünschten.

Sie nahm die 350er Honda ein letztes Mal in Augenschein, bevor sie den Oberkörper beugte und ihre hüftlangen, blonden Haare zusammenband und den Silberhelm mit dem schwarzen Visier aufsetzte.

»Ich verstehe immer noch nicht«, sagte ihre Zimmergenossin, »warum du nicht mit deinem Auto fährst. Mit einem Motorrad nach Kalifornien zu fahren ist sooo gefährlich.«

Sie ignorierte die jüngste und ignoranteste Zimmergenossin, die es auf der ganzen Welt geben konnte, und verabschiedete sich mit einer Umarmung von ihren Mitbewohnerinnen.

»In einer Woche sehen wir uns wieder«, sagte CC. »Tut nichts, was ich nicht auch tun würde.« Sie winkte ihnen zu, band den Kinnriemen zu und zog die Handschuhe glatt, die ihr wie eine zweite Haut passten.

»Hals- und Beinbruch«, sagte die andere, die auch ihre beste Freundin war. »Dein Tanz wird ankommen, das garantiere ich dir.« Sie gab ihr einen Klaps auf den Po. »Bring diesen köstlichen Arsch in einem Stück wieder nach Haus.«

Sie sah aus wie eine Heldin aus einem Actionfilm, die am

Computer simuliert worden war, als sie sich auf den linken Fuß stützte, der in einem schwarzen Stiefel mit Stahlkappe steckte, während sie das rechte Bein über den Hinterreifen schwang. Sie holte die Maschine vom Ständer und kuschelte ihren »köstlichen Arsch« auf den Ledersitz.

Jetzt kamen die Momente, die CC so sehr liebte. Sie drehte den Schlüssel, und postwendend dröhnte der Motor ins Leben. Er schnurrte wie ein Kätzchen und versprach, wie ein Löwe zu röhren, wenn es nötig wurde. Süß. Ihre blassrosa Lippen weiteten sich zu einem Lächeln. »Du und ich, Baby«, gurrte sie. »Mal sehen, was wir draufhaben.«

CCs Dad hatte ihre Neigung zu Geschwindigkeiten gefördert und sie zum Training auf Querfeldeinkurse mitgenommen. Sie hatte Quads und Snowmobiles gefahren. Die Höhenlage und Temperaturen unter Null züchteten Langeweile, und so verbrachte sie viele Stunden in ihrer geheizten Garage. Während ihrer Zeit auf der Highschool hatten sie die Honda repariert – ihre erste und einzig wahre Liebe.

Ein Teil ihrer Seele, ihres Charakters und ihrer Natur verfinsterte sich, wenn das Wetter sie zwang, mit dem Toyota-Kombi zu fahren.

An diesem Morgen fuhr sie an den Ausläufern der Hügelkette vorbei und traf westlich der Stadt auf die Interstate. Die Augen nach vorn gerichtet und ein Lied im Kopf, genoss sie die Freiheit der freien Strecke. Sie gab Gas und fädelte sich problemlos in den fließenden Verkehr ein.

Ah, seufzte sie zufrieden, ein Highway mit Mittelstreifen, ohne Ampeln und Gegenverkehr, und kein noch so idiotischer Bastard konnte plötzlich und ohne Zeichen zu geben nach links abbiegen.

Sie lag fast über dem Tank, um den Windwiderstand zu

verringern, ging schnittig in die Kurven und begann den Anstieg zum Vail Pass. Geschwindigkeit trieb ihre Gedanken an. Die Hitze zwischen den Beinen nährte ihre Libido. Wie damals nach dem Konzert zum Green Day, als sie ihre Liebe aus der Parklücke gelenkt hatte. An der Ausfahrt blieb der ultracoole Typ neben ihr stehen, den sie schon zu Beginn des Abends getroffen hatte – auf einer Softail.

Die Ampel sprang auf Grün. Zwei Fahrer verbrannten Gummi und rasten in das Einbahnstraßenlabyrinth der Downtown. Eine Hundertstelsekunde vor dem Umspringen der nächsten Ampel hob CC das Vorderrad der Honda hoch, mindestens dreißig Zentimeter. Als es wieder die Straße berührte, scherte sie nach links aus und bog unter ein Viadukt. Der Softailtyp wiederholte ihren Trick, gab Gas und setzte sich vor sie.

Das Katz-und-Maus-Spiel endete vor einem Club, dessen Eingang von einer ganzen Reihe von Bikes flankiert wurde, eine unverhohlene Zurschaustellung der rasenden Machos. Eine berauschende Rhythm-and-Blues-Band und eine überfüllte Tanzfläche verschlangen die Biker. Sie tanzten langsam, und sie tanzten *dirty.*

Morgentau bedeckte die beiden Maschinen, die in der Zufahrt zu dem Wohnblock standen. Ihr Höschen und seine Jockeys lagen irgendwo zwischen den Falten des Lakens. Sie grätschte über ihn, und er drang voller Lust in ihre gierige Pussy ein. Ihre Teile passten wie angegossen. Ihr Schweiß vermischte sich, und der Kolben arbeitete präzise in aufgebohrten Zylindern.

Sie taten es noch einmal, tranken Kaffee, mit Brandy veredelt, und taten es gleich noch einmal. Nachdem sie sich verabschiedet hatten, sahen sie sich nie wieder. Es war nichts Persönliches – so etwas widerfuhr ihr eben, wenn die Hitze der Maschine ihre Lenden in Flammen setzte. Brennende Begierde muss befriedigt werden, und eine sichere Anonymität hat die besten Voraussetzungen.

Nach zweihundertfünfzig Meilen wurden die steilen, granitenen Canyons mit Pinien und knospenden Espen von weißen Klippen aus Kalkstein abgelöst, die den Colorado River begrenzten. CC schaltete zurück und verließ den Highway. Auf einem Parkplatz des State Park am Fluss zündete sie sich eine Zigarette an und wünschte, es wäre ein Joint. Sie ging ihre gespeicherten Telefonnummern durch.

Direkt hinter der nächsten Biegung des Flusses lag eine kleine Stadt, viel zu klein für ihren Geschmack, aber sie hatte versprochen, ihre Cousine zu besuchen.

»Katrina«, sagte sie, »wie sieht es aus?«

»Ich koche gerade Tofu-Reisbällchen mit Tamari-Sauce«, sagte die aufgedrehte Stimme, eine Kopie ihrer Zwillingsmütter. »Wann wirst du hier sein? Die Kinder warten auf dich, und ich habe das Gästezimmer extra für dich zurechtgemacht.«

Blauer Zigarettenrauch kräuselte sich in die Luft, und CC inhalierte tief. »Danke für die Einladung«, sagte sie, »aber ich habe schon im Motor Inn gebucht. Wie wäre es, wenn wir uns später treffen?«

In einem Vorortshaus zu übernachten – mit zwei Kindern, zwei Hunden und einer Küche voll mit Gesundheitsprodukten –, allein der Gedanke daran machte sie schon nervös. CC bevorzugte *fast food,* am liebsten aus der Mikrowelle. Tofu und Reis legten sich auf ihr Gemüt. Starbucks, Doughnuts und ein Joint brachten ihr Energie. So war's eben.

»Was für ein Zufall«, rief Katrina. »Benny und ich gehen nach dem Essen auch ins Motor Inn. Er gibt eine Bon-Voyage Party für seinen Freund, der sich entschlossen hat, zum Militär zu gehen. Du wirst ihn mögen.«

Das bezweifle ich, dachte CC. Eine Partynacht passte nicht zu ihrer Absicht, Las Vegas zu erreichen – das war ein langes Teilstück ihrer Reise. »Ruf mein Handy an und hinterlasse bitte die Uhrzeit für eure Party«, sagte sie. »Ich muss Schluss machen, ich glaube, die Batterie ist gleich leer.«

Die Batterie war längst noch nicht leer, aber sie wusste nicht, worüber sie sich mit einer vorbildlichen Hausfrau unterhalten sollte – von ihrem Mann ganz zu schweigen, denn seine Vorstellung eines schönen Abends war, sich Wiederholungen von *Seinfeld* anzusehen. CC fehlte die Phantasie, um sich auszumalen, wie die beiden zueinander gefunden hatten.

In einer Nische der Bar im Motor Inn saß ein wild aussehender Mann mit kräftigem Bartwuchs. Das Motel war stolz auf seine Sportbar mit getönten Scheiben in den Fenstern, die zur Straße gingen. Die Nachmittagskellnerin, die in der Highschool einmal hübsch gewesen sein musste, ließ ihre von Mascara überladenden Wimpern klimpern.

»Hallo, schöner Mann«, trillerte sie und legte eine Hand auf ihre Hüfte. »Was kann ich Ihnen Gutes tun?«

»Bring mir noch einen Scotch und ein Coors vom Fass«, sagte er unter dem Rand seiner Baseballkappe. Seine Pupillen waren tiefschwarz, die Iris schimmerten violett, als er bewundernd auf eine Honda schaute, die direkt unter dem Baldachin des Eingangs anhielt.

Die restaurierte Maschine war schlank und schnell und passte zu jemandem, der dem Tod täglich trotzte. Nett, dachte er, aber die Absätze der Stiefel sind bei dem Kerl viel zu hoch, damit fährt es sich nicht gut.

Die zierliche Gestalt stieg ab, löste den Kinnriemen und zog den Helm vom Kopf. Etwa eine Tonne blonder Locken ergoss sich über ihre Schultern. Der Mann mit einem Bier in der

Hand starrte ungläubig, als sie in die Halle schritt. Mit der Zimmerkarte zwischen den Zähnen kam sie wieder heraus, startete ihr Motorrad und verschwand um die Ecke zu einem der Zimmer.

Das Motor Inn hatte ein Schwimmbad und ein Becken mit heißem Wasser. Verspannte und verkrampfte Muskeln brauchten beides, und CCs Haut schrie nach einer Bräune, die nicht aufgesprüht und nicht in einer engen Kabine gebacken wurde – richtige Bräune unter richtiger Sonne. Sie musste positiv denken. Gewinnerdenken. Vorstellungsgespräche, Vortanzen und Vorsprechen verlangten alles von dir.

Ihr Raucherzimmer im Erdgeschoss lag nach Westen. Sie brachte ihre Sachen hinein und baute sich gleich eine kleine Messingpfeife. Sie setzte den Stoff in Brand und schaltete MTV ein. Sie drehte sich zu den Klängen von Joss Stones *Dirty Man,* trat die schwarzen Stiefel von den Füßen und schlängelte sich aus dem Leder.

Eine dicke Staubschicht hatte sich auf die Klamotten gelegt, und von innen waren sie verschwitzt. Als Wäsche trug sie Hemdchen und Jungenshorts aus Baumwolle.

Eine schnelle Dusche wuschen Schmutz und Schweiß von Körper und Haaren. Sie hängte die Wäsche auf die Handtuchhalter und zog sich einen mandarinenfarbenen Bikini an. Sie schlang sich ein Badetuch um die Hüften und schlenderte hinaus zum Innenhof, der herrlich verlassen dalag. Sie legte ihre Sonnenbrille, Lesestoff und Badetuch auf einen Tisch.

Lachsfarbene Zehen griffen ums Sprungbrett und testeten die Federung. Zufrieden und selbstbewusst sprang die Frau mit dem Körper einer Tänzerin ins Becken. Ein paar Runden im Wasser, dann kletterte sie die Leiter hoch und schritt über die geflieste Terrasse.

Erfrischt streckte sie sich auf einem Liegestuhl aus und lud sich einen Text auf dem Laptop herunter. *Führer für Bewerbungsgespräche*, ein Ratgeber ihrer Uni. Hinter geschlossenen Lidern überlegte sie sich intelligente Antworten auf die Fragen, die jeweils nach einem Einführungstext gestellt wurden.

Eine Stimme unterbrach sie. »Kann ich dir einen Cocktail spendieren?«

Ihre Sonnenbrille rutschte die Nase hinunter. Sie blickte auf. »He?«, murmelte sie und schob die Brille wieder hoch.

Eine massive Gestalt blockierte die Sonne, störte ihre Konzentration und nervte sie.

»Irgendwas Kaltes zum Trinken?«, fragte er.

Vor sich sah sie weite Surfershorts. CC war dem Erfinder dunkler Brillengläser dankbar. Sie hob den Blick und musste ein Lachen unterdrücken, als sie das lächerliche Tropenhemd mit den breiten Revers sah.

Ein freundliches Lächeln zeigte seine weißen Zähne. Trotz der Kappe, die er auf dem Kopf trug, fiel ihr auf, dass er einen Haarschnitt benötigte, und eine Rasur könnte auch nicht schaden.

»Nein, danke«, sagte sie und begann wieder zu lesen.

Auch er versteckte sich hinter dunklen Gläsern. »Nun hab' dich doch nicht so«, sagte er und ließ seine Masse auf einen Plastikstuhl fallen. Sie hörte, wie er zum Telefon am Pool griff und eine Bestellung aufgab. »Zwei Margaritas und eine Tüte Kartoffelchips.«

»Im Ernst, Mann«, sagte sie, »ich habe kein Interesse.«

Er streckte die Beine aus. »Das ist ein heißer Ofen, den du da fährst«, sagte er, grinste bewundernd und ließ seine Knöchel knacken.

Bevor CC Zeit hatte, sich gegen den aufdringlichen Kerl zu wappnen, brachte eine Kellnerin in einer zu engen Hose, die an den falschen Stellen kniff, die geeisten Drinks mit Strohhalmen. Er warf einen Zwanzig-Dollar-Schein auf das Tablett. »Der Rest ist für dich.« Sie blickte finster, warf die zerfransten Haare über die Schulter und zickte davon.

Die Augen hinter den Sonnenbrillen trafen sich. CC nippte am Limonen-und-Tequila-Getränk. »Ist es so schwierig, eine Frau zu verstehen, die sowohl Kraft wie auch Kontrolle hat?«, fragte sie herausfordernd.

Robustes Lachen zerriss die Nachmittagsstille. »Als ich dich in deinen hohen Stiefeln vorfahren sah, habe ich dich wirklich für einen schwulen Kerl gehalten.«

»Ich fahre diese Maschine in Klamotten, die dir niemals passen würden – und nun verschwinde.«

»Keine Ursache für Frechheiten«, sagte er. »Aber ich verstehe. Viel Spaß mit dem Drink und den Chips.«

»Danke«, und dann fügte sie leise hinzu: »Gut, dass ich dich los bin.« Im nächsten Moment griff sie in die Tüte hinein, während sie den Kerl zur Bar gehen sah.

Pferdeschwanz, Cargohose, T-Shirt und Flip-Flops schienen ihr die angebrachte Bekleidung für einen Abend ohne konkrete Pläne zu sein. Sie hörte eine blecherne Version des Songs aus *Cats*. CC klappte ihr Handy auf.

»Wir sind hier!«, zwitscherte die perfekte, pünktliche Katrina. »Komm zu uns.«

Sie schlenderte über die Flure mit zahllosen Türen. In der Lounge musste sie sich erst an die trübe Beleuchtung gewöhnen, aber dann hörte sie auch schon eine vertraute Stimme ihren Namen rufen.

»Hier sind wir«, rief Benny.

Die meisten Partygäste hatten offenbar schon früh zu trinken begonnen. Die perfekte Katrina rutschte und machte Platz für sie in der Nische.

»Oh, du sieht ja so phantastisch aus!«, rief sie. »Wie schaffst du das immer wieder?«

»He, Mann, ich möchte dir Katrinas Cousine vorstellen«, sagte Benny und schlug einem Mann auf die Schulter, der mit der Kellnerin flirtete, deren Tanktop hängende Brüste enthüllte. »CC, das ist Roger.«

Oh verdammt, dachte sie, der Kerl vom Pool, der sie im Geiste nackt ausgezogen hatte, und neben ihm die Schlampe, die uns die Margaritas serviert hatte. Kein Wunder, dass sie sauer gewesen war.

Der Mann drehte sich in CCs Richtung. Violette Augen unter schwarzen Wimpern begegneten ihren smaragdgrünen, in denen in Neonschrift die Botschaft »Kein Interesse« stand. Er musterte sie von oben bis unten.

»Komischer Name für eine Puppe, die dreihundertfünfzig Kubikzentimeter Kraft beherrscht«, sagte er.

CC spürte, wie der Zorn in ihr aufstieg. Sie stellte sich auf die Zehenspitzen und war ihm so nahe, dass sein Atem sie kitzelte. »Dein Schwanz soll dir abfallen«, zischte sie.

Katrina zog sie an einer Tasche ihrer Cargohose zurück auf ihren Sitz. »Nimm ihn nicht ernst. Er ist Bennys Freund, und er ist betrunken.«

»Er ist ein Wichser.« CC hielt die Festivitäten durch, indem sie Charakterstudien betrieb. Sie flehte die Götter an, ihr niemals eine Rolle als brave, fleißige Hausfrau zu geben. Und sie dankte ihnen auch, dass sie nie die Rolle eines mit Testosteron gefüllten Militärs spielen musste.

Roger schwankte und ging auf das Flirten der Kellnerin ein. CC verabschiedete sich vorzeitig.

»Liebling, versprich mir, dass du vorsichtig mit deinem Motorrad fährst«, sagte die perfekte Katrina und nippte an ihrem Cranberry-Saft. »Im Gegensatz zum landläufigen Glauben bist auch du nicht unverletzlich.«

»Ja, Mutter.«

Die perfekte Katrina zeigte ein ernstes Gesicht. »Die Wahrheit wird man ja noch sagen dürfen.« Sie langte unter den Tisch. »Oh, das hätte ich beinahe vergessen. Hier. Ich habe dir ein Sandwich für deine Reise mitgebracht. Vegetarisch und voller Proteine.«

Es regnete, und die Baumwollwäsche wurde nicht trocken. Oh verdammt, dachte CC. Sie zog den Bikini an und verstaute die klamme Wäsche in einer Satteltasche. Denk positiv, erinnerte sie sich wieder, während sie die Haare bürstete und sich anschließend die Klamotten für die Weiterfahrt anzog.

Es nieselte auch noch, als sie an der Kasse stand und für die Übernachtung zahlte. »Scheiße«, murmelte sie, als sie ihr Bike zur Tankstelle brachte, die dem Motel direkt gegenüber lag. Ein schwarzer Silverado-King-Cab-Truck stand an der ersten Zapfsäule.

Der Kerl trug immer noch die weiten Surfershorts, hatte sich aber ein Hemd mit Kapuze abgezogen, und im Mundwinkel hing eine kalte Zigarre. Roger grinste sie unverschämt an.

»Scheiße«, sagte sie laut genug, dass er es hören konnte.

»Morgen«, sagte er. »Keine gute Idee, bei Regen zu fahren. Aquaplaning ist verdammt gefährlich.«

»Vorüberziehende Wolken«, sagte sie. »Ich brauche keine vier Tonnen Stahl um mich herum, um mich sicher zu fühlen.«

»Ich lade dich zu einem Kaffee ein«, sagte er und schlenderte hinüber in den Laden, der dem Kassenhäuschen angeschlossen war.

CC lenkte die Honda unter die Markise und schwang ein Bein über die Maschine. Sie balancierte auf dem vier Zentimeter hohen Absatz ihrer schwarzen Stiefel. Ihre geflochtenen Haare hingen über dem Rücken, und dünne Strähnen umrankten ihr Gesicht. Sie sah wie ein Engel aus.

Roger balancierte mit zwei Plastiktassen und Schokoplätzchen durch den Laden, bis er einen Fensterplatz gefunden hatte und winkte ihr zu, als sie zur Tür hereinkam. An der Wand hing ein Fernsehgerät mit dem Wetterkanal. Trübe Aussichten.

»Was hältst du davon, wenn ich dein Bike auf meinen Truck lade und dich bis zum Highway fahre?«

»Und wie willst du ein Bike auf deine Ladefläche bringen?«, fragte sie und verzog das Gesicht über soviel Ignoranz.

»Ich habe extra eine Rampe für solche Fälle dabei«, sagte er. »Ich fahre selbst eine Harley.«

»Wenn du nicht gerade Barmädchen anmachst oder Soldat spielst?«, fragte sie spitz und gab sechs Zuckerwürfel und ebenso viele Amarettosahnebecher in ihre Tasse. »Oder bist du so gut, dass du beides gleichzeitig durchziehen kannst?«

»Du lässt nicht locker, was?«, fragte er und gab ebenfalls sechs Zuckerwürfel in seine Tasse. Er wies mit dem Kopf zum Fernseher. »Besser wird es nicht.«

CC trank den veredelten Kaffee in großen Schlucken und steckte ein paar Plätzchen ein. »Danke fürs Frühstück. Die Straße ruft.« Sie schob die Honda zur Zapfsäule und füllte den Tank. Wassergüsse stürzten vom Rand der Markise herunter und bildeten direkt vorm Eingang einen schlammigen Tümpel.

Roger hielt den King Cab neben ihr an, drehte das Fenster hinunter und winkte. »Bitte«, sagte er.

Ein höfliches Wort, dachte sie. Bisher hatte sie geglaubt, dass es im Vokabular dieses Kerls nicht vorhanden war. »Also gut«, sagte sie, »bis der Regen aufhört.«

Ein Bike auf die Ladefläche eines Trucks zu hieven erfordert Muskeln und Teamarbeit. Aber Roger war geschickt, und man sah, dass er diesen Job nicht das erste Mal schaffte. CC überprüfte die gespannten Seile, die ihre Maschine hielten, dann nahm sie die Satteltaschen ab und legte sie hinter ihren Sitz im Führerhaus des Trucks. Sie war tropfnass, als sie endlich auf den Beifahrersitz kletterte.

Die Wischer arbeiteten auf Hochtouren, als Roger den Truck drehte und zurück auf die Straße fuhr, die zur Interstate führte. Er versuchte, den meisten Schlaglöchern auszuweichen und war froh, als er die Auffahrt erreichte. Es gab so gut wie keinen Verkehr auf der Interstate, und der lokale Radiosender strahlte Country-Music aus.

»Hast du ein paar anständige CDs?«, rief sie ihm zu. Er reichte ihr eine Box, und sie ging die einzelnen Titel durch und nickte. »Anständig. Ich bin beeindruckt.«

Meile reihte sich an Meile, und CC starrte aus dem Fenster. Es blitzte, dann grollte der Donner, und Regen klatschte auf die ewig dürstende Wüste. Ihre Laune verschlechterte sich. Sie hatte sich auf eine lange Fahrt mit der Honda gefreut. Sie sehnte sich nach dem Kick der pochenden Maschine zwischen den Beinen und nach dem Rausch der Geschwindigkeit.

In ihrer Langeweile summte sie die Musik mit. Die Wischer schlugen ihren eigenen Takt. Sie erreichten die Stelle, an der die Interstate einen Highway kreuzt. »Hast du was dagegen, wenn ich die südliche Route nehme?«, fragte Roger. »Da haben wir die Chance, dem Gewittersturm auszuweichen.«

CC hob die Schultern.

Seine Strategie war genau richtig. Eine Stunde später tauchte der zweispurige Highway aus der Wolkendecke auf. Das Sonnenlicht blendete sie beinahe. Man hatte eine meilenweite Sicht; rote Erde, gesprenkelt mit Kakteen und Beifuß in allen Richtungen.

»Rede mit mir«, sagte er.

»Halt an«, sagte sie. »Ich will mein Bike herunterholen.«

Er verlangsamte die Fahrt und fuhr dann auf den Seitenstreifen. »Waffenstillstand?«, fragte er. Seine Finger strichen über ihren Helm. »Wenn du es zeitlich ermöglichen kannst«, fuhr er in einer seltsam freundlichen, angenehmen Stimme fort, »gibt es da eine Stelle, die ich dir gern zeigen würde.«

»Wie groß ist der Umweg?«

»Eine Stunde, vielleicht auch weniger.«

Sie nickte. Mit seinem Allradantrieb schaffte er einen Weg, der als solcher nicht erkennbar war. Nach ein paar Meilen lenkte er den Truck an den Rand einer gewaltigen, weißen Kalksteinklippe. Tief unten im Tal schoss das Wasser aus den Arroyos in den tobenden Fluss.

»Das wolltest du mir zeigen?«

»Nein«, antwortete er, »aber ist es nicht ein gewaltiger Anblick?«

»Sieht wie eine rote Schlammsuppe aus.«

»Die Spanier haben den Fluss wegen seiner Farbe so benannt. Colorado heißt rot.« Er setzte vom Abgrund zurück. Vor ihnen lag ein eingeschlossener Canyon. »Bist du fit für eine kurze Wanderung?«

»Hiermit?«, fragte sie und klopfte mit der flachen Hand auf ihre Lederklamotten.

»Mir würde das genügen, was du gestern am Pool angehabt hast«, sagte er und grinste sie an.

»Nur in deinen Träumen, Mann.«

Die Wände des Canyons weiteten sich in eine Oase. Roger parkte den Truck unter einer Pappel und schaltete die Zündung aus. Die Stille wurde nur von den raschelnden Blättern unterbrochen. Er sprang von seinem Sitz hinunter und zog die Kapuze vom Kopf. Ein fadenscheiniges T-Shirt steckte in seinen weiten Surfershorts und gab den Blick auf seine Haarlinie frei, die zu den verbotenen Früchten in den Shorts führte.

Er warf den Schlüssel unter seinen Sitz und setzte die Baseballkappe auf seinen Kopf.

Roger drehte sich um und schaute zur Sonne. »Fast Mittag«, sagte er. »Hast du Hunger?«

CC wühlte in ihren Satteltaschen, bis sie rote Shorts und die Flip-Flops von gestern Abend gefunden hatte. »Meine Inventur hat ergeben, dass ich ein entsetzlich gesundes Sandwich und ein paar zerkrümelte Schokoplätzchen dabeihabe.«

»Picknickzeit!«, rief er und griff nach einer Mini-Kühltasche hinter seinem Sitz. »Meine Inventur weist zwei Bier, ein Stück Käse und ein Schweizer Armeemesser aus.«

Endlich lachte sie.

»Wirklich?«, fragte er.

»Geh voran, Cowboy«, sagte sie und unterdrückte ihren sonstigen Drang, eine zynische Antwort anzufügen. »Ich laufe dir hinterher, sobald ich mich aus dem klebrigen Leder geschält habe.« Sie setzte sich auf eine Stufe, zog ihre Füße aus den Stiefeln und wand sich aus dem heißen Lederoutfit. Nun hatte sie nur noch drei mandarinenfarbene Dreiecke an. Über das untere zog sie die roten Shorts.

Auf einem Anstieg holte sie ihn ein. Die Muskeln in Waden und Oberschenkeln wurden gefordert, aber die Tänzerin in CC trainierte Muskeln und Sehnen gern.

Ohne Vorwarnung begann ihre Pussy zu pochen. »Sei still, mein Schatz«, murmelte sie unhörbar. »Er steht nicht auf unserer Liste.« Sie kletterten immer höher, und auch die Sonne hatte ihren höchsten Stand erreicht und brannte auf sie herunter. CC folgte seinen sicheren Tritten.

Der Weg wurde flacher. Dankbar ging sie an ihm vorbei und berührte ihn dabei. Die Nippel unter der dünnen Baumwolle strichen über seinen Brustkorb. Ihre Shorts bedeckten kaum ihren Po. Wann immer sie einen Fuß zum nächsten Schritt anhob, starrte er auf den Schatten zwischen ihren Schenkeln. Ihre lachsfarbenen Zehen passten zu den blühenden Kakteen.

Gleich über ihren Schultern stützten Felssäulen einen Bogen – sie hatten ihr Ziel erreicht. Der Duft von klarem Wasser stieg ihr in die Nase. Sie hörte das rauschende Echo und zwängte sich neugierig zwischen den Säulen hindurch. Der Anblick raubte ihr den Atem.

Eine Wand aus Wasser stürzte hinunter in einen kristallklaren See. Spritzer füllten die Luft und schufen eine Feuchtigkeit, die man sonst in der Wüste nicht antrifft. Ein unglaubliches Arrangement aus grünen Farnen und üppig blühenden Blumen luden ein zu entspannen.

»Das ist es, was du mir zeigen wolltest?«, flüsterte sie.

»Ja, Du bist außer mir der einzige Mensch, der diesen Ort kennt. Kannst du ein Geheimnis behalten?« Er hörte sich sehr ernst an und ging jetzt wieder vor, um ihr den Weg ins Tal zu zeigen. Unten zog er seine Sandalen aus und nahm einen Rasierer aus seiner Tasche. »Ist das Wasser klar genug für dich?«

Ihre Augen wurden hinter der Sonnenbrille weit. Sie drehte eine Pirouette nach der anderen und mochte kaum glauben, dass er sie in sein Geheimnis eingeweiht hatte. »Oh ja«, rief sie. »Und es ist wunderbar heiß.«

»Die beste Medizin gegen Hitze ist kühles Wasser«, sagte er und ging in den See.

»Deine Klamotten ...«, rief sie ihm hinterher.

»Sie müssen sowieso gewaschen werden.«

Er tauchte unter und verschwand unter dem Wasserfall. Ein paar Augenblicke später tauchte er dahinter wieder auf.

Verblüffend, wie Wasser einen Menschen verändern kann. Zum ersten Mal sah sie seine violetten Iris und die schwarzen

Pupillen zwinkern. Er sah wie ein junges Hündchen aus, die Haare glatt am Kopf, die Härchen am Körper voller Wassertropfen, die in der Sonne glitzerten. Niedlich.

Sie kaute auf den Krümeln der Schokoplätzchen und schaute ihm zu, wie er seine Haut mit feinkörnigem Schlick einrieb – eine Kreuzung zwischen einer Schlammmaske und einem Bimsstein. Er wusch es ab und trat an Land.

»Das Bad gehört dir«, sagte er und verbeugte sich tief. Sein Arm beschrieb eine entsprechende große Geste.

Sie versuchte, ihn nicht anzustarren, als er den Rasierer über die Kinnstoppeln zog. Unter den Mundwinkeln bildeten sich kleine Grübchen. Ein einziger Wassertropfen hing an seiner Nasenspitze. Sie hätte ihn gern mit der Zunge aufgeleckt, aber sie traute sich nicht.

Das fadenscheinige T-Shirt flog auf einen Felsen. Roger ließ sich nach getaner Rasur fallen, streckte Arme und Beine im kühlen Sand aus und ließ die Sonne auf seinen Körper scheinen.

CC, ganz benommen, trat die Flip-Flops von den Füßen und hielt die Zehen ins Wasser. Ihre Haare verbargen ihr Lächeln, und mit nackten Füßen watete sie weiter, immer tiefer hinein, bis die Füße keinen Grund mehr fanden und der Wasserfall auf ihren Kopf stürzte.

Der Zauber des Canyons hüllte sie ein und sensibilisierte ihre Sinne. Sie tauchte wieder auf und ließ sich auf einen granitenen Felsen nieder, der aus dem Wasser ragte. Sie hätte in diesem Moment weder ihren Namen noch das Datum oder andere Dinge sagen können, die bis vor ein paar Minuten noch so wichtig für sie gewesen waren.

Leise Schnarchtöne drangen in ihr Bewusstsein. Ihre Pussy zwickte, und die Nippel richteten sich auf. Ganz still bewegte sie sich vom Felsen zurück ins Wasser, schwamm ein Stück und watete ans Ufer. Er lag immer noch reglos da.

Es war sicher, ihn ausgiebig und ungeniert zu betrachten, denn er schien weit weg zu sein. Die Baseballkappe beschattete sein Gesicht.

CC unterdrückte ein Kichern. Unterhalb der Bauchmuskeln zeichnete sich die Auswirkung eines geilen Traums ab. Prächtige Hoden und ein nicht weniger prächtiger Schaft drückten sich deutlich durch die dünnen Shorts ab. Ihre eigene Nässe floss stärker, und ihre Schenkel begannen zu prickeln.

In einer plötzlichen Eingebung zog sie ihr Unterhemd aus und schlang es um seine Handgelenke. Er sprang sofort hoch – ein Reflex. »Was, zum Teufel …?«

Grüne Augen funkelten, und ihre Lippen verzogen sich schmollend. »Benimm dich«, mahnte sie, »du bist mein Gefangener.«

Sie beugte sich über ihn, und ihre seidenen Locken strichen zärtlich über seine Schenkel. Sie kannte kein Erbarmen und zog die Surfershorts bis auf seine Füße. Seine Erektion, eine eigene majestätische Persönlichkeit, stand stolz und aufrecht da und lechzte nach Beachtung. Sie grätschte über seine Brust und legte ihr Gewicht auf ihre Arme.

Ihr Po hoch erhoben, war deutlich zu sehen, wie das Bikinidreieck ihren »köstlichen Arsch« in gleiche verführerische Portionen teilte.

Er richtete sich auf. Weiße Zähne spannten sich in ihre bronzefarbenen Backen. Er wollte gern ihr Gesicht sehen, gab sich aber mit den Geräuschen ihrer Leidenschaft zufrieden. Ihre Brüste rieben über seinen Unterleib, und sanfte Finger strichen über seine Hoden.

Sie nässte den bettelnden Schwanz mit ihrem Speichel, fuhr mit der Zunge an den Seiten auf und ab und saugte mit den Lippen an seinem Stamm. Schließlich schluckte sie die Eichel tief in ihren Mund und versuchte, ihn trocken zu saugen.

Erfüllt von seiner Welt, sprang sie plötzlich auf die Füße. Aus der Höhe schaute sie auf sein gut geschnittenes, zerklüftetes Gesicht.

Er keuchte verzweifelt und bedauerte das Nichts, wo wunderbar weiche Lippen eben noch Realität gewesen waren. Sie steppte mit den Absätzen den Rhythmus eines Liedes, das in ihrem Kopf ablief, streifte die oberen Dreiecke ihres Bikinis ab und warf sie auf den Felsen, auf dem auch sein T-Shirt lag.

Steppend, schlängelnd und neckend schaute sie über die Schulter, während sie das Bändchen des unteren Dreiecks löste, das hinunter in den Sand fiel.

Eine samtene Pussy senkte sich über ihn, und er labte sich an ihrer Schönheit. Ihr Parfum berauschte ihn, und seine Lippen lechzten nach ihrer würzigen Blume. Sie stöhnte, und ihre Nässe nahm noch zu.

Ihre Hüften ruckten ihm entgegen, und ihr Rücken krümmte sich in einen Bogen. Ihre Labien vibrierten, als seine Zunge über sie strich, und Augenblicke später wurde sie von einem wunderbaren Orgasmus überwältigt. Ihr Körper wurde in Ekstase geschüttelt.

Seine Zwangsarbeit war vorbei; sie löste seine Fesseln und ließ sich auf seinem zuckenden Schaft nieder. Er schnappte mit den Händen nach ihren Backen.

»Brauchst du Feuer zwischen deinen Beinen?«, flüsterte er ihr ins Ohr.

»Ich warte auf deine heiße Maschine«, keuchte sie.

Er ließ sie nicht lange warten; er paarte ihr Tempo mit seiner tobenden Lust. Sie setzte sich aufrecht auf seinen Stab und umfasste die Brüste mit ihren Händen. Glänzende Augen hielten den Kontakt mit ihm. Sein Kolben leistete gute, verlässliche Arbeit.

»Jaaa«, schrie sie in die klare Luft.

Er warf sie herum, hob ihre Beine auf seine Schultern und

drang von oben in sie ein. Sie schlang die Füße um seinen Nacken, öffnete sich ihm weiter, und er stieß tiefer in sie hinein.

Sie ritten wie auf Maschinen, die für lange Ausdauer konzipiert waren.

Nach einem kurzen Schlaf teilten sie sich ein Bier, etwas Käse und eine Zigarette. Canyonschwalben flogen um sie herum und pickten ihre Krümel auf.

»Sag mal«, murmelte sie, »was für ein Soldat bist du eigentlich?«

»Es gibt nur eine Art eines richtigen Soldaten.«

»Wie kommt ein Mensch überhaupt auf die Idee, ein Soldat sein zu wollen?«

»Nun, dann kann der Mensch unser Land vor bösen Buben beschützen.«

»Aber eines Tages muss doch einer damit anfangen, die Waffen aus der Hand zu legen.«

»Das College hat deinen Geist verdorben. Aber für diesen Moment soll nur das hier zählen.«

Er fuhr mit den Fingern durch ihre Haare und wälzte CC auf den Rücken. Mit dem Daumen strich er vom Nabel über ihre Rippen, dann umschloss er ihre Brüste mit beiden Händen. Er neckte die geröteten Spitzen, zwickte sie und saugte sie ein, als wären sie seine Hauptmahlzeit.

»Was siehst du jetzt in mir – unterstellt, dass unser Waffenstillstand hält?«, fragte er.

Sie löste sich aus seiner Umarmung und stellte sich breitbeinig über ihn; Po und Pussy direkt über seinem Gesicht. »Stark, standfest und stabil – und wie siehst du mich?«

»Sanft, saftig und bereit.«

Eine letzte Herausforderung von den grünen zu den violetten Augen, dann ließ sie sich auf die Knie nieder. »Sonst noch etwas?«, fragte sie.

»Ich sehe lüsternes Verlangen, das unbedingt gestillt werden will.«

»Das trifft wohl auf beide zu«, sagte sie und spielte mit ihrem Hemdchen. »Bist du so gut, dass du es auch blind machen kennst?«

»Alles, was du willst.«

Die Geräusche ihres Liebesakts brachen in die Stille des Canyons ein, aber das Rauschen des Wasserfalls tilgte sie alle wieder.

Die Abenddämmerung senkte sich über den einsamen King Cab.

Cockfosters

Nuala Deuel

Ich habe den sinnlosesten Job in der Welt. Ich bin eine Wischerin in der Londoner U-Bahn. Ein wandernder Radiergummi. Ich friere abgelutschte Kaugummis auf oder unter den Sitzen in den Zügen ein und entferne sie mit einem Spezialmeißel. Ich entferne Graffiti mit Hochdruckreinigern auf der District and Circle Line. Ich kratze alle politischen Plakate und Werbung für Clubs ab, die an die Fenster geklebt sind und kindische Nachrichten, die in die Scheiben geritzt wurden. Der Job ist aus zwei Gründen sinnlos: Erstens ist er nie beendet, und zweitens gibt es immer einen Komiker, der sich einen Spaß daraus macht, deine gute Arbeit zu vernichten.

Um gegen die schrecklichen Depressionsschübe und die entsetzliche Langeweile im Bauch der Metropole anzukämpfen, trinke ich Kaffee, mit Rum garniert, aus einer Thermoskanne, und ich habe regelmäßigen Sex mit Natasha irgendwo auf nicht genutzten Bahnsteigen der seit langem geschlossenen Down Street Station.

Natasha ist Aufseherin auf der Northern Line. Sie lebt in einer Wohnung am Belsize Park, die sie sich mit drei anderen Frauen teilt.

Wenn ich ihre Brüste aus ihren heißen kleinen BHs geholt habe und Zeigefinger und Mittelfinger eingespeichelt habe, um damit in Po und Pussy einzudringen, und sie mit diesen tiefen, kehligen Stöhnlauten beginnt, die mir sagen, dass sie nur zwanzig Sekunden vom Orgasmus entfernt ist, dann keucht sie wie im Delirium, dass sie mich mit nach Hause nehmen und den anderen Mädchen zum Fraß vorwerfen will, weil sie sehen will, wie ich mit ihnen klar komme.

Eines der größten Probleme unseres Jobs ist, die Langeweile auf Distanz zu halten. Wenn du eine halbe Stunde lang mit Stahlwolle das Wort »Wichser« radieren willst und fast die ganze Flasche des starken Industriereinigers aufgebraucht hast, ist es nur zu verständlich, dass dein Gehirn auf Reisen geht.

Es gibt wenig, was dich ablenkt. Du kannst versuchen, die Züge zu zählen, die durch die parallelen Tunnel jagen, und du kannst dich an den roten, elektrischen Funken erfreuen, die meistens beim Bremsen entstehen.

Manchmal, wenn die Züge nicht mehr fahren, kannst du Grüße durch die Röhre brüllen und eine Wette mit dir selbst abschließen, ob dich einer hört, und wenn ja, kannst »Rate mal, wo ich bin« spielen. Einmal habe ich eine Antwort aus einer Station erhalten, die sechzehn Bahnhöfe entfernt lag.

Ja, das ist kein schlechtes Spiel, aber meistens handelt es sich um eine dreckige, eintönige Arbeit, die dir nicht gelohnt wird. Wenn da nicht Natasha wäre, müsste ich heftig über Alternativen nachdenken. Mich vor einen Zug der Northern Line zu werfen oder, um es ein bisschen vornehmer zu haben, vor einen Zug der Jubilee Line.

Wenn die Schicht vorbei ist, treffen sich einige auf ein paar Drinks in einem Pub in Camden, dahin gehen wir, wenn wir in die reale Welt zurückkehren. An diesem Tag hatte sich ein gutes Team eingefunden, fand ich, und damit meine ich einige der Kolleginnen und Kollegen, die ich eines Tages mal gern in meinem Bett sehen würde.

Da war Natasha natürlich, und dann war auch Lou da, auch eine Wischerin, die trotz ihrer erstaunlichen Figur wie ein kesser Wildfang aussah. Patti war erst seit kurzem in London, frisch eingetroffen aus irgendeinem Industrienest im Norden und noch ein bisschen schüchtern, aber sie war lieb und hatte traurige Augen. Sie war für saubere Rolltreppen zuständig.

Und dann war da noch Mute, was natürlich nicht sein richtiger Name ist, denn wer würde schon »Stumm« heißen? Aber Sie werden erahnen, warum wir ihn so nannten. Er war Nigerianer und hatte eine Haut wie eine laue Sommernacht auf dem Lande. Er war ein Fels in des Wortes mehrfacher Bedeutung. Keine einzige Fehlstunde, er stempelte sich fünf Minuten früher ein und fünf Minuten später aus. Immer bereit zu Überstunden. Er machte nie Probleme.

Und er war gebaut, als hätte sein Schöpfer einen Meißel angelegt. Wir neckten ihn, wenn er seinen Ananassaft trank, und manchmal spielten wir »Shredded Wheat« mit ihm, ein albernes Kinderspiel, an das sich jemand aus unserer Clique aus der Schulzeit erinnerte.

Man fängt damit an, eine Hand auf sein Knie zu legen, und wenn er nicht reagiert, legt eine andere Frau ihre Hand daneben, und so geht es weiter, bis die Nächste entweder entnervt aufgibt oder einen harten Schwanz unter der Hand spürt. Aber so weit war noch keine von uns gegangen.

Ganz egal, was Mute anhatte, selbst den weitesten Overall, der jemals produziert wurde, er füllte die Hose immer aus, besonders, wenn er sich setzte. Der Anblick seiner festen Schenkel und der Spirale seines heißen Prügels, der sich unter dem Stoff abzeichnete, ließ mein Herz immer ein bisschen schneller schlagen und führte zu einer Schweißschicht im Tal zwischen meinen Brüsten.

Mute hat bei diesem Spiel nie gekniffen, sondern immer nur wir. Ich habe zwar manches Mal die Spitze seines Schafts berührt, nur um ihm zu zeigen, dass ich auch nicht feige war, und wenn wir nicht in einem vollen Pub wären und keine Gesellschaft am Tisch hätten ...

Lou sah unser kleines Spiel und machte auf dem anderen Schenkel mit. Mute saß da und nippte seinen Saft und starrte irgendwo auf einen imaginären Punkt. Ich ließ ihn mein übliches Kitzeln spüren, und Lou ging so weit, seine Bälle zu drücken. Er hatte vielleicht kaum merklich eine Braue gehoben, aber mehr nicht. Ich ging zur Theke und bestellte neue Drinks für uns. Lou folgte mir.

»Was für ein saftiger Typ«, sagte sie. »Ich wünschte, ich könnte seinen Motor zum Laufen bringen.«

»Ich weiß«, sagte ich und genoss den Blick in ihre Bluse. »Ich habe schon alles mit ihm angestellt, nur nicht meine Beine geöffnet, aber er rührt sich nicht von der Stelle. Man könnte glauben, dass er im Koma liegt.«

»Nun, ich bin schon ein bisschen weiter gegangen.«

»Bist du?«, fragte ich voller Verwunderung. Sie schien gekränkt, dass ich ihr das offenbar nicht zutraute, und erzählte mir, was auf der Rolltreppe an der Angel Station vergangenen Mittwoch geschehen war, nachdem die Station geschlossen wurde.

»Wir hatten den Strom auf einem Teil der Strecke abgeschaltet, und Mute befand sich in den Tunneln, ausgerüstet mit ein paar Bogenlampen. Er sollte Unrat einsammeln, alles von Unkraut bis Papier, denn dadurch kann es rasch zu einem Feuer kommen. Es ist eine miese Arbeit, und ich wollte ihm eine Thermoskanne Tee bringen. Weil es verdammt heiß war, hatte er seinen Overall bis zur Taille gerollt. Unter den Lampen glänzte er wie ein wunderschöner dunkler Stein, wie man ihn am Strand finden kann, wie poliert und noch nass vom Meer.«

»Ich dachte, he, was soll's, zeig ein bisschen Solidarität, und so tat ich es ihm gleich. Ich zog mich auch bis zur Taille aus, dann lief ich zu ihm. Ich holte tief Luft, warf die Schultern zurück, Brust raus, und tippte auf seinen Rücken. Er drehte sich um, nahm die Thermoskanne, nickte dankend und wandte sich ab. Ich fragte noch, ob er nicht eine Pause machen und mal ein paar andere Muskeln bewegen wollte, aber entweder hat er mich nicht gehört oder nicht verstanden, oder er hat mich einfach ignoriert, deshalb habe ich … äh …«

An dieser Stelle schob sich Lou dicht an mich heran und sah sich um, ob vielleicht jemand lauschte. Sie liebt ihre kleinen dramatischen Auftritte, unsere Lou.

Sie sagte: »Ich habe dann meinen Overall ausgezogen, habe mich gegen die Mauer gelehnt, einen Arm über meinen Kopf gehoben, damit meine linke Brust – das ist meine beste – gut zur Wirkung kommt, und habe angefangen, mich vor seinen Augen zu befingern.«

»Du hast *was* getan?«

»Ich habe masturbiert. Ich habe ihm wirklich eine gute Schau geboten. Die Beine weit auseinander, meine Knöchel auf dem Kitzler, oh, ich war ja so nass. Ich meine, es ist so verdammt heiß, vor einem solchen Brocken zu rubbeln.«

Ich musste offenen Mundes dagestanden haben, immer noch mit dem Bild vor mir, wie Lou in der subtropischen Hitze mit der Thermoskanne und ihren schwingenden vollen Brüsten auf Mute zugegangen war.

»Ich war völlig weggetreten; und bald schon bildete ich mir ein, bei mir zu Hause im Sessel zu liegen und es mir bei einem Film mit George Clooney selbst zu besorgen oder bei einem Bad zu entspannen und den dritten Finger reinzuschieben und …«

»Lou!«

»Oh Himmel, entschuldige. Aber ich war wirklich weg, weißt du, und ich wollte ihm zurufen, er sollte mir helfen, mich auf den Weg zu bringen, ob mit Fingern, Zunge oder Schwanz, das war mir egal. Aber dann kam ich auch schon, ich hechelte wie ein Hündchen und rieb mich an der Mauer, so sehr wurde ich geschüttelt. Als ich die Augen aufschlug, sah ich keine Lampen mehr; er war zurück auf den Bahnsteig gegangen, und dabei hatte er sich nicht mal nach mir umgedreht. Auch in der Umkleide hat er kein Wort gesagt, nicht mal geblinzelt. Weißt du, ich habe mir sogar eingeredet, dass gar nichts geschehen war und ich alles nur geträumt hatte.«

Ich nahm meinen Drink an mich. Mein Mund war trocken wie die Luft in der U-Bahn. »Vielleicht ist er schwul«, sagte ich. Aber das glaubte ich nicht. Ich war mir sicher, dass er unruhig und auch steif wurde, wenn wir ihn am Ende unseres Shredded-Wheat-Spiel berührten.

Ich war idiotischerweise eifersüchtig auf Lou, trotz Mutes Weigerung, auf ihre unverhohlenen Angebote einzugehen. Wir gingen mit unserer Runde zurück an den Tisch, und ich setzte mich, meine Aufmerksamkeit geteilt zwischen Lous enormem Ausschnitt und Mutes unerschütterlichem Ausdruck.

Vielleicht war er nicht schwul, sondern nur asexuell. Vielleicht war er auch so dumm, dass er nicht wusste, dass Lou ihn anmachen wollte. Vielleicht wusste er nicht, was es bedeutete, geil zu sein. Aber das konnte ich auch nicht glauben.

Ein paar Drinks später musste ich zum Klo. Auf dem Weg zu den Ladys musste ich an Listen und Pläne und Komplotte denken, aber die Chancen, sie umzusetzen, liefen gegen Null. Mute schien so unbeweglich wie ein Fels, ausgestattet mit dem Gemüt eines Felsen.

Aber das Herz will, wonach es verlangt. Ich wollte ihn. Ich wollte es wenigstens versuchen. Wenn er mich ignorierte wie Lou, okay. Aber ich musste wissen, wo ich stand.

Patti kam zur Toilette, als ich mir gerade über die Haare strich und dann meinen Lippenstift einsetzte. Ich war bereit, zurück an den Tisch zu gehen. Sie lächelte mir zu und fragte, wie es mir ginge. Ich mag Patti sehr, vielleicht, weil sie so schüchtern ist. Ich sehe sie auf keinem Gebiet als Bedrohung an. Nicht bei Männern, bei der Ausstrahlung oder beim Aussehen.

Ich meine, sie hat ein gutes Gesicht, aber wenn man ihr auf der Straße begegnet, dreht man sich nicht nach ihr um. Was ein Fehler ist, denn sie hat einen unglaublichen Hintern. Der hat seinen eigenen Rock-'n'-Roll-Rhythmus, wenn sie sich bewegt, als gehörte er gar nicht zum Rest des Körpers. Fest, glatt, rund und gebräunt. Leider trägt sie fast immer weite Hosen; sie tut nichts für ihre besten Teile, die liebe Patti.

Ich fragte, ob sie noch einen Drink möchte, und sie sagte ja, bitte noch einen australischen Chardonnay. Als ich zur Tür greifen will, sagte sie: »Übrigens, ich komme dir bei Mute ganz sicher nicht in die Quere.«

»Wie bitte?«

»Mute. Ich ... nun ja, ich weiß doch, dass er dir gefällt.«

»Oh, das weißt du?«

Sie nickte. »Du solltest dein Gesicht sehen, wenn er einen Raum betritt. Es ist, als hätte dir jemand den schönsten Geburtstagskuchen gebracht, auf dem die Kerzen nur so strahlen.«

Ich wollte protestieren, aber dann sagte sie: »Ich werde mich nicht noch einmal um ihn reißen.«

Meine Kinnlade klappte auf. Ich musste aufpassen. Der heutige Abend stellte besondere Ansprüche an meinen Unterkiefer. Obwohl ich sie klar und deutlich gehört hatte, bat ich sie, das noch einmal zu wiederholen, damit mir Zeit blieb, mich halbwegs zu fassen.

»Ja«, sagte sie, »es war vor ein paar Wochen. Ich war gerade mit den Rolltreppen der Angel Station fertig, und es war ein harter Tag gewesen. Ich war dreckig und verschmiert, und der Staub war in jede Ritze meines Körpers eingedrungen. Ich sah wie ein Bergmann aus, der nach einer Acht-Stunden-Schicht aus dem Schacht hochfährt. Nun habe ich eine Mitgliedskarte für einen Fitnessclub in einem der Hotels in der Nähe, ein Geschenk meines Vaters. Das letzte Mal hatten sie mir ein paar Gutscheine in die Hand gedrückt, falls ich mal einen Bekannten mitbringen wollte.«

»An dem Abend wollte ich nur duschen und die Sauna benutzen, aber dann sah ich Mute aus der Umkleide kommen, und er sah völlig kaputt aus. Ich fragte ihn, ob er Lust auf Dusche oder Schwimmbad oder Sauna hätte, und er sagte ja. Das heißt, du kennst ja Mute, er sagte nichts, aber seine Augen wurden größer, und dann folgte er mir.«

Patti lehnte ihren aufregenden Po gegen die Reihe der Waschbecken, legte den Kopf zurück und schloss ein paar Sekunden lang die Augen. Sie beschrieb im Dialekt des Nordens, bei dem Vokale verschluckt werden, wie Mute zum Swimmingpool ging. Seine weißen Speedos waren nass von einer langen, heißen Dusche. Bevor er ins Becken sprang, dehnte und streckte er sich, und seine Schokoladenmuskeln spannten und entspannten; sie sahen aus wie gepolsterte Seide.

»Ich beobachtete ihn von einem der Liegestühle aus, auf dem ich in meinem Frotteemantel lag. Ich hatte mich unter der Dusche geschrubbt und im Dampfraum kräftig geschwitzt. Ich fühlte mich schläfrig und frisch und sauber und unheimlich geil.«

Dieser Ausbruch erstaunte mich. Dies war Patti, die so oft errötete, wenn man außerhalb der anatomischen Bedeutung vom »Hintern« sprach. »Er tauchte hinein, und im Kraulstil absolvierte er zwanzig Längen. Er war schnell. Er bewegte sich im Wasser, als wäre er darin geboren. Als er dann aus dem Becken stieg, klebten die Speedos an seiner Haut, und ich konnte alles sehen. Ich war so nass, dass ich später noch einmal duschen musste. Er war kaum außer Atem. Ich stellte mir vor, wie er auf mir lag und diese Energie auf mir abarbeitete. Und dann …«

Sie schloss die Augen, als stellte sie sich diese Phantasie immer noch vor. Vielleicht redete sie sich auch gerade ein, dass ihr Traum schon Wirklichkeit geworden war.

Ich wollte mich verdrücken, bevor sie es aussprach. Ich hatte verloren. Ich kam mir wie ein Mauerblümchen vor, wie ein verwelktes Mauerblümchen. Sie würde mir jetzt sagen, dass sie den Mann gevögelt hatte, auf den ich es abgesehen hatte. Wahrscheinlich während der Mentholdampf um sie herum aufstieg und von den kleinen, blauen Fliesen auf sie tropfte.

»Ich zog meinen Bademantel aus, ließ ihn einfach von den Schultern rutschen. Ich erhob mich, stand nackt da, und es war mir egal, dass jeden Augenblick jemand hereinkommen konnte. Ich ging vor ihm auf die Knie und sagte: ›Mute, soll ich dir Fellatio machen?‹«

»Du hast wirklich ›Fellatio‹ gesagt?«

»Ja, ich wollte höflich sein.«

»Und? Was...?«

»Er beachtete mich nicht und fuhr fort, sich trocken zu rubbeln. Er lächelte mich dabei scheu an, und dann ging er hinaus.«

»Du hast nicht...?«

»Nein, nichts. Ich ging in die Umkleide und zog mich an. An der Rezeption hatte er eine Nachricht für mich hinterlegt. ›Wir sehen uns bei der Arbeit‹ stand auf dem Zettel.«

Ich war sofort in bester Stimmung, aber zugleich tat Patti mir leid. Die Geschichte lehrte mich auch, dass ich Patti bisher völlig falsch eingeschätzt hatte.

Wir gingen zurück zum Tisch. Mute nippte brav an seinem Saft und schien unberührt von der Tatsache, dass zwei Frauen in seiner Umgebung unmissverständlich ihr Interesse an ihm bekundet hatten.

Es lief mir kalt über den Rücken. Ich schaute rasch zu

Natasha. Hatte sie sich ihm auch schon angeboten? Ich dachte, ich könnte allein mit ihr fummeln. Natürlich konnte ich sie nicht zurückhalten, wenn sie scharf auf ihn war. An der Art, wie sie ihn ansah, bemerkte ich, dass da was war. Sie flirtete mit ihm, wenn auch auf eine subtile Weise. Daraus schloss ich, dass sie auch schon einen Dämpfer hatte einstecken müssen.

Oh nein. Für wen hielt sich dieser Mann? Fuhr er darauf ab, Frauen anzumachen und dann zu ignorieren? Labte er sich an Machtgefühlen? Am liebsten wäre ich aufgestanden und hätte ihm den Marsch geblasen.

Wie konnte er es wagen, nie ein Wort zu sagen und doch meine Kolleginnen – meine Freundinnen – so arrogant abfahren zu lassen? Sie nahmen sein Schweigen als grünes Licht. Okay, sie hätten das nicht tun sollen, aber sie hatten beste Absichten gehabt. Und er führte sie wie ein Rattenfänger ohne Flöte an der Nase herum.

Warum seid ihr hier?, wollte ich Patti, Lou und Natasha fragen. Warum lasst ihr ihn nicht schmoren in seiner Sprachlosigkeit, mit der er euch in die Irre lenkt?

Aber ich sagte nichts. Ich saß neben ihm, nahm einen kräftigen Schluck von meinem Lager und wiederholte unser Spiel »Shredded Wheat« bis ich mit den Händen an seine Bälle und dann an den Prügel greifen konnte.

Arbeit. Was kannst du tun, wenn du einen Zug vorfindest, der mit tausend Bibelworten besprüht worden ist? Es ist, als läse man in einem Buch. Zuerst glaubt man, den Text nie zu schaffen, aber dann fängt man vorn an und kämpft sich durch.

Ich arbeitete mit Lösungsmitteln, Lappen, Bürsten und Wasser dagegen an. Ich trug eine Atemmaske und eine Schutzbrille. Ich hörte Musik über meinen iPod. Kristin Hersh, Manic Street Preachers, Jeff Buckley.

Ich musste an Natasha denken. An ihre heißen, kleinen Wäschestücke, die nie so gut aussahen, wenn ich sie anprobierte. Es musste an ihrer Haut liegen, dass Farben und Stoffe bei ihr so viel besser wirkten.

Als die Batterie meines MP3-Players starb, lauschte ich dem Lied der Züge, wenn sie durch die Tunnel brausten und quietschten und kreischten, als litten sie arg darunter, dass sie nie etwas anderes sehen würden als diese Dunkelheit.

Zehn Minuten vor Ende der Schicht, als ich mich gerade mit dem zwanzigsten »Oh Lord« abschuftete, fühlte ich plötzlich eine Hand, die sich zwischen meinen Beinen wand und meine Pussy durch den Overall drückte.

Ich drehte mich rasch um, das Herz schlug mir bis zum Hals, und insgeheim hoffte ich, dass es Mute war, aber es war Natasha, die mich wild angrinste und mehr als ein bisschen betrunken war. Sie schwang etwas in einer Hand, das wie der Schlagstock eines Polizisten aussah, und einen Moment lang geriet ich in Panik und fürchtete, dass es wirklich ein Schlagstock war, mit dem sie auf mich eindreschen wollte, weil ich Mute vor ein paar Tagen ans Gehänge gegangen war.

Aber dann sah ich, dass ihr gefährlicher Stock aus Silikon bestand, schwarz wie die Tunnel und wie der erigierte Penis eines Mannes geformt.

»Was ist das denn?«, fragte ich.

Ihre Augen funkelten vor Aufregung wie Diamanten. »Das ist ein Abdruck«, sagte sie.

Ich schnallte es plötzlich. »Nein. Nein. Nein.«

Sie hatte einen Abend mit Mute und ein paar Pfund Gips verbracht, dann hatte sie seinen Steifen eingegipst und ein Vermögen dafür ausgegeben, daraus eine Reproduktion aus Silikon herstellen zu lassen.

»Er wollte es mir nicht besorgen, aber nun tut er es über diesen Umweg doch.«

»Aber er hat zugelassen, dass du ihm einen Steifen verschaffst und ihn in Beton einfasst?«

»Gips«, verbesserte sie. »Ja, er war sogar sehr damit einverstanden. Besonders, als er seine ganze Größe zeigen konnte.« Sie schwang den schwarzen Dildo durch die Luft. Er lag in ihrer zierlichen Hand und ragte oben und unten heraus wie ein Hotdog aus einem zu kleinen Brötchen.

»Ja, gut«, sagte ich, müde, ungewünscht und unsexy. Das kommt von tausend Worten »Du sollst nicht...« Und von dem Mädchen, mit dem du dich gern nackt tummeln willst, das dir aber sagt, wie verzweifelt sie danach lechzt, diesen dicken Prügel in sich zu spüren.

»Und was machst du jetzt?«, fragte ich. »Willst du nach Hause, um dich mit dem Ding zu füllen, oder willst du irgendwas von mir?«

Sie lehnte sich gegen mich und küsste mich hart auf den Mund. Ihre Zunge quetschte meine. Ihre Augen waren weit geöffnet. Große Pupillen, die mich tranken. Sie schmeckte nach Pernod und Kaugummi.

»Ich will dich, Liebling«, sagte sie. Ihre langen, dunklen Haare schienen die Dunkelheit aus der Umgebung einzufangen, sodass sie zur schwarzen Gestalt in einem blassen Umfeld wurde. »Ich will spielen.« Sie presste den Dildo ins Tal ihrer Brüste, und einen Moment lang sah ich Mute dort stehen, der mir sein Ding anbot; ein großer Riese, der sich aus den Schatten bildete, in denen er arbeitete.

Ich sagte ja. Ich fragte wo. Hier?

»Nein, auf Bahnsteig zwei steht ein Zug. Mike D bringt ihn in zwanzig Minuten zur Endstation Cockfosters. Er hat gesagt, wir könnten mit ihm fahren. Die Wagen sind alle leer. Wir können nach Herzenslust spielen. Ich könnte dich auch mit einem anderen Mute bekannt machen, einer, der selbst dann nicht reden kann, wenn er wollte.«

Die letzten paar Minuten meiner Schicht vergingen, als betrachtete ich sie durch zerkratztes Glas. Ich konnte nicht mehr richtig sehen. Ich schämte mich dafür, aber ich war mächtig scharf darauf, Mute in mir zu spüren, auch wenn es nicht das Original war.

Ich verstaute meine Tasche und den Overall im Spind und schleppte mich die hundert oder so Meter zu Bahnsteig zwei. Ich brauchte eine Dusche, einen Drink und ein Bett, aber ich mobilisierte neue Kraft, als ich Natasha aus einem Zugfenster winken sah.

Sie hatte sich für den letzten Wagen des leer fahrenden Zuges entschieden und trug ein weißes Top, durch das man ihre steifen Nippel sehen konnte.

Als ich bei ihr war, fiel ich auf sie und küsste sie eine Weile. Der Zug verließ gerade die Station, als ich endlich von meiner Freundin abließ. Wir hatten noch zwanzig Minuten, bis wir die Endstation erreichten.

Die Lichter im Wagen waren ausgeschaltet, wie immer, wenn ein leerer Zug von einem Bahnhof zum anderen gefahren wurde. Dadurch will man vermeiden, dass jemand zusteigt.

Ich fühlte Natashas zierliche Finger auf meinem Gürtel. Als sie ihn geöffnet hatte, zog sie mir die Jeans hinunter. Mein Hintern kniff vor der plötzlichen Kühle zusammen. Mein Gesicht wurde auf den Sitz gedrückt.

Meine Brüste waren entblößt, und die Nippel rieben über das raue Polster. Diese Gefühle speisten die Hitze, die sich in meiner Pussy ausbreitete.

Ich biss auf meine Lippen und schloss die Augen, um mich auf den Moment besser konzentrieren zu können. Natasha küsste meine prallen Backen und drang mit einem Finger in die Kerbe ein. Sie führte ihn weiter, und für den Augenblick dachte ich, sie wollte meinen Slip zur Seite schieben, um freien Zugang zu meiner Pussy zu haben.

Aber sie hob das kleine Stück Stoff nur an, strich einmal über die Labien und ließ das elastische Gewebe zurückschnellen. Sie stieß es mit den Fingern in meine Pussy, kratzte kurz über die bedeckte Klitoris und legte eine Pause ein. Ich ruckte ungeduldig zurück, denn ich wollte den Kontakt zu ihren erfahrenen Fingern nicht verlieren.

»Tu's endlich«, drängte ich.

Sie gab mir einen leichten Klatscher auf den Arsch, als wollte sie mich für meine Ungeduld bestrafen. Mein Fleisch vibrierte von dem Schlag, und ein Hitzeschwall breitete sich von der Stelle zu meiner Scham aus.

Ich wollte mich selbst berühren, aber ich fürchtete, das würde nur zu einer weiteren Bestrafungsaktion führen. Stattdessen dachte ich an Mute und an seine Muskeln, die uns alle so stark beeindruckt hatten.

Ich sah ihn vor mir, wie er mit kräftigen Zügen und in seiner engen Schwimmhose durchs Becken schwamm oder wie er sich Natashas Händen überließ, damit sie seinen Schaft in einen Zustand versetzen konnte, den sie brauchte, um den Gipsabdruck nehmen zu können.

Seine Selbstbeherrschung würde ich nie begreifen können. Die Frauen, die sich ihm an den Hals warfen, waren durchaus attraktiv. Ich konnte mir, außer dem Papst vielleicht, niemanden vorstellen, der über dieses Maß an Selbstbeherrschung verfügte.

Plötzlich hörte ich eine Alarmsirene, die in unseren Wagen drang, während der Zug durch die Tunnel raste und immer schneller wurde. Aber es war gar keine Alarmsirene – ich selbst hatte diese heulenden Geräusche ausgestoßen, als Natasha mir diesen dämonischen Dildo tief zwischen die triefenden Labien schob.

Ich versuchte, mich gegen ihre Finger aufzulehnen, denn ich wollte noch viel mehr von diesem Ding in mir spüren, aber das ging gar nicht; die Schmerzen waren zu stark. Sie waren so stark, dass sie Sekunden später in eine ungeheure, unvorstellbare Lust umgewandelt wurden.

Sie rieb den schwarzen Teufel langsam vor und zurück, und damit hielt sie mich in diesem Grenzbereich von Schmerz und Honig. Ich liebte die Pein und fürchtete sie, liebte die Tiefe der Lust und wüsste doch gern, wie tief ich den Dildo in mich aufnehmen könnte.

Ich kam dreimal, ohne es richtig zu merken, weil ein Orgasmus in den anderen überging. Dann fühlte ich, wie ich kraftlos zusammensackte.

Ich presste die Hände gegen meine Brüste und dann gegen meinen Bauch, als wollte ich mich vergewissern, dass ich noch da war, immer noch derselbe Mensch war, dass das Erlebnis nicht eine berauschende Metamorphose ausgelöst hatte.

Wenn man so will, so erholte ich mich bald – das musste auch so sein, denn der Zug wurde langsamer. Draußen sah ich schon den Bahnsteig unserer Endstation.

Die Lichter gingen an.

Natasha saß da, ein breites Grinsen auf dem Gesicht. Aber sie saß fünf Meter von mir weg, auf der anderen Seite des Ganges. Mir gegenüber saß Mute, und sein Lächeln leuchtete wie eine Natriumdampflampe.

»Ich hoffe, du hast eine gültige Fahrkarte dabei«, sagte er.

Ende

Copyrightvermerk

Eine sagenhafte Geschichte aus vergangener Zeit – sensationell erotisch

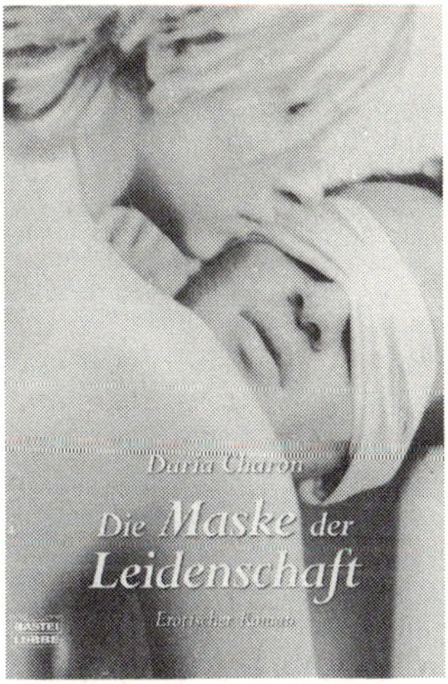

Daria Charon
DIE MASKE
DER LEIDENSCHAFT
Erotischer Roman
208 Seiten
ISBN 978-3-404-15760-0

Ein Pakt verpflichtet das Städtchen Allershausen, den Herren der Wolfensburg alle 25 Jahre eine junge Frau zu übergeben. Doch dieses Mal verlangen die Wolfsmänner drei Frauen. Die Ratsherren schicken ihnen drei Dirnen. Als der Betrug auffliegt, fordern die Wolfsmänner wutentbrannt ihr Recht. Um ihre jüngere Schwes-ter Samara zu schützen, geht Viola Brugger mit ihnen. Auf der Wolfensburg angekommen, wird sie in einen Strudel aus Hass, Leidenschaft und Begierde gerissen, in dessen Mittelpunkt der geheimnisvolle Mann mit der Maske steht, Kyrian Lupanescu, der Weiße Wolf …

Bastei Lübbe Taschenbuch